古典詩歌研究彙刊

第十二輯

龔鵬程 主編

第 **8** 冊

貫休及其《禪月集》之研究（上）

高 于 婷 著

國家圖書館出版品預行編目資料

貫休及其《禪月集》之研究（上）／高于婷 著 -- 初版 -- 新

北市：花木蘭文化出版社，2012〔民101〕

序 2+ 目 6+194 面；17×24 公分

（古典詩歌研究彙刊 第十二輯；第 8 冊）

ISBN 978-986-254-904-9（精裝）

1.（唐）釋貫休 2.學術思想 3.唐詩 4.詩評

820.91   101014407

ISBN-978-986-254-904-9

9 789862 549049

古典詩歌研究彙刊

第十二輯 第 八 冊   ISBN：978-986-254-904-9

貫休及其《禪月集》之研究（上）

作 者 高于婷
主 編 龔鵬程
總 編 輯 杜潔祥
出 版 花木蘭文化出版社
發 行 所 花木蘭文化出版社
發 行 人 高小娟
聯 絡 地 址 新北市永和區中正路五九五號七樓
        電話：02-2923-1455／傳眞：02-2923-1452
網 址 http://www.huamulan.tw 信箱 sut81518@gmail.com
印 刷 普羅文化出版廣告事業
初 版 2012 年 9 月
定 價 第十二輯 24 冊（精裝）新台幣 33,600 元

貫休及其《禪月集》之研究（上）

高于婷 著

作者簡介

　　高于婷，一九七八年生，南投埔里人。國立暨南國際大學中國語文學系、國立中興大學中國文學研究所碩士班畢業。現為南投縣立埔里國中國文科教師。

　　研究篇目：

- 碩士論文《貫休及其《禪月集》之研究》，2010.05.25。
- 〈論杜甫的佛禪信仰態度〉，發表於第十五屆全國中文研究所研究生論文研討會，主辦單位：國立中央大學文學院中國文學研究所，2008.10.25。
- 〈從杜甫「詩史」論評看閱讀的接受與創發〉，發表於第十三屆中興大學中文系校內論文研討會，2008.04.12。
- 執行行政院國科會補助大專學生參與專題研究計畫〈文學的轉介與影響研究──以卡爾維諾為主的考察〉，計畫編號：NSC 91–2815–C–260–013–H，計畫完成日期 2003.02.28。

提　　要

　　本論文對晚唐五代詩僧貫休進行生平事蹟、詩書畫作品及其思想、性格之考察，並對《禪月集》的題材內容、藝術表現進行分析，同時觀察歷史評價、現當代評價並提出筆者之評價。全文分為七章，重點提要如下。

　　第一章針對海峽兩岸貫休研究現況進行評介，釐析現階段之研究成果，並提出本論文研究之意義與著眼之重點。此外，說明研究動機、釐定研究範圍與本文之章節安排。

　　第二章對唐代詩僧之得名與定義進行概說，並分析中晚唐詩僧的興盛背景，以及敘述唐代「詩僧」之發展，與「僧詩」獨特之語言、詩境風格。

　　第三章對貫休生平行旅進行考述，並就史籍記載貫休之個性與事蹟分析他頗具個性化之性格，期能幫助明瞭貫休在面臨強藩傾軋下的人生抉擇。另對貫休的詩集《禪月集》、書法、畫作（羅漢畫）進行歷史流衍、評價與影響的考述。

　　第四章對《禪月集》之題材與思想進行分析，釐析出「政治詩」、「交往詩」、「詠懷詩」為《禪月集》之三大主要寫作題材，其中諷諫、干謁、頌詩為政治詩之重要內涵；敦促與關懷、世俗情態、生活與創作分享為交往詩之主要內涵；自剖與願景、詠物與懷古詠史、領會與規勸為詠懷詩之重要內涵。並揭示貫休詩歌所反映的文學主張為「尊詩與肯定苦吟」、「以道性為主、詩情為輔」、「實用的政教文學觀」。

第五章對《禪月集》之藝術表現進行分析。在創作形式上有古體、樂府歌行、近體、齊梁體、偈頌與箴言。在風格特色上能見以議論為詩、俚俗白話、境清格冷、豪放奇崛等豐富表現。在用字技巧上，疊字疊句、重字逞才、鍛字鍊句、雙關藏巧表現出貫休詩歌特有的民歌風味，也展現他推敲琢磨的運字技巧。在修辭技巧上則有映襯、頂真、排比、設問、對偶、誇飾之修辭分析，呈現多元詩藝。

　　第六章對貫休詩之評價進行探討，從晚唐五代時人的評價及至宋、元、明、清各朝代對貫休詩歌之論評著眼，探討歷代褒貶之焦點。同時觀察現當代對貫休詩之評價，探討其對歷史評價的延續、開展以及重新省視。最後，提出筆者對貫休及其詩歌之綜合評價。

　　第七章：結論。為本篇論文對貫休及其詩歌研究的總結。

　　文末附錄：貫休年表、貫休各版本之羅漢畫以及畫贊。

序

　　初入學術殿堂，有幸跟隨溫和寬厚、治學嚴謹的李建崑教授學習，對「眾星雲集」的唐代文人、群體紛繁的文學社群有了初步的認識，尤其李教授專研的中唐社會寫實大家杜甫、中唐古文運動領袖韓愈以及中晚唐苦吟詩人群等，都裨益我對中晚唐時期的文壇風尚、文學流派有更進一步的認識。而這也是本論文取材擇題的重要方針。

　　有感於中晚唐詩僧乃苦吟詩人群中特出的一類群像，尤其禪月大師貫休更是中晚唐三大詩僧之一，其詩歌作品數量之豐、內涵思想之深刻與皎然、齊己並列，同時貫休特殊的個人特質以及廣闊的行腳遊歷，在詩僧群體中顯得卓爾不群，而他的書畫亦是中國藝術史上列名的佼佼者。面貌如此豐富的貫休，在現今的研究尚有著力之空間，因此，承蒙李教授的指導，有了本論文的寫就。

　　我於學術領域的初試啼聲之作，能受到花木蘭出版社的青睞，首要感謝的是業師李建崑教授，在老師身上我學到什麼是研究、從原典出發的重要性、以及資料蒐集與判讀繼而建立論述體系的一貫研究進程。感謝老師給我許多鼓勵與肯定，也時常在我深陷資料堆中、茫無頭緒之際適時給予指點，和老師的相處沒有壓力，就在這愉快的學術交流中，完成了碩士論文。除此之外，還要感謝王建生教授和林淑貞教授，兩位老師給予我許多研究上有益的方向，點出論文裡還不成熟

或思慮尚待周全之處，讓我有改進的空間，使本文能夠更臻美善，尤其口試時溫煦的提醒與鼓勵，其提攜後進的殷切用心使我感念。另外也感謝我的先生智偉，陪伴我走過研究時的困頓低潮、有所得時的歡欣喜悅、傾聽我腦子裡滿溢的各種研究想法，並且分享寫作時常現的五味雜陳心情，研究的路途有他陪伴，就算艱辛也能度過。最後，本文能夠付梓尚須感謝花木蘭文化出版社高小娟社長、杜潔祥總編輯的相助，慨允收編拙作入《古典詩歌研究彙刊》，也協助本文的校對與排版更臻完善。初試啼聲的學位論文能夠以出版的方式面世，千言萬語，謹申謝悃。

目

次

第一章　緒　論

　　兩棲於宗教與文壇的詩僧，在中唐如雨後春筍般的崛起，他們是佛教中國化的實質表徵，其佛教徒的身分，致使歷來不被以文人定位，因而在文學史中也備受冷落。有幸近年來的研究開始對詩僧群體投注關切目光，一些唐代指標性的詩僧，如皎然、貫休、齊己都開啓了研究的門徑，或有年譜問世、或有詩集校注編成、或有生平行旅與詩論的探討，都爲這些詩僧的研究立下厚實的基礎。有鑑於晚唐時期的貫休（832～912），其現階段的研究尚有可充實之處，詩集《禪月集》的整編校注也在 2006 年 8 月甫問世〔註1〕，故本論文擬對其進行探討，以下對貫休研究現況進行評介，並說明研究動機、研究範圍與章節安排。

第一節　貫休研究現況評介

一、學位論文

　　（一）張海：《貫休研究》（四川師範大學中國古典文獻學
　　　　　碩士論文，2001 年）。

　　該論文分三方面對貫休進行探討：貫休的生活時代、貫休的生活

〔註1〕陸永峰：《禪月集校注》（成都：巴蜀書社，2006 年 8 月）。

－1－

經歷、貫休的詩歌創作。作者由大歷史到小歷史作觀照，針對晚唐五代的歷史背景、衰敗原因、朝野亂象作鳥瞰，再著眼貫休的生平、交遊與入蜀的考證〔註2〕。透過這大小歷史的環顧，可以清楚掌握貫休生存的歷史時刻，同時對進一步理解他的詩歌創作內涵卓有助益。

再者，關注到貫休的詩歌創作要旨包含有對戰亂和流離的反應、同情水深火熱的勞動人民、抒發抱負並表達美政理想、宣洩壯志未酬之嘆、指陳時弊、漫遊隱逸山水田園之際的觀想、禪理偈頌類詩歌、以及佔詩作三分之一強的表現友情、親情與日常細節的生活詩。

張海的研究對貫休能有初步的掌握，面對詩僧貫休，該論文也能對他傳世至今的七百多首詩歌作主題歸納，然而整體而言尚有許多不足之處。首先，貫休為晚唐五代著名的詩僧，針對「詩僧」這一群體〔註3〕的背景知識與其在文學史上的意義、地位作評述有其著筆的必

〔註2〕 「貫休入蜀考」一節針對貫休入蜀前的蜀中情勢、入蜀的原因、入蜀的時間及路程、在蜀中的活動等進行探討。分析王建擴展勢力版圖的歷程，取得北至今陝西南部、南至今雲南、西至今川西高原、東至三峽的勢力範圍，為前蜀的建國奠定了基礎。又考證貫休入蜀的原因在於受成汭忌恨迫害，抑鬱不得志而入蜀；又蜀地相對安定，無戰亂之憂；王建創建前蜀政權禮賢下士，廣納人才，且唐代衣冠士族多避難在蜀，故前蜀的典章文物有唐之遺風，吸引貫休前來投靠王建。對入蜀時間的考證，張海得到「天復二年冬末，至遲不超過天復三年初春正月」的結論。此外，貫休在蜀中的活動，透過詩作大概僅得出歌功頌德（對王建治國安民的豐功偉業進行歌誦）與交遊寄贈（與蜀中名士交遊）兩類，一生壯遊天下的貫休，蜀中十年是他人生最後的階段，此時他年事已高，無法遊歷巴蜀大地錦繡風光，因此遺憾的是貫休入蜀後幾乎沒有留下一首描繪巴蜀風情的詩作。（參閱頁45～56）

〔註3〕 王秀林《晚唐五代詩僧群體研究》指出「詩僧作為一個特殊的群體，出現於唐代，嚴格說來，是形成於晚唐五代。一個最突出的特徵就是『詩僧』之名固定化、專有化，得到社會普遍的認可。」又云「《全唐詩》收錄115名詩僧，晚唐五代詩僧就有40餘人，如再加上《全唐詩補編》等籍所收之詩僧，晚唐五代詩僧多達200餘人。」、「中唐雖出現皎然《酬別襄陽詩僧少微》的稱謂，劉禹錫『詩僧多出江左』的評論，然而都不如晚唐五代『詩僧』稱謂的普遍化。如許渾、方干等人的詩中大量出現寄、贈、酬、勉、逢『詩僧』的詩題。且

要，可惜的是該論文這部分隻字未提。

再者，貫休爲一介藝僧，他的藝術成就絕不能忽視「書」「畫」二者，然而該論文只在第21頁以張格〈寄禪月大師〉〔註4〕一詩點出貫休詩書畫兼工，之後對他「書」「畫」的藝術成就全然不談，是有失完整的，尤其學位論文題目訂爲《貫休研究》，勢必要對貫休作全方位的研討，較能名實相符。

此外，在貫休行止的探討上，亦缺漏了貫休投奔錢鏐這段歷程。在描述他中和四年至景福元年返鄉婺州後，行文就跳到乾寧年間來到荊州投奔成汭，其實依《大宋高僧傳》、《唐才子傳》的記載，在乾寧初年貫休曾來到吳越，謁武肅王錢鏐，謁錢鏐是比投奔成汭還要早的事情，況且貫休投奔成汭的原因，亦是由於不願改詩而得罪錢鏐因而離去，故於貫休行止的完整性及個性展現上，這段經歷是不可或缺的。又，該論文對貫休交遊的主要對象作了背景的考察並與相互酬贈的詩作做連結，但缺乏以貫休行止年序爲主軸的繫年與貫串，此部分尚有待更細緻化的寫作。

於詩作研究方面，缺乏說明根據何種《禪月集》版本進行文獻探

中晚唐以前的詩僧多把作詩看作明佛證禪的手段或工具，晚唐五代詩僧則有迷戀藝術的創作動機。」查明昊《轉型中的唐五代詩僧群體》對「群體」的定義是「雖生活於不同的歷史時期，但有相似的人生軌跡，前後相續，呈現出較爲明顯的群體特徵的群體；或是這樣的詩僧群體，他們生活於同一個特定的歷史時期，雖然彼此之間不一定有密切的聯繫，但都呈現出同一的、獨特的群體行爲特徵。」據上述二者的定義，可知唐代「詩僧」是一具有特殊創作身分、人數規模足稱群體、有相似而獨特的創作特徵且生活於特定的歷史時期、「詩僧」一詞得到定名並受當時代社會普遍認可的「詩歌創作群」，因此可將詩僧視爲「群體」探究之。參見王秀林：《晚唐五代詩僧群體研究》（北京：中華書局，2008年），頁5、6、13；查明昊：《轉型中的唐五代詩僧群體》（杭州：浙江大學中國古典文獻學博士論文，2005年），頁4。

〔註4〕張格〈寄禪月大師〉：龍華咫尺斷來音，日夕空馳詠德心。禪月字清師號別，壽春詩古帝恩深。畫成羅漢驚三界，書似張顛直萬金。莫倚名高忘故舊，曉晴閒步一相尋。

討；又《西岳集》與《禪月集》在歷史上的流傳整編亦有波折及異名
的情況，都需要作一爬梳。這些倘若能進行增補，將大幅提升該論文
的完備性。

此外，晚唐詩壇有其獨樹一幟的氛圍：宗姚合、賈島，崇尚苦吟、
詩貴清奇、投注瑣細事物等；張為〈詩人主客圖〉亦明確標誌各類詩
風之承衍。詩人處身大時代裡，其詩作風格不能不受影響，後蜀何光
遠《鑒誡錄》即記載「議者稱白樂天為大教化主，禪月次焉。」〔註5〕
可見當時論者將貫休置於廣大教化主白居易一脈之下，是對其審美趣
味與藝術風格歸屬之共識。因此梳理晚唐詩壇風範，將有助於深入貫
休創作心靈的有意識與無意識，甚至能對他在創作上的承繼作出歸屬
與評價。這部分也是該論文有待補足之處。

再者，《禪月集》裡多元的藝術表現手法也是該論文忽略之處，
貫休創作眾體兼備，不論古體、近體、齊梁體、樂府歌行、偈頌，或
四言、五言、七言、雜言，抑或邊塞、田園、詠物、贈答等，都兼容
並蓄於貫休筆下，這是他的詩歌藝術成就，應受到研究者的重視。

最後，歷史上對貫休的評價也是該論文亟待充實之處，透過歸納
歷史評價，將能整全的看出貫休在各方面帶給世人的啟示、反省，從
而確立他在文學史上的位置，進而能不偏頗的作出適切合理的論評。

（二）田道英：《釋貫休研究》（四川大學中國古典文獻學 博士論文，2002 年）。

該論文在貫休的生平行踪考證上著力甚深，同時融入詩歌創作時
間與人際交往的判讀，從而聯繫了生平行止與詩歌創作二者，完整勾
勒出貫休的一生。再者，亦對古往今來有關貫休的訛說進行考證，如
是否曾向錢鏐獻詩干謁？與荊帥高季昌是否有過交往？是否曾北上
中原一帶？何時入蜀？入蜀後投奔的是王建或孟知祥？被成汭貶逐
黔中的原因為何？《西岳集》的命名、卷數問題等。這些歷來尚有爭

〔註5〕〔蜀〕何光遠：《鑒誡錄》卷五（北京：中華書局，1985 年），頁 34。

議的論題，都在該研究裡經由考證得到釐清〔註6〕。此部分也佔了整本論文的三分之二份量，足見用力之深。

　　此外，對《西岳集》和《禪月集》的結集與版本流傳情況也作了詳細的梳理，同時點出貫休創作秉持著儒家詩教，以頌美、諷刺詩風為中心主軸，展現強烈的現實性。另，對於貫休留名青史的繪畫（羅漢畫、山水畫、水墨技法）與書法（草書、篆隸）的成就及影響，都有專章探討。

　　然而，該論文在上述所作出的研究貢獻之餘，尚有未竟之處。田道英注意到貫休的思想融合儒釋道三者，但對貫休的詩歌研究卻只歸納出「頌美諷刺」與「日常生活情景」兩大主題趨向，對《禪月集》裡尚存豐富的題材類型（如禪詩、邊塞詩、山居詩、詠物詩、交誼酬贈詩等）、詩歌體裁（如近體詩、古體詩、齊梁體、樂府歌行、偈頌等）都缺乏評介分析，而這些亦是組成《禪月集》整體內涵的重要環節，也是貫休詩歌藝術的全方位表現，有必要分類探討。

　　又，貫休集詩書畫三方面的才華於一身，其真率狂狷、傲骨坦蕩的人格特質，屢屢表現在他的藝術創作中，如他擅長的草書、水墨技法、多元的詩風特色乃至羅漢畫鮮明的風格，每一項都滲透有貫休特殊的身影，突顯他在晚唐詩僧群體裡的獨特性。可惜的是該論文未能對此作出整合性的把握，因此透過論文所能了解的貫休人格面貌尚不

〔註6〕田道英的博士論文《釋貫休研究》對歷來爭論的問題有如下的考證成果：貫休入蜀投奔的是王建而非孟知祥（參閱頁64）；貫休向錢鏐獻詩干謁是可信的（參閱頁64～66）；貫休入蜀前的荊州節度使是成汭而非高季昌，故《唐詩紀事》和《十國春秋》記載與荊帥高季昌有過交往乃訛誤（參閱頁87～88）；從詩作紀錄的人事、地點判斷，貫休曾北上中原一帶（參閱頁60～63）；貫休入蜀時間當在天復二年秋天開始西行入蜀（參閱頁85～86）；貫休被成汭貶黔中的原因應屬《北夢瑣言》記載的成汭向貫休討教書法，受到貫休傲慢回應，於是顏面無光慣而下令遠貶黔中（參閱頁71～72）；《西岳集》應採齊己的「三十卷」說法較為可信，其命名也可能是貫休曾登過西岳華山，以此為誌（參閱頁119～120）。

清晰。倘若整體的連結他詩書畫三方面的風格，並互相對照詮解，勢必能更整全的拼湊貫休的人格樣態，如此連結來看，也才能完整把握住一個活躍的生命體。

（三）黃艷紅：《貫休詩歌研究》（陝西師範大學中國古代文學碩士論文，2005 年）。

該論文將貫休詩歌分為「禪詩」和「世俗詩」兩大類進行探討，並從中提出「入世思想」是他詩作裡的主旋律。在禪詩方面，作者提及貫休的禪詩約佔整體詩歌的三分之一，分為：一、用組詩形式，全面反映僧人特殊的生活方式和對禪理禪趣的體悟，如〈山居詩二十四首〉〈桐江閑居作十二首〉；二、禪情詩（是世俗友情詩的延伸）。在貫休的世俗詩方面，作者歸納為：一、邊塞詩，體現衰世時期，江河日下，無力回天的悲壯情懷；二、頌詩，建構心中的理想國，表達動盪社會中的百姓願望和要求；三、刺世詩，揭露貴族奢華迷信的行徑，頌揚良吏、鞭笞酷吏，體現入世觀念。而根據詩作分析觀察到貫休為僧卻透露強烈的入世觀念，其原因在於：一、自小接受儒家思想（家傳儒素）；二、南宗禪提倡「平常心是道」，以入世為出世；三、晚唐社會動盪的歷史背景使然。

以上是該論文大致的寫作重點，黃艷紅關注到貫休詩歌裡的禪理情趣，點明他一系列山居詩反映僧人禪隱生活的價值，同時對世俗詩進行探討，尤其針對後人訾議逢迎拍馬的頌詩，能論證其具有反映貫休心中理想國及表達動盪社會中的百姓祈願之詩歌價值，最難能可貴。在詩歌思想方面，指出「入世」是他詩作鮮明的主基調，是論據有力的觀點。

然而，該論文亦有許多粗略、理解錯誤之處。首先，論文題目為《貫休詩歌研究》，照理應針對貫休詩作進行全面性的思想、藝術探討，但該文只論述他的入世思想（儒思），對貫休詩裡尚存的釋、道思想均未論及，有失偏頗。又，貫休的詩歌藝術多元豐富，除了取材

廣闊（如禪詩、邊塞詩、山居詩、詠物詩、交誼酬贈詩等），也多元
嘗試各類詩歌體裁（如近體詩、古體詩、齊梁體、樂府歌行、偈頌等），
這部分該文都缺乏進一步研究，顯得名實不符。

　　再者，該文的章節設定與內容安排也有可議之處。第一章「禪詩」
將反映禪隱生活與對禪理禪趣的體悟歸入，並舉〈山居詩二十四首〉、
〈桐江閑居作十二首〉為例，尚稱恰當，但卻疏漏探討貫休也很重要
的山居組詩〈秋末入匡山船行八首〉，實為可惜。又，將「禪情詩」
置於禪詩項下則顯出不妥，黃艷紅定義「禪情」是「詩人對與他交往
的大德、高僧們的仰慕之情，以及對僧友們久別未逢的相思和對故友
的懷念之情」，這樣的定義太過疏闊，不夠精準適切，作者顯然因貫
休為緇流，故理所當然的將他表示關心、仰慕的交誼詩就直接視為禪
情詩，其實禪情詩應該是具備對禪理禪趣的體味而發諸文字的詩歌，
端視該文在這部分所舉的詩例，如〈秋寄棲一〉、〈送僧之安南〉、〈經
弟妹墳〉、〈經友生墳〉、〈懷張為周朴〉等，內容情感大致是世俗交誼
與親情兩類，毫不涉及對禪理禪趣的體味，將之置於「禪詩」項下不
甚妥善，反倒改禪情詩為交誼詩，與邊塞詩、頌詩、刺世詩一起歸於
第二章「世俗詩」項下更為貼切。

　　此外，該文還存在著一些作者主觀臆測之處〔註7〕，也有理解錯

〔註7〕　在論「干謁之成因」一節中，作者認為貫休為僧的身分使他進可入
　　　　幕府，退可居山林，因此他沒有仕子必須成功、否則無路可退之心，
　　　　因此干謁的結果如何，對他來說並不重要，這是貫休敢於直言的前
　　　　提和基礎，也是他不斷得罪大小官吏的原因。這樣的論斷帶有作者
　　　　主觀臆測，並不妥當。倘若干謁對貫休而言並不重要，那他為何終
　　　　其一生四處干謁，尋求理念契合的知音？貫休干謁權貴是為了實現
　　　　心中的理想國，希冀貢獻一己能力，以淑世為業，因此干謁對貫休
　　　　而言絕對有其意義性與實現願景的必須性。（參閱頁25）
　　　　又，作者認為貫休對吳融的序表示不滿意，因此要曇域幫他重作序，
　　　　原因在於吳融序中隻字未提他的禪詩，且吳融把貫休與太白、樂天
　　　　相提並論，這種抬高貫休詩歌成就的做法不符合詩人意願，因此要
　　　　求曇域重作序。然而，考曇域重作的序也未提及禪詩部分，說貫休
　　　　謙虛不願與李白、白居易同列也是毫無證據的臆測之詞。（參閱頁35）

誤之憾〔註8〕。而且在「結束語」部分雖點出貫休書畫的藝術成就，但卻僅止於堆疊後代典籍的記載，而未能作梳理和扼要的評論，甚為可惜。

（四）吳双双：《貫休思想及其文學創作初探》（廈門大學中國古代文學碩士學位論文，2007 年）。

該論文從社會歷史觀與人生價值觀著手，探討詩人的憂患意識、戰爭觀、倫理觀、人生觀、審美意識、宗教觀等貫休主要思想。這部分輪廓詩人對政治民生的深深關切，同時在維護國家統一的立場上，對外肯定正義戍邊的戰爭，也基於人道考量，反對窮兵黷武；對內則痛恨內亂帶給人民的無邊災難。又，關注到貫休的濟世思想及孤直耿介的性格和追求自由的人生觀。在倫理觀部分，儒家忠孝、仁禮、信義思想組成貫休心中各式社會規範，對淳古風俗和高潔人格的嚮往、對匡濟世事卻又不失本真的堅持，還有詩人繼承發揚風騷傳統、崇尚「清」詩及戀戀苦吟的審美意識，以及三教融合並為我所用的宗教觀等，都是該文對貫休思想所爬梳出的要義。

在詩歌主題分類上，詠物詩表現的托物言志及活躍的想像力；詠懷詩抒發理想之不可得及感嘆社會亂離人心澆薄；禪悅詩寫山居生活

〔註8〕 作者說貫休畢竟是僧人，深居山中最終目的是參禪悟禪。然而，貫休自己在〈山居詩二十四首〉中即自言「居山別有非山意，莫錯將予比宋纖」，兩詩句已將作者之言攻破，依貫休強烈的入世思想，雖深居山中但內心深處卻渴切伯樂出現，讓他得以貢獻所長、淑世濟民（終南之隱）。又考其行止，避難流徙、逢人收留的情事反覆出現於他的生活中，因此「山居的目的在參禪悟禪」這句話絕難成立，或者說參禪悟禪是他在深居山中後的生活體驗與偶得較為恰當，參禪悟禪絕非他居山林的動機與目的。（參閱頁 5）

又，作者認為「貫休的禪詩由早期的注重描寫僧人的隱居生活和體悟禪理禪趣，到中、晚年的注重禪情，是對禪詩進一步詩化起了一定的推動作用」。其實與其說是詩化，不如說是世俗化會更恰當。因為中晚唐以後的詩壇瀰漫著世俗化的氛圍，不論在語言或情感上，「淺白俚俗」的表達方式蔚為風尚，連衲子的詩歌也不能於此文化氛圍中置身事外，故論貫休的詩歌風格絕不能無視於晚唐詩風的影響。（參閱頁 11）

的自得之情與歸隱之志；懷古詩則透過歷史的反思，對國家興亡殷殷作諫；邊塞詩充滿人性思想，紀錄下邊疆惡劣環境與戰士悲歌；酬贈詩內容多元，有干謁頌美之作、有賀功名慰失落慟辭世以及表達懷念之人生各類俗情；行旅詩則描述旅途見聞和感觸，同時表現富情趣的生活細節和凡俗人的倫常情感；隱逸詩除了表明欲隱之志，也對道家神仙世界表示嚮往。這八大詩歌主題分類暨內涵論述，都是該論文對《禪月集》所作全面而細緻的歸納研究，成果非凡。

最後，於貫休詩歌風格特徵上，釐析出自然通俗、偈頌味、奇崛怪誕、清幽冷峭之《禪月集》詩歌特色，同時亦探討這些特色的成因與詩歌主張。總之，該論文如實呈現貫休在思想與詩歌創作上的方方面面，分析也頗得要義，是篇小而美的完整之作。

然而，該文在聚焦於貫休研究之餘，尚可宏觀來看待貫休詩歌特色形成的歷史淵源。如貫休詩尚「清」，則詩風尚清有何歷史淵源與美學依據？貫休詩如何將「清」字入詩？達到何種審美效果？又，作者提到貫休詩繼承發揚風騷傳統，但卻未注意到後蜀何光遠《鑑誡錄》將貫休置於廣大教化主白居易流裔下的事實〔註9〕，據此來看，貫休在後世評論者眼裡亦入列於張為〈詩人主客圖〉中，這是值得玩味的讀者接受現象，可惜該文未能注意這個貫休被歸屬流裔的問題。還有，貫休詩尚苦吟的藝術美也在該文被提點出來，但針對苦吟的歷史成因與時代審美眼光，以及當時唱和集團相互證成此種風尚的大背景部分，該文也缺乏整理性的介紹，致使無法將貫休詩歌苦吟特色與當時文風作有效的呼應連結，又貫休的交友也甚多是與當時鼓動苦吟風潮有淵源的人士（如姚合的女婿李頻、方干、齊己、裴說、陳陶、周朴等），他們唱酬不輟，若將貫休置於「清奇雅正」與「清奇僻苦」流裔之下，顯然亦無不可，然而此部分該文都欠缺探討，甚為可惜。這些都是在該文「小而美」研究之餘，可再宏觀探討的文學史論題，

〔註9〕何光遠《鑑誡錄》記載「議者稱白樂天為大教化主，禪月次焉。」參見〔蜀〕何光遠：《鑑誡錄》卷五，頁34。

如此一來，貫休將能得到更爲妥貼的歷史評價。

二、期刊論文

現階段專論貫休之期刊論文大致可歸類爲考證類、思想類、藝術創作類三項。「考證類」有生平的探討，如林元白〈貫休的生平及其詩〉〔註10〕、釋明復〈貫休禪師生平的探討〉〔註11〕、戴偉華〈貫休行年考述〉〔註12〕等，這類研究爲貫休一生行止作了很好的考證，爲後繼研究貫休者奠定了堅實的基礎。另一類是針對貫休的官職、詩歌訂補、入蜀時間等進行釐析，如王秀林〈貫休官職考〉〔註13〕對長達九十餘字的貫休銜號一一進行銜號職能的考證、劉芳瓊〈貫休詩歌訂補〉〔註14〕針對《全唐詩》及其《外編》所收貫休詩歌訛謬舛誤處作了考訂、馬凌霜〈貫休入蜀的時間及生卒年補証〉〔註15〕亦爲考證類文章。

「思想類」則關注到貫休思想上儒釋互滲的特色，如徐志華〈論儒釋互滲的貫休詩〉〔註16〕、王峰〈從貫休的《行路難》看佛儒之融合〉〔註17〕兩篇分析了詩人以緇流身分行儒家喻世針砭、倫理仁愛，以及佛家慈悲爲懷之雙向思維；張敏〈法眼慧心話人性——略論貫休

〔註10〕林元白：〈貫休的生平及其詩〉，《海潮音》第 73 卷 12 期（1992 年 12 月）。

〔註11〕釋明復：〈貫休禪師生平的探討〉，《華崗佛學學報》第 6 期（台北：中華學術院佛學研究所，1983 年）。

〔註12〕戴偉華：〈貫休行年考述〉，《揚州師院學報》社會科學版（1992 年第 2 期）。

〔註13〕王秀林：〈貫休官職考〉，《中國典籍與文化》（2005 年 1 月）。

〔註14〕劉芳瓊：〈貫休詩歌訂補〉，《文獻》1991 年第 3 期（北京：書目文獻出版社，1991 年 7 月）。

〔註15〕馬凌霜：〈貫休入蜀的時間及生卒年補証〉，《文學遺產》1981 年第 4 期（北京：中華書局，1981 年 12 月出版）。

〔註16〕徐志華：〈論儒釋互滲的貫休詩〉，《湖南科技學院學報》第 26 卷第 7 期（2005 年 7 月）。

〔註17〕王峰：〈從貫休的《行路難》看佛儒之融合〉，《文教資料》（2006 年 3 月號下旬刊）。

征戍詩中的人性思想〉〔註18〕則從貫休的邊塞詩看詩人的悲憫之情，指出貫休思想存在著異質同構的佛教慈悲精神和儒家仁義惻隱。王思熙〈一身傲骨的貫休〉〔註19〕探討詩人不迎不拒、孤傲難馴的處世態度；羅家欣〈不是爲窮常見隔，祇應嫌醉不相過──從貫休詩作探討其宦遊之心〉〔註20〕則針對詩人的政治性格、淑世願景以及褊介狂狷個性作探討。

「藝術創作類」分論詩歌與書畫二者，彭雅玲〈詩語與修悟──以皎然、貫休、齊己三位詩僧的詩歌爲討論中心〉〔註21〕探索詩語與修悟的交互關係，把握兼具詩人及僧人雙重身分的三位詩僧，其詩歌彰顯出文學／宗教兩大領域的對立、互滲、交融等種種現象，從而提示詩歌作爲宗教媒介的功能與角色。朱學東〈賢聖無他術　圓融只在吾──唐末五代詩僧貫休詩論探微〉〔註22〕從貫休詩歌中抽繹出「文行、騷雅、性靈、苦吟、詩魔、格力、匠化、詩境」等八大詩學理論進行探討，類似文章還有楊道明〈貫休詩論〉〔註23〕。劉炳辰〈貫休詩的世俗化特徵〉〔註24〕則關注詩人的入世情懷以及藝術表現通俗化、平民化的審美追求。劉京臣〈貫休樂府詩探微〉〔註25〕提出貫休

〔註18〕張敏：〈法眼慧心話人性──略論貫休征戍詩中的人性思想〉，《阜陽師範學院學報》社會科學版（2003 年第 3 期）。

〔註19〕王思熙：〈一身傲骨的貫休〉，《經典雜誌》（2004 年）。

〔註20〕羅家欣：〈不是爲窮常見隔，祇應嫌醉不相過──從貫休詩作探討其宦遊之心〉，《國文天地》第 24 卷第 2 期（2008 年 7 月）。

〔註21〕彭雅玲：〈詩語與修悟──以皎然、貫休、齊己三位詩僧的詩歌爲討論中心〉，鄭志明編：《宗教藝術、傳播與媒介》（嘉義：南華大學宗教文化研究中心，2002 年 1 月）。

〔註22〕朱學東：〈"賢聖無他術　圓融只在吾"──唐末五代詩僧貫休詩論探微〉，《運城高等專科學校學報》第 20 卷第 4 期（2002 年 8 月）。

〔註23〕楊道明：〈貫休詩論〉（上、下），《廣西師範大學學報》社科版（1986 年 4 月）。

〔註24〕劉炳辰：〈貫休詩的世俗化特徵〉，《南都學壇》人文社會科學學報第 27 卷第 3 期（2007 年 5 月）。

〔註25〕劉京臣：〈貫休樂府詩探微〉，《濰坊教育學院學報》第 18 卷第 4 期（2005 年第 4 期）。

能用古題自出機軸抒寫胸臆，承樂府詩的諷喻傳統與李長吉的騷雅之風。黃世中〈略論詩僧貫休及其詩〉〔註 26〕則對貫休的詩歌藝術進行分析，認爲貫休的古風樂府較爲深刻的反應唐末社會現實，且古體風格在晚唐獨樹一幟，同時善用俚俗語言，以議論入詩，鎔鑄風雅、騷體、五七言於一爐，其議論近於說話調式，開宋詩議論的先河，難能可貴的是貫休詩中的議論不止闡發義理，同時是「情韻以行」的。羅宗濤〈貫休與唐五代詩人交往詩淺談〉〔註 27〕針對貫休追懷前輩詩人的作品、贈送同時代詩人的作品以及同時代詩人贈送或追念他的作品進行分析，釐清他的交往網絡，探討相互影響的狀況與產生的效應。羅宗濤〈皎然貫休齊己詩中的花〉〔註 28〕則整理了詩人詩中的「花」，考察花字與相關字的搭配情況、呈現的特色、愛用的花種與好用之原因，更進一步觀察用「花」字入詩之隱藏的內涵，以及如何藉花悟道。李寶玲〈貫休詩中書畫美的表現〉〔註 29〕提示貫休詩中的「美」是一種與現實生活密切結合的現實美，較傾向於儒家道德美學的表現。胡大浚〈貫休的邊塞詩作與晚唐邊塞詩〉〔註 30〕闡發了貫休邊塞詩的歷史價值，指出這些詩歌在藝術境界的開拓與人文精神的發揚上，都於唐代邊塞詩史中取得了卓越的成就。此外，胡昌健〈五代前蜀詩書畫家貫休〉〔註 31〕著眼貫休的現實詩風、狂草書法、羅漢畫進行介紹。在貫休羅漢畫藝術上，亦有多篇論著對此著墨，如小林太市郎《禪月

〔註 26〕黃世中：〈略論詩僧貫休及其詩〉，《浙江師範學院學報》（1984 年第 2 期）。

〔註 27〕羅宗濤：〈貫休與唐五代詩人交往詩淺談〉，收錄於中華文化復興運動總會宗教研究委員會編印：《佛教與中國文化國際學術會議論文集下輯》（台灣：台北縣新莊市，1995 年 7 月）。

〔註 28〕羅宗濤：〈皎然貫休齊己詩中的花〉，財團法人佛光山文教基金會主編：《1994 年佛教研究論文集：佛與花》（高雄縣：佛光出版社，1996 年 2 月）。

〔註 29〕李寶玲：〈貫休詩中書畫美的表現〉，《逢甲中文學報》（1994 年 4 月）。

〔註 30〕胡大浚：〈貫休的邊塞詩作與晚唐邊塞詩〉，《河西學院學報》第 23 卷第 6 期（2007 年）。

〔註 31〕胡昌健：〈五代前蜀詩書畫家貫休〉，《四川文物》（1995 年第 2 期）。

大師の生涯と藝術》〔註32〕、李玉珉〈明末羅漢畫中的貫休傳統及其影響〉〔註33〕、羅香林〈晚唐貫休繪十六羅漢應眞像石刻述證〉〔註34〕、何興泉〈高古奇駭　意趣盎然——貫休羅漢畫風格〉〔註35〕、楊新〈新發現貫休《羅漢圖》研究〉〔註36〕、毛建波〈貫休《十六羅漢圖》的創作背景與圖式價值〉〔註37〕等都是現階段對貫休詩書畫藝術進行闡發的單篇論文。

三、唐五代詩僧綜論型研究

　　近十來年詩僧的研究逐漸爲人所重視，有多部綜論型研究對詩僧群體進行考察，如詩僧之崛起與發展、群體分類、群體組成及詩作特徵、群體心態、詩文理論、對晚唐五代詩壇之影響等。較具系統性的專著有覃召文《禪月詩魂——中國詩僧縱橫談》〔註38〕、彭雅玲《唐代詩僧的創作論研究——詩歌與佛教的綜合分析》〔註39〕、王秀林《晚唐五代詩僧群體研究》〔註40〕、查明昊《轉型中的唐五代詩僧群體》〔註41〕、胡

〔註32〕 小林太市郎：《禪月大師の生涯と藝術》（東京：創元社，1949 年）。

〔註33〕 李玉珉：〈明末羅漢畫中的貫休傳統及其影響〉，《故宮學術季刊》第 22 卷第 1 期（2004 年秋季）。

〔註34〕 羅香林：〈晚唐貫休繪十六羅漢應眞像石刻述證〉，收錄於張曼濤主編：《佛教藝術論集》（台北：大乘文化出版社，1978 年）。

〔註35〕 何興泉：〈高古奇駭　意趣盎然——貫休羅漢畫風格〉，《雲南藝術學院學報》（2003 年第 2 期）。

〔註36〕 楊新：〈新發現貫休《羅漢圖》研究〉，《文物》（2008 年第 5 期）。

〔註37〕 毛建波：〈貫休《十六羅漢圖》的創作背景與圖式價值〉，《中國書畫》（2004 年第 7 期）。

〔註38〕 覃召文：《禪月詩魂——中國詩僧縱橫談》（北京：三聯書店，1994 年 11 月）。

〔註39〕 彭雅玲：《唐代詩僧的創作論研究——詩歌與佛教的綜合分析》（台北：政治大學中國文學系博士論文，1998 年）。

〔註40〕 王秀林：《晚唐五代詩僧群體研究》（北京：中華書局，2008 年）。【本書係作者博士論文改編出版。王秀林：《晚唐五代詩僧群體研究》（上海：復旦大學中國語言文學系博士論文，2003 年）。】

〔註41〕 查明昊：《轉型中的唐五代詩僧群體》（杭州：浙江大學中國古典文獻學博士論文，2005 年）。

玉蘭《唐代詩僧文學批評研究》〔註42〕等。這些綜論亦將貫休置於詩僧流變史與特色分析中來考察，縱橫評論詩人反應該群體的諸多特徵與歷史意義，是從詩僧小歷史的宏觀角度審視貫休之絕佳研究成果。

第二節　研究動機

　　促進佛教中國化進程的推動、聯繫文學與佛教的交融，同時對中國文藝理論的充實上均有重大建樹的「詩僧」群體，近年來逐漸受到學界重視，其文化價值與貢獻終於在「佛徒滅斷情欲而寫詩，因此寫不出好作品」的偏見下揮別陰霾，被作出適切的闡揚與評價。僧人寫詩濫觴於東晉，直至唐代臻於鼎盛，且「詩僧」一詞的最早出典源於皎然〈酬別襄陽詩僧少微〉，可見有唐一代是詩僧這個群體定名、發展，進而躍上文學史的高峰期。

　　然而，僧侶作詩者眾，真正創作出一定質與量的，就屬皎然、貫休、齊己。《四庫全書·白蓮集提要》云：「唐代緇流能詩者眾，其有集傳於今者，惟皎然、貫休及齊己。」〔註43〕可見以當時創作活躍度而言，這三位詩僧堪為表率。綜觀現今台灣的研究，對皎然、齊己已有全面性探討的學位論文寫就〔註44〕，但對貫休的全面性探討仍付之闕如，中國大陸方面有四篇學位論文寫成，對貫休的研究敲響了鐘聲，但卻誠如上節研究回顧評介的，各有挂一漏萬之憾。而海峽兩岸的期刊論文，多有針對貫休思想、詩作內涵藝術、書畫成就等進行闡發的篇章，也一定程度闡揚了貫休的方方面面，為貫休研究注入活躍

〔註42〕胡玉蘭：《唐代詩僧文學批評研究》（浙江大學中國古代文學博士論文，2006年）。

〔註43〕《景印文淵閣四庫全書》第1084冊，集部二十三，別集類（台北：台灣商務印書館，1983年），頁327。

〔註44〕王家琪：《皎然詩研究》（台中：國立中興大學中國文學系碩士論文，1999年）。

　　　　謝曜安：《齊己詩研究》（高雄：國立高雄師範大學國文學系碩士論文，2000年）。

的生命力。然而，像這樣一位詩作在當時已「詩名益著，遠近皆聞」
〔註 45〕、「詩名聳動於時」〔註 46〕、「吟詠人口，時時聞之」〔註 47〕
的詩僧，同時受到後世評價與李白、杜甫、白居易、李賀、王羲之、
謝靈運等一流文壇作手等量齊觀〔註 48〕的美譽，其詩書畫藝術上的優
良評價值得受到進一步的重視。

　　《四庫全書‧唐僧宏（弘）秀集提要》云：「唐釋能詩者眾，其
最著者莫過皎然、齊己、貫休。」〔註 49〕，《全唐詩》收錄詩僧 115
人，僧詩有 2800 餘首，皎然《杼山集》十卷 480 首〔註 50〕，貫休《禪
月集》二十六卷 735 首〔註 51〕，齊己《白蓮集》十卷 807 首〔註 52〕，
三人作品共 2022 首，將近《全唐詩》所收僧詩的四分之三，在中晚
唐詩僧群體中，貫休詩作的數量僅次齊己，名列第二。可惜在該群體
中如此重要又具有創作份量的禪月大師貫休，至今尚乏全面性探究的
學位論文，又研究現況在其「詩歌藝術特色、創作技法、風格特徵」
以及「作品評價」等方面尚有研究空間，同時缺乏從當時文壇風尚或
時代特徵（如苦吟、尚清、白話俚俗、以議論爲詩）的宏觀角來審視
他，因此本文擬在前賢的研究基礎上，再深入探討貫休之性格、文學
主張、作品題材與藝術表現、歷史評價以及貫休詩映現的時代性風貌

〔註 45〕 曇域〈禪月集後序〉，收錄於陸永峰：《禪月集校注》，頁 527。

〔註 46〕 〔宋〕贊寧撰、范祥雍點校：《宋高僧傳》卷第三十〈梁成都府東禪
院貫休傳〉（台北：文津出版社，1991 年 8 月），頁 749。

〔註 47〕 陸永峰：《禪月集校注》卷二十三〈山居詩二十四首并序〉，頁 452。

〔註 48〕 見李咸用〈讀修睦上人歌篇〉、贊寧《宋高僧傳》、齊己〈寄貫休〉〈荊
州貫休大師舊房〉、吳融〈西岳集序〉。

〔註 49〕 《武英殿本四庫全書總目提要》第五冊〈唐僧宏（弘）秀集十卷〉（台
北：台灣商務印書館，1983 年），頁 36。

〔註 50〕 王家琪：《皎然詩研究》（台中：國立中興大學中國文學系碩士論文，
1999 年），頁 57。

〔註 51〕 陸永峰：《禪月集校注》，據《四部叢刊》初編本所收 25 卷《禪月集》
上海涵芬樓借江夏徐氏藏景宋本影印本爲底本，參校〔明〕毛晉汲
古閣本、《全唐詩》等六種以上版本編校。

〔註 52〕 謝曜安：《齊己詩研究》（高雄：國立高雄師範大學國文學系碩士論
文，2000 年），頁 73。

等議題，以期對貫休作整全性的把握。

第三節　研究範圍與章節安排

　　本論文以成都巴蜀書社 2006 年 8 月出版之陸永峰《禪月集校注》
一書爲據，該本校勘以《四部叢刊》初編所收二十五卷《禪月集》（即
上海涵芬樓借江夏徐氏藏景宋本影印本）爲底本，此版本爲現存最早
的貫休詩集〔註53〕，再參校〔明〕毛晉汲古閣本《禪月集》二十五卷、
補遺一卷，〔清〕彭定求等編《全唐詩》收貫休詩十二卷（卷 826 到
卷 837），《全唐詩》揚州詩局本，《全唐詩季振宜寫本》收貫休詩十
二卷（卷 682 到卷 693），《唐音統籤》收貫休詩三卷（卷 902 到卷 904）
及《唐貫休詩集》一卷（《唐人五十家小集》本，〔清〕江標輯）等版
本，陸永峰先生針對這些版本比其異同，辨明體例，標示註解，爲現
今首出之《禪月集》校本，共收貫休詩 735 首、摘句 16，本論文即
以此校注本爲研究範圍，進行貫休詩歌探討。

　　在章節安排方面，全文共分七章，茲將各章綱領簡述如下：

　　第一章：緒論。針對研究現況進行評介，並說明研究動機、釐定
研究範圍與本文的章節安排。

　　第二章：唐代詩僧概說。綜覽「詩僧」的得名與定義，分析中晚
唐詩僧的興盛背景，以及敘述唐代「詩僧」的發展，與「僧詩」獨特
之語言、詩境風格。

　　第三章：貫休生平事蹟考述。對貫休生平行止作考述性綜覽，然
後就史籍記載貫休之個性與事蹟分析他頗具個性化之性格，能幫助明
瞭貫休在面臨強藩傾軋下的人生抉擇。並考述貫休的詩集《禪月集》、

〔註53〕據田道英《釋貫休研究》的考證，今存貫休詩集最爲可信的當是四
　　　　部叢刊初編本集部所錄《禪月集》二十五卷，是上海商務印書館縮
　　　　印武昌徐氏所藏影宋鈔本，徐氏家族即〔宋〕徐璹一脈，徐璹曾爲
　　　　可燦所重刊的《禪月集》作序。田道英認爲研究貫休詩集當以此版
　　　　本爲底本，再參照其他版本方爲妥當。田道英：《釋貫休研究》（四
　　　　川大學中國古典文獻學博士論文，2002 年），頁 127。

書法、畫作（羅漢畫），能一窺貫休作品的歷史流衍、歷史評價與影響。

第四章：《禪月集》之題材與思想分析。從《禪月集》裡釐析出「政治詩」、「交往詩」、「詠懷詩」爲三大主要寫作題材，諷諫、干謁、頌詩爲政治詩之重要內涵；政治關懷、世俗情態、生活、懷抱與創作分享爲交往詩之主要內涵；自剖與願景、詠物與懷古詠史、領會與規勸爲詠懷詩之重要內涵。並揭示貫休詩歌所反映的文學主張有「尊詩與肯定苦吟」、「以道性爲主、詩情爲輔」、「實用的政教文學觀」。

第五章：《禪月集》之藝術表現分析。針對貫休詩歌創作形式進行分類，有古體、樂府歌行、近體、齊梁體、偈頌與箴言。在風格特色上，能見以議論爲詩、俚俗白話、境清格冷、豪放奇崛等豐富表現。在用字技巧上，疊字疊句、重字逞才、鍛字鍊句、雙關藏巧均能見貫休詩藝。在修辭技巧上，將詩歌透過映襯、頂眞、排比、設問、對偶、誇飾的修辭技巧分析後，能見詩人靈活的創作手法，還能感受詩人運用修辭技法使立意用心更具感染力。

第六章：貫休詩之評價。從晚唐五代時人的評價及至宋、元、明、清各朝代對貫休詩歌之論評著眼，探討其在當時代與後世獲得的評價。另綜論筆者之評價。

第七章：結論。爲本篇論文對貫休及其詩歌研究的總結。

文末附錄：貫休年表、貫休羅漢畫「日本宮內廳版本」「京都高台寺版本」「東京藤田美術館藏版本」「根津美術館藏版本」「台北故宮博物院《祕殿珠林》著錄本」「杭州聖因寺版本」、乾隆御題杭州聖因寺貫休繪十六羅漢應眞像贊、蘇軾敬贊禪月所畫十八大阿羅漢、紫柏尊者之唐貫休畫十六應眞贊。

第二章　唐代詩僧概說

第一節　「詩僧」的得名與定義

　　「詩僧」是佛教中國化與世俗化下的產物，該群體的出現凸顯中國文化與佛教文化在唐代進入高度融通匯流的新階段。據日本學者市原亨吉的考證，「詩僧」一詞的最早出典應是皎然〈酬別襄陽詩僧少微〉〔註1〕，該詩約作於大曆年間。葉夢得《石林詩話》亦云：「唐詩僧自中葉以後，其名字班班爲當時所稱者甚多。」〔註2〕，蔣寅在《大曆詩人研究》中也指出隋末唐初大量爲詩的僧人，如寒山、豐干、拾得等人，其詩語俚俗詼諧，主要是演繹佛理的押韻散文，離詩尚遠，「要說詩僧，斷自大曆諸家始」〔註3〕。據此可知「詩僧」一詞的名與實，最遲乃於中唐大曆年間被正式提出與認同。

　　又，中唐自大曆末以降是禪宗大發展的時期，姚勉云：「漢僧譯，晉僧講，梁、魏至唐初，僧始禪，猶未詩也。唐晚禪大盛，詩亦大盛。」

〔註1〕　〔日〕市原亨吉：〈中唐初期江左的詩僧〉，《東方學報》第28冊（1958年4月），頁219。

〔註2〕　〔宋〕葉夢得：《石林詩話》卷中（北京：中華書局，1991年），頁18。

〔註3〕　蔣寅：《大曆詩人研究》上編〈五、詩僧產生的歷史文化背景〉（北京：中華書局，1995年），頁331。

〔註4〕詩僧群體的出現與禪宗大興息息相關，劉禹錫即云：「自近古而降，釋子以詩聞於世者相踵焉。」〔註5〕，這「近古而降」指的就是中唐禪宗盛行以後。因此，孫昌武先生兩次對詩僧下定義時，都提到詩僧是「產生在特定的歷史時期」、「是禪宗大興所造成的獨特社會環境的產物」〔註6〕。正因爲中唐禪宗大興、唐代又是詩歌發展最輝煌的時期，再加上中唐以後政局動盪以及在位者對佛教趨逆的反覆態度，於是詩僧就在宗教、文化、政治這三方複雜的牽引中催生，無怪乎孫氏直言詩僧是特定歷史時期與獨特社會環境下的產物。

當今較具典範性的詩僧定義，是孫昌武於《唐代文學與佛教》中所提出的：

> 詩僧是以寫詩爲「專業」的僧人，也可以說是披著袈裟的
> 詩人，他們產生在特定的歷史時期。〔註7〕

這個定義在他《禪詩與詩情》一書中作了更具體的補充：

> 「詩僧」這個稱呼是有特定含義的。他們不是一般的佛教
> 著作家，也不是普通的能詩的僧人，而專指唐宋時期在禪
> 宗思想影響下出現的一批僧形的詩人。他們與藝僧（琴、
> 畫、書）等一樣，自中唐時期出現，兩棲於文壇與叢林，
> 是禪宗大興所造成的獨特社會環境的產物。〔註8〕

這個定義曾被彭雅玲以唐宋時期使用「詩僧」一詞的原義考證提出質疑〔註9〕，認爲中唐時期文人概念中的「詩僧」是兼具文學與宗教雙

〔註4〕〔宋〕姚勉《雪坡集》卷三十七「贈俊上人詩序」，王雲五主編，四
　　　庫全書珍本十一集（台北：臺灣商務印書館）。

〔註5〕〔唐〕劉禹錫〈秋日過鴻舉法師寺院便送歸江陵并序〉，見《全唐詩》
　　　卷357（北京：中華書局，1996年），頁4015。

〔註6〕孫昌武分別於《唐代文學與佛教》和《禪詩與詩情》兩書中對詩僧
　　　進行定義，其中《禪詩與詩情》裡的第二次定義是對第一次定義的
　　　補充與再具體化。孫昌武：《唐代文學與佛教》（西安：陝西人民出
　　　版社，1985年），頁126；孫昌武：《禪思與詩情》（北京：中華書局，
　　　2006年8月），頁316。

〔註7〕孫昌武：《唐代文學與佛教》，頁126。

〔註8〕孫昌武：《禪詩與詩情》第十一章〈唐、五代詩僧〉，頁316。

〔註9〕彭雅玲：《唐代詩僧的創作論研究——詩歌與佛教的綜合分析》第二

方面成就的，而非單純指會寫詩的僧人或披著袈裟的詩人。因此彭雅玲根據中唐文人對詩僧一詞的使用，作出如下定義：

> 「詩僧」指兼有宗教與文學表現的僧侶，也就是說文學與宗教為詩僧不可或缺的兩個成分，當然這兩成分在詩僧身上必然有著比重不同的差別。〔註10〕

該定義認為要在「詩」與「僧」兩方面均有造詣者，才能稱為詩僧。當然，這是根據中唐時期文人最初使用在「少微上人、靈一、護國、清江、法振、皎然、靈澈、道宗」等高僧身上的稱譽，是嚴格定義上的概念，但詩僧發展史是一個以中唐為中心，承先啟後有所發軔與流變的流動概念，尤其禪宗講究頓悟、不論在教義或修行方式都趨於簡化、世俗化，因而日益受到世俗接納，在僧俗交流密切、中晚唐社會動盪加劇的背景之下，許多文人先士後僧，這類人成為繼少微、皎然等人以後的晚唐主力詩僧。辛文房《唐才子傳》記載：「故有顛頓文場之人，憔悴江海之客，往往裂冠裳，撥繒繳，杳然高邁，雲集蕭齋，一食自甘，方袍便足。」〔註11〕，儀平策亦云：「詩僧的本色就是『士』，先士後僧」〔註12〕，據此可知詩僧的概念在文人加入僧門後已產生變異，我們不宜說孫昌武的定義有誤，他反應了晚唐鼎革之際詩僧群相的新貌，因此筆者認為應視彭雅玲的定義為趨近詩僧原始群相的嚴格定義，視孫昌武的定義為詩僧史流動概念下的新貌。

　　本文所欲探討的貫休，七歲出家，終身未還俗，不但佛學造詣卓然有成〔註13〕，且詩名稱顯於時〔註14〕，是位兼具文學與宗教雙方面成

章〈「詩僧」一詞考辨〉（台北：政治大學中國文學系博士論文，1998年），頁35～57。
〔註10〕彭雅玲：《唐代詩僧的創作論研究——詩歌與佛教的綜合分析》（台北：政治大學中國文學系博士論文，1998年），頁57。
〔註11〕〔元〕辛文房：《唐才子傳校正》卷三「道人靈一」（台北：文津出版社，1988年），頁76。
〔註12〕儀平策：〈中國詩僧現象的文化解讀〉，《山東大學學報》哲學社會科學版（1994年第2期），頁46。
〔註13〕貫休弟子曇域〈禪月集後序〉記載：「於洪州開元寺聽《法華經》。

就的詩僧，即便以嚴格定義來看待他，貫休也應然入列於此稱呼之下。

第二節　中晚唐詩僧的興盛背景

　　詩僧是政治、宗教、南方地理以及唐代獨特人文景觀等軸線交織下的時代性產物，因此興盛的背景原因是錯綜複雜的，尤其他們大量出現在晚唐五代鼎革之際，與政治的糾葛、禪宗融入中國後的轉型和經濟文化南移的地理人文特色等都息息相關，以下取要論述。

一、政治與宗教的交互影響

　　「詩僧」在中晚唐之際大規模崛起，其政治、宗教乃為核心因素，旁涉地理、人文等連帶要因。天寶十四載爆發安史之亂（755～763）使唐朝國祚漸衰，政局紛亂影響民生甚鉅，沉重稅賦與徭役迫使百姓躲進寺院，尋求佛門的庇護，致使佛教勢力膨脹，形成「京畿良田美利多歸僧寺」〔註15〕的狀況，這又引來權貴的覬覦、當權者對百姓廢人事而奉佛大表不滿，因此當唐憲宗於元和十四年（819）迎鳳翔法門寺佛骨之際，還遭韓愈以〈諫迎佛骨表〉進諫，觸動了醞釀許久的反佛和奉佛之鬥爭，最終還是由奉佛者得到勝利，爾後的穆宗、敬宗、

　　不數年間，親敷法座，廣演斯文。邇後兼講《起信論》。可謂三冬涉學，百舍求師。尋妙旨於未傳，起微言於將絕。於時江表仕庶，無不欽風。」陸永峰：《禪月集校注》，頁 527。

〔註14〕貫休弟子曇域〈禪月集後序〉記載：「（貫休）為童子時，與鄰院童子法號處默偕。年十餘歲，同時發心念經。每於精修之暇，更相唱和。漸至十五六歲，詩名益著，遠近皆聞。」貫休在遊歷荊楚地帶時，與當時的南楚才人一起賦詩相贈著名道士軒轅集（〈送軒轅先生歸羅浮山〉、〈贈軒轅先生〉），詩名大振。齊己〈聞貫休下世〉：「吾師詩匠者，真箇碧雲流。」王鍇〈贈禪月大師〉：「神通力遍恆沙外，詩句名高八米前。」等，均是以詩名著於時的記載。以上材料見陸永峰：《禪月集校注》，頁 528；田道英博論《釋貫休研究》，頁 12；《全唐詩》卷 760、839（北京：中華書局，1960年），頁 8631、9465。

〔註15〕〔宋〕司馬光：《資治通鑑》卷 224（台北：台灣中華書局，1969 年），頁 9。

文宗、宣宗等繼續崇佛佞佛，期間只有武宗（841～846）崇尚道教、寵信道士趙歸真、鄧元起、劉玄靖，再加以宰相李德裕的贊助，於是在會昌五年（845）大規模下令拆毀寺廟，敕令僧尼還俗，併省天下佛寺，《資治通鑑》對此毀佛一事有如下記載：

> 凡天下所毀寺四千六百餘區，歸俗僧尼二十六萬五百人，
> 大秦穆護、祆僧二千餘人，毀招提、蘭若四萬餘區。收良
> 田數千萬頃，奴婢十五萬人。〔註16〕

這次的毀佛事件也波及了貫休自幼出家的和安寺，該寺奉敕拆毀，年幼的貫休遂隨圓貞禪師入山潛修。會昌毀佛是對自安史之亂後過度發展的佛教勢力與寺院經濟一次沉重的打擊，然而武宗一死，繼位的宣宗又馬上興佛：

> 應會昌五年所廢寺，有僧能營葺者，聽自居之，有司毋得禁
> 止。是時君相務返會昌之政，故僧尼之弊，皆復其舊。〔註17〕

隨後繼位的懿宗奉佛尤過，於咸通十四年（873）三月詔兩街僧於鳳翔法門寺迎佛骨，舉措驚人：

> 廣造浮圖、寶帳、香輿、幡花、幢蓋以迎之，皆飾以金玉、
> 錦繡、珠翠。自京城至寺三百里間，道路車馬，晝夜不絕。
> 夏，四月，壬寅，佛骨至京師，導以禁軍兵仗、公私音樂，
> 沸天燭地，綿亙數十里；儀衛之盛，過於郊祀，元和之時
> 不及遠矣。富室夾道為綵樓及無遮會，競為侈靡。上御安
> 福門，降樓膜拜，流涕霑臆，賜僧及京城耆老嘗見元和事
> 者金帛。迎佛骨入禁中。〔註18〕

就在這毀佛、興佛的輾轉反側中，佛教（尤其是禪宗）不斷尋求在中國的生存之道，同時在飄搖的中晚唐時期一步步壯大自己對社會的影響力。辛文房《唐才子傳》便記載了佛教在唐代備受榮寵的盛況：

> 至唐，累朝雅道大振，古風再作，辛皆崇衷象教，駐念津

〔註16〕　〔宋〕司馬光：《資治通鑑》卷248，頁12。
〔註17〕　〔宋〕司馬光：《資治通鑑》卷248，頁19。
〔註18〕　〔宋〕司馬光《資治通鑑》卷252，頁10。

梁，龍象相望，金碧交映。雖寂寥之山河，實威儀之淵藪。

寵光優渥，無逾此時。〔註19〕

佛教勢力越大，對政府的負擔就越重，加之外患不斷、乾旱大水等天災造成飢荒，民不聊生終於在僖宗年間爆發了唐末民變黃巢之亂（874～884）。這場歷時十年的民變不但亂賊縱兵四掠、濫殺無辜，甚至切斷唐室江南運河經濟命脈，禍延十餘省〔註20〕，連黃河流域、長江流域、淮河流域、粵江流域都遭到此民變的嚴重波及破壞，使得唐王朝原已江河日下的國祚再次遭受沉重打擊，同時亦對佛教造成多方衝擊。

黃巢之亂對僧、俗雙方帶來迫害的同時，也促進彼此的交流，是詩僧群體興盛的要因。首先，寺院經濟被剝奪，許多僧侶被殺，或者流離避亂，如貫休〈山居詩二十四首并序〉紀錄「乾符辛丑歲，避寇於山寺」〔註21〕；棲隱「廣明中，避巢寇，入廬山折桂峰」〔註22〕；文喜「乾符己亥歲，巢寇掠地至餘杭，喜避地湖州餘不亭」〔註23〕等，都是遭逢此民亂而被迫逃難避禍的僧人。不但這些出家人四處流徙，廣大民眾也為逃免賦役而紛紛「逃禪」，這些民眾以寺院為安身避難所，甚至為全生而剃度出家，其中必然不乏落拓文士；還有一些因亂世而沒落的縉紳，他們精神苦悶、仕進無途，於是親近宗教，結交僧侶，以詩文互為酬贈，聊解頹喪塊壘。凡此種種都對僧界帶來變革性的衝擊，佛教因動亂而納俗，僧侶隊伍加入了許多知識份子，進一步促成文學與宗教的交流乃至合轍，在這種政治與宗教交互影響、僧眾普遍知識水準提升之下，佛教中國化的產物「詩僧」有了催生的土壤。

〔註19〕〔元〕辛文房：《唐才子傳校正》卷三「道人靈一」，頁76。

〔註20〕〔宋〕司馬光：《資治通鑑》第255卷：「（黃巢）縱兵四掠，自河南、許、汝、唐、鄧、孟、鄭、卞、曹、濮、徐、袞等數十州，咸被其毒。」，頁19。

〔註21〕陸永峰：《禪月集校注》，頁452。

〔註22〕〔宋〕贊寧撰、范祥雍點校：《宋高僧傳》卷第三十「唐洪州開元寺棲隱傳」（台北：文津出版社，1988年7月），頁746。

〔註23〕〔宋〕贊寧撰、范祥雍點校：《宋高僧傳》卷第十二「唐杭州龍泉院文喜傳」，頁292。

　　再者，唐代多位君主崇佛、以及自從安史之亂後存在於唐季政局裡的藩鎮割據，也形成僧俗互倚共榮的推手。胡震亨有云：「唐名緇大抵附青雲士始有聞，後或賜紫，參講禁近，階緣可憑，青雲士亦復借以自梯。」〔註24〕政治現實造成僧俗雙向互憑互倚的現象，干謁權貴、尋求政治庇護是晚唐五代亂局裡僧侶為求生存發展的不得不為之舉，而士大夫或落拓的士子亦緣附得寵僧侶，希冀受到提攜。如棲白是宣宗、懿宗、僖宗三朝供奉，深受寵幸因而與之結交的士大夫極多，李頻、陶合、曹松等都與棲白善；貫休以詩干謁強藩錢鏐、成汭、王建，希冀滿腔理想受到賞識重用；齊己有詩句「纔把文章干聖主，便承恩澤換禪衣」（〈答文勝大師清柱書〉）。諸如此類僧俗互相為梯為荐的例子在當時不勝枚舉，但「伴君如伴虎」的陰霾仍然未曾稍歇，胡震亨《唐音癸籤》的一段記載正道出詩僧與握權者交往時潛藏的危機：

> 靈澈一遊都下，飛語被貶。廣宣兩入紅樓，得罪遣歸。貫休在荊州幕，為成汭遞放黔中。修睦赴偽吳之辟，與朱瑾同及於禍。齊己附明宗東宮談詩，與宮僚高輦善，東宮敗，幾不保首領。畢竟詩為教乘中外學，向把茅底隻影苦吟，猶恐為梵網所未許，可挾之涉世，同俗人俱盡乎？〔註25〕

雖然這是胡震亨反對僧人為詩的見解，卻道出越接近權力核心，詩僧們言行越需履薄冰般的謹慎之實情；貫休也曾作詩寄懷投靠吳越錢鏐的羅隱、章魯封，感嘆他們的處境「二子依公子，雞鳴狗盜徒。青雲十上苦，黑髮一莖無。」〔註26〕顯見投靠藩鎮時時存在著動輒得咎的危機。

　　靠近政治，讓詩僧們得以展才與得名，然而言行得咎進而罹罪也是詩僧們不可迴避的「風險」，尤其他們依附五代十國的割據勢力，勢

〔註24〕　〔明〕胡震亨：《唐音癸籤》卷二十九「談叢五」，收錄於吳文治主編：《明詩話全編》第七冊（南京：江蘇古籍出版社，1997年），頁7066。
〔註25〕　〔明〕胡震亨：《唐音癸籤》卷二十九「談叢五」，收錄於吳文治主編：《明詩話全編》第七冊，頁7066。
〔註26〕　陸永峰：《禪月集校注》卷九〈懷錢唐羅隱章魯封〉，頁203。

必不可免的也將被捲入亂局裡。綜上來看，這些「外護」〔註27〕支持了禪宗在唐代的發展，同時也丟出難題讓禪宗必須轉型，唐代政治與宗教的糾葛影響了詩僧的崛起、顛躓與發達，這點藉由上述得到肯認。

二、佛教中國化的轉型與禪宗興盛下的影響

《全唐詩》共 900 卷，收錄僧人作品 46 卷，總計 115 家；辛文房《唐才子傳》列舉了 51 位詩僧，約占唐才子總數的三分之一，有唐一代頓時出現為數眾多的詩僧，與佛教教義在唐代進入中國化發展有直接相關。

自從佛教於漢代傳入東土後，佛經中的韻文體裁之一「偈頌」就以體制短小、齊言便於記憶傳誦而貼近詩歌，再加以佛經擅長使用比興詮釋妙不可言之理，直契中國文學比興的傳統，因此佛教的偈頌一開始在形式上就與詩產生多處相似。然而，最初偈頌之內涵闡揚的是佛之精義，體現「悟」後的道性和禪心，重「理」，畢竟與表達情性、寄託生命感受的詩歌不同。及至東晉以降僧徒自作偈頌之風興起〔註28〕，偈頌於是由轉譯佛經義理變成僧侶體佛悟禪的創作，這就開啟了僧徒作詩之門，若將這言理的短偈再飾以文采，增添情性，那麼「詩為禪客添花錦」〔註29〕一語則道出了偈頌詩化帶來佛教中國化轉型的契機。

周裕鍇直言「佛教的中國化在很大程度上是指佛教的詩化。」〔註30〕，早期的「偈」因為功能在示道，這類闡述教義的文字缺乏文飾，即便《世說新語箋疏》記載「支遁始有贊佛詠懷諸詩，慧遠遂撰

〔註27〕按照佛教的說法，這些在家的有力支持者和施主被稱為「外護」。楊曾文：《唐五代禪宗史》（北京：中國社會科學出版社，1999 年），頁 7。

〔註28〕據覃召文的考察，僧徒自作偈頌之風始於東晉。見覃召文：《禪月詩魂——中國詩僧縱橫談》（北京：三聯書店，1994 年 11 月），頁 5。

〔註29〕元好問〈答俊書記學詩〉：「詩為禪客添花錦，禪是詩家切玉刀。心地待渠明白了，百篇吾不惜眉毛。」參見〔明〕元好問著、施國祁注：《元遺山詩集箋注》卷十四（北京：人民文學出版社，1989 年），頁 658。

〔註30〕周裕鍇：《中國禪宗與詩歌》「前言」（上海：上海人民出版社，1992 年 7 月），頁 1。

念佛三昧之集」〔註31〕、康僧淵有〈代答張君祖詩〉、鳩摩羅什有〈十喻詩〉，然而窺其內容卻徒具詩名而無詩質，其內涵還是闡釋教義理致，甚至隋末唐初像王梵志、寒山、拾得這類「吾家昔富有，你身窮欲死。你今初有錢，與我昔相似」、「我見利智人，觀者便知意。不假尋文字，直入如來地」、「嗟見世間人，永劫在迷津。不省這箇意，修行徒苦辛」淺白通俗、樸拙不假修飾的白話詩，其內容不論是批判現實、反應世情或歌頌樂道生活，主要還是宣揚禪宗思想、勸善戒惡以及安貧樂道、任運隨化的境界，這類口語議論性質強烈的詩，偈頌氣息仍重，與傳統詩歌要求兼具思想內涵與藝術美學的追求仍有差距，要真正達到偈頌實質的詩化，則須到中唐「詩性思維」〔註32〕得到展開。

　　詩性思維最初體現在以詩為佛事的認知上，白居易形容的道宗上人正是這種認知下的僧人典型：

> 上人之文，為義作，為法作，為方便智作，為解脫性作，不
> 為詩而作也。知上人者云爾，恐不知上人者，謂為護國、法
> 振、靈一、皎然之徒與？宗律師，以詩為佛事。……旁延邦
> 國彥，上達王公貴。先以詩句牽，後令入佛智。〔註33〕

這段話分野了僧侶作詩的動機，道宗上人是以詩為佛事，希望藉詩令王公貴族、國之碩彥得佛之智慧，另一方面暗示護國、法振、靈一、皎然是懷抱藝術創作動機（為作詩而作詩）的詩僧典型。道宗的詩性思維是為佛而服務，皎然等人的詩性思維則更加純粹於追求藝術層面，這樣的族群在僧團中出現，使佛教詩化的更徹底。《宋高僧傳・道標傳》還有一段記載是更確鑿有力的表徵佛教融入中國的證據：

> 故人有諺云：『雲之晝，能清秀；越之澈，洞冰雪；杭之標，
> 摩雲霄。』每飛章寓韻，竹夕花時，彼三上人當四面之敵，

〔註31〕余嘉錫選注：《世說新語箋疏》上卷之下〈文學〉（台北：仁愛書局，1984 年），頁 265。
〔註32〕該詞援引覃召文對崇慧禪師的禪講之語所作的形容。見覃召文：《禪月詩魂——中國詩僧縱橫談》，頁 11～12。
〔註33〕白居易〈題道宗上人十韻并序〉，見《全唐詩》卷 444，頁 4978。

　　所以辭林樂府常采其聲詩。〔註34〕
這段話裡的清畫（皎然）、靈澈、道標，各有引領風尚的詩風，端看他
們與文人雅士唱酬應對的盛況，就可判斷這些詩僧在中唐早已爲詩壇盟
主。再者，這些詩僧都是禪師，禪宗原本就肯定一切法，也不主張如苦
行僧般的修行方式，更不認爲需要滅斷六根六塵求得我法兩空〔註35〕，
禪宗肯定眾生心，認爲「前念迷，即凡；後念悟，即佛」「一念愚即般
若絕；一念智即般若生」〔註36〕，頓悟的提出讓修行者不需再長伴青燈
古佛的苦修，不需孜孜矻矻於經典，否定繁瑣的教義，也反對拜佛坐禪，
因爲見性即禪。進一步發展到了洪州禪更提出「平常心是道」的主張，
馬祖道一認爲行住坐臥、應機接物盡是道，這種「即心即佛」的觀點使
禪宗的義理變得簡單易懂，容易實踐，且六祖禪學專就身上做工夫，求
心見性的教義方向，正符合安史之亂後惶惑的人心追求；又禪宗「釋爲
表，儒道其實」的中國化特色〔註37〕，很容易吸引士大夫的注意與認同，
於是乎禪宗打著簡便的修行方式、著重見性成佛以及肯定現實人生等主
張，契合了當世心態，故廣爲世人接受。

　　蔣寅有云：「講究頓悟的南宗禪尤重頓悟體驗的表達，有禪悟而
後有禪詩，有禪詩而後有詩僧。」〔註38〕前述提及詩僧群體的出現與
禪宗大興息息相關，禪宗肯定佛法不離現實人生，因此著重世俗化的
生活體驗，既是體驗，那麼抒發心性，表現生活也成爲必然之要，此

〔註34〕〔宋〕贊寧撰、范祥雍點校：《宋高僧傳》卷第十五「唐杭州靈隱山
　　　　道標傳」，頁374。
〔註35〕王維述慧能法要「根塵不滅，非色滅空；行願無成，即凡成聖。舉足
　　　　下足，長在道場；是心是情，同歸性海。」趙殿成箋：《王右丞集箋註》
　　　　卷二十五〈能禪師碑〉（台北：河洛出版社，缺出版年），頁447。
〔註36〕〔唐〕慧能：《壇經校釋》（台北：文津出版社，1987年），頁51。
〔註37〕孫昌武先生指出「中國佛教中的心性學說，是儒、釋交融的成果；
　　　　發展而爲禪宗的『頓悟』『自性』的禪思想，顯然包含著儒家的『性
　　　　善』論和『致誠返本』說的內容。」「洪州禪的無事、無爲的人生觀
　　　　又接近老、莊無爲、自然的觀點，特別是在人生追求上二者很相似。」
　　　　孫昌武：《禪詩與詩情》，頁113、117。
〔註38〕蔣寅：《大曆詩人研究》上編〈五、詩僧產生的歷史文化背景〉，頁331。

時「詩」就成了最佳的媒介，詩僧也就勃發而起了。

　　再者，詩禪相融通的基礎遍佈於各層面，周裕鍇從「價值取向的非功利性」、「思維方式的非分析性」、「語言表達的非邏輯性」及「肯定和表現主觀心性」四點〔註39〕提示詩禪溝通的可能，一言以蔽之，詩禪乃在重視心靈的精神上，以及追求含蓄象徵的語言上構成合轍，王士禎《香祖筆記》云：

　　　　舍筏登岸，禪家以爲悟境，詩家以爲化境，詩禪一致，等
　　　　無差別。〔註40〕

是故語言的活法、境界的追求對詩禪二者來說是「可投水乳於一盂，奏金石於一堂」〔註41〕的事。

　　再者，佛教內部對外學發展的進程與立場，也是佛教歸趨中國化的一大指標。早期《十誦律》的律文對僧徒學習外道的立場是「爲破外道故，誦讀外道書」〔註42〕，出發點是爲了抵禦外道、知己知彼，但之後是爲了藉助外學弘揚佛法，李華〈杭州餘姚縣龍泉寺故大律師碑〉一文即有此云：

　　　　儒墨者，般若之笙簧；詞賦者，伽陀之鼓吹。故博通外學，
　　　　時復著文，在我法中，無非佛事。〔註43〕

博通外學終究爲了佛事，這與前述以詩爲佛事的道宗上人出發點一致。由此看來，佛教內部對接納外學的立場持定有位移的現象，從早

〔註39〕周裕鍇：《中國禪宗與詩歌》第九章「詩禪相通的內在機制」，頁297～319。

〔註40〕王士禎：《香祖筆記》，收錄於〔清〕王士禎：《池北偶談》外三種（上海：上海古籍出版社，1993年）。

〔註41〕〔清〕李鄴嗣《杲堂文鈔》卷二〈慰弘禪師集天竺語詩序〉：「是則詩之於禪，誠有可投水乳於一盂，奏金石於一堂者也。」，收錄於張壽鏞、楊家駱主編：《四明叢書》第一集第四冊（台北：國防研究院、中華大典編印會合作出版，1966年），無頁碼。

〔註42〕《十誦律》卷三十八〈明雜法之三〉，收錄於《大正新修大藏經》第23冊〈律部第二〉（台北：新文豐出版社，1983年），頁274中。

〔註43〕李華〈杭州餘姚縣龍泉寺故大律師碑〉，收錄於〔清〕董誥等奉編：《全唐文》卷319（北京：中華書局，1983年），頁3234。

先的知己知彼，到後來的以詩語禪，佛教藉助中國文學來宣教，這看似收編了中國文學，取之爲佛所用，然而卻在同化別人的不經意時刻，也被別人同化了！王秀林曾歸納統計過自晉至五代詩僧和僧詩的變化數據，得出晉朝詩僧 13 人、僧詩 32 首；南北朝詩僧 16 人、僧詩 49 首；隋朝詩僧 13 人、僧詩 22 首；唐朝詩僧 115 人、僧詩 2924 首；五代詩僧 49 人、僧詩 879 首，依此來看，僧侶研習詩歌外學是僧界發展的趨勢〔註44〕。又，唐代是詩的國度，故詩僧的產生是佛教中國化在唐代發生之歷史必然。

　　最後，唐代寺院的發達爲僧俗兩方提供了絕佳的交流空間，這也是詩僧大量崛起不可忽視的要因。杜甫〈龍門〉一詩「龍門橫野斷，驛樹出城來。氣色皇居近，金銀佛寺開。」〔註45〕即寫出了唐代佛寺林立且金碧輝煌的盛況，這是靠近京畿的佛寺情形，在偏遠的地區同樣也是僧寺遍佈，正所謂「天下名山僧占多」，張菁〈唐代僧侶的游方與文化〉一文指出唐代遊方僧侶精勤刻苦，無疑是當時最傑出的開拓者，像南方湖南、江西、廣西、廣東等地疾病猖獗，被認爲是未開化的地區，而這些地區恰恰是禪宗興盛的地區〔註46〕。不論在京畿或邊郊，唐代寺院蓬勃發展的盛況爲僧俗交流開闢了絕佳空間，王秀林依唐代寺院秀麗景色、豐富藏書以及教育功能指出寺院的功能有三：旅遊娛樂中心、藏書中心、文化教育中心〔註47〕，倘若依《新唐書》所提到「天寶後，詩人多爲窮苦流寓之思，及寄興於江湖僧寺」〔註48〕來看，寺院在唐代還包括「收留」功能。

〔註44〕王秀林據逯欽立《先秦漢魏晉南北朝詩》、彭定求等編《全唐詩》、
　　　　李調元編《全五代詩》統計出此數據。王秀林：《晚唐五代詩僧群體
　　　　研究》（北京：中華書局，2008 年），頁 80。
〔註45〕仇兆鰲：《杜詩詳注》卷之一（台北：里仁書局，1980 年 7 月），頁 29。
〔註46〕張菁：〈唐代僧侶的游方與文化〉，《江海學刊》（1993 年第 6 期）117
　　　　～120。
〔註47〕王秀林：《晚唐五代詩僧群體研究》，頁 57～80。
〔註48〕〔宋〕歐陽修、宋祁撰：《新唐書》第三冊，卷三十五〈志第二十五
　　　　五行二〉（北京：中華書局，1975 年），頁 921。

　　僧寺在僧侶用心的經營下，通常風光明媚宛若大型林園，又有大量藏書，再加上僧侶知識水準提高，多才多藝的藝僧為數不少，這些都是士人樂於親近寺院的原因，善詩的士人們面對眼前的美景提筆作詩，與藝僧們交流琴棋書畫、作詩唱和，據郭紹林的統計可一窺當時發生在寺院中的熱絡僧俗交流：

> 《全唐詩》所收唐代士大夫遊覽佛寺、研讀佛典、交接僧
> 人的詩，約二千七百首，《全唐詩》共收詩四萬八千九百多
> 首，佔了十八分之一以上。〔註49〕

可見當時文人與僧徒往來之密切。而黃宗羲〈平陽鐵夫詩題辭〉更記錄了當代詩僧高超的詩藝及僧俗切磋論詩的狀況：

> 唐人之詩，大略多為僧咏。……豈不以詩為至清之物，僧
> 中之詩，人境俱奪，能得其至清者，故可與言詩，多在僧
> 也。〔註50〕

正所謂「詩無僧字格還卑」〔註51〕，佛門高僧表現出來的清遠氣度和格調修養正是詩人欽服之處，因此在詩藝創作及人生追求上都與之看齊，故至清的格調、境界的提升都是唐代詩歌發展高峰期對詩藝的最高追求標準，這時能讓詩人景仰同時認為可與言詩的，可以想見這些詩僧之人格智慧與詩藝絕對是文壇的箇中翹楚。又，安史之亂後整個朝政被宦官、亂臣、藩鎮所把持，士子仕進無途，苦悶的心情在佛寺得到宗教的慰藉，像這樣能兼顧士子身心靈的處所，可想而知必定是僧俗川流其間的，而這當然也成了詩僧在詩壇打響名號的發軔之所。

　　佛教中國化的轉型帶來禪宗興盛，禪宗在義理上趨進世俗化的轉變，又帶來僧俗交流的熱絡，再加上時代文化尚詩，詩的藝術特徵重視心靈直覺體驗，這與禪的本質「悟」有高度匯通之處。「以禪喻詩」

〔註49〕郭紹林：《唐代士大夫與佛教》（台北：文史哲出版社，1993年9月），頁271。

〔註50〕沈善洪主編：《黃宗羲全集》第十冊〈南雷詩文集〉「平陽鐵夫詩題辭」（杭州：浙江古籍出版社，2005年），頁76。

〔註51〕鄭谷〈自貽〉，見《全唐詩》卷676，頁7747。

自皎然《詩式》「但見情性，不睹文字，蓋詩道之極也。」〔註52〕主張言外之意乃詩道至極之追求而開其端緒〔註53〕，「但見情性，不睹文字」是詩境亦是禪境，禪悟乃是直覺妙悟的當下，靈機一動遂趨完成，而「悟」之取得須不廢漸修，且「悟」之體驗不可言說。依此來看，禪之妙悟與詩歌創作的由參得悟、悟後得境有高度融通之處，且詩／禪在表達方法上藉比興象徵、在內涵上重含蓄不露，其審美與創作上都有相似性，故在詩歌和禪學都大興的唐代被勾連齊觀。及至宋代，詩／禪交涉的議題成為詩歌創作與理論證成的焦點，吳可、龔相的〈學詩〉直言「學詩渾似學參禪」〔註54〕，南宋嚴羽《滄浪詩話‧詩辨》更云：「大抵禪道惟在妙悟，詩道亦在妙悟。」〔註55〕此語道出了詩、

〔註52〕 釋皎然：《詩式》卷一〈重意詩例〉（台北：台灣商務印書館，1965年），頁5。

〔註53〕 皎然提出的「但見情性，不睹文字，蓋詩道之極也。」對後世以禪喻詩的諸家理論形成重大影響：司空圖「韻味論」主張詩歌應重「味外之旨、韻外之致、象外之象、不著一字盡得風流」；嚴羽揭示論詩如論禪之要旨，「禪道惟在妙悟，詩道亦在妙悟」、「詩有別裁，非關書也；詩有別趣，非關理也。」此別裁、別趣指的就是與認知理性（書、理）相對的「直覺妙悟」；王士禎的神韻說「夫詩之道，有根柢焉，有興會焉。……根柢源於學問，興會發於性情。」直契皎然「但見情性，不睹文字」也與嚴羽的妙悟說取得溝通；袁枚的性靈說在「神悟」開展下亦以「但見情性，不睹文字」為宗，強調唯有性靈能賦予詩歌個性化（著我），因此「自《三百篇》至今日，凡詩之傳者，都是性靈，不關堆垛。」可見皎然之論對後世以禪喻詩作出的重大啟示。

〔註54〕 吳可〈學詩〉三首：學詩渾似學參禪，竹榻蒲團不計年。直待自家都了得，等閒拈出便超然。　學詩渾似學參禪，頭上安頭不足傳。跳出少陵窠臼外，丈夫志氣本衝天。　學詩渾似學參禪，自古圓成有幾聯。春草池塘一句子，驚天動地至今傳。（《全宋詩》第19冊卷1154，頁13025）。龔相〈學詩〉三首：學詩渾似學參禪，悟了方知歲是年。點鐵成金猶是妄，高山流水自依然。　學詩渾似學參禪，語可安排意莫傳。會意即超聲律界，不須鍊石補青天。　學詩渾似學參禪，幾許搜腸覓句聯。欲視少陵奇絕處，初無言句與人傳。（《全宋詩》第37冊卷2064，頁23289）參見北京大學古文獻研究所：《全宋詩》（北京：北京大學出版社，1998年）。

〔註55〕 〔宋〕嚴羽著、郭紹虞校釋：《滄浪詩話校釋》「詩辨」（台北：里仁

禪相同的本質與追求，孫昌武先生揭示「以禪喻詩的核心是個『悟』字」〔註56〕，參禪的終極在得「悟」、詩歌創作的至境也在通過妙悟而能「入神」，嚴羽因此力讚「詩之極致有一：曰入神。詩而入神，至矣，盡矣，蔑以加矣！」〔註57〕。可見對「悟」的終極追求融通了藝術與宗教領域，使得佛教中國化的轉型順利在尚詩的唐代展開。又，「悟」與中國傳統儒道文化的思維運作貼近，葉太平在《中國文學之美學精神》裡提及中國古代文化的心靈特徵與思維運作方式，通體就是個「悟」字，不論是儒家的「仁」、「誠」或道家的「道」，其存在性、真實性、可信性，都是不可檢測的，是一種心靈直覺體驗的結果，而禪宗中國化演變後逐步形成以「悟」為主要特徵，這即是佛教中國化轉型的具體結果〔註58〕。故，詩僧這種溝通詩禪、標幟佛教徹底融入中國文化的特殊人物，在唐代肩負起溝通兩種文化於一流的重任，更延續、散播佛教的生命，其形成對華梵文化兩者來說都顯示了重大意義。

三、南方地域性文化特色

　　胡震亨《唐音癸籤》有云：「釋子以詩聞世者，多出江南。」〔註59〕王士禛《五代詩話》「僧可朋」條亦云：「南方浮屠能詩者多矣。」〔註60〕，唐五代的南方，詩僧輩出，也示意著當時的南方文化鼎盛，這與安史之亂後整個中國文化重心南移，致使知識份子南遷，融入了以南方為據點的禪僧社群而呈現詩僧輩出的盛況。

　　安史之亂爆發後，整個黃河流域遍地烽火，人民為了躲避戰亂，「不

　　　　書局，1987年），頁12。

〔註56〕孫昌武：《佛教與中國文學》（台北：東華書局，1989年），頁363。

〔註57〕〔宋〕嚴羽著、郭紹虞校釋：《滄浪詩話校釋》「詩辨」頁8。

〔註58〕葉太平：《中國文學之美學精神》（台北：水牛圖書出版事業有限公司，1998年），頁235。

〔註59〕〔明〕胡震亨：《唐音癸籤》卷八「評彙四」，收錄於吳文治主編：《明詩話全編》第七冊（南京：江蘇古籍出版社，1997年），頁6891。

〔註60〕王士禛：《五代詩話》「僧可朋」條（北京：書目文獻出版社，1989年），頁304。

南馳吳越，則北走沙朔，或轉死溝壑」〔註61〕，這是唐代首次大規模北方人口南遷的浪潮，李白對這次南遷的「盛況」做了這樣的描述「天下衣冠士庶避地東吳，永嘉南遷，未盛於此」〔註62〕，韓愈也有「當是時，中國新去亂，士多避處江淮間」〔註63〕這樣的說法。安史之亂結束後，北方經濟逐漸穩定復甦，南遷的移民有一波北返潮〔註64〕，之後面對各地藩鎮割據，人民爲了躲避沉重的稅賦、徭役和戰亂，又有南遷潮出現，劉禹偁有云：

> 有唐以武戡亂，以文化人自宰輔公卿至方伯連帥，皆用儒者爲之。……於時宦遊之士率以東南爲善地，每刺一郡，殷一邦，必留其宗屬子孫占籍於治所，蓋以江山泉石之秀異也。至今吳越士人多唐之舊族耳。〔註65〕

可見這時已有許多士族藉由派官南遷，發現南方環境穩定秀麗，已作出長久居留的準備了。及自唐末農民起義混雜著軍閥混戰長達二三十年，整個中原淪陷，於是又觸動了大批北方人民南遷避亂，這次由於對唐王朝的衰敗已經失去信心，又北方軍閥跋扈，以武力圖謀稱霸不恤民生，再加上南方政局較爲穩定，經濟建設也比北方來的積極，這使得原本忠於朝廷的士大夫對北返中原絕望，遂留在南方區域政權中發展。這次的南遷人數又大大多過安史之亂期間，據《中國移民史》一書的考證，安史之亂結束時大約有 250 萬名移民定居在南方，到唐末估計有 400 萬移

〔註61〕于邵〈河南于氏家譜後序〉，〔清〕董誥等編：《全唐文》卷 428，頁 4366。

〔註62〕李白〈爲宋中丞請都金陵表〉，〔清〕董誥等編：《全唐文》卷 348，頁 3529。

〔註63〕韓愈〈考功員外盧君墓銘〉，〔清〕董誥等編：《全唐文》卷 566，頁 5731。

〔註64〕《中國移民史》第三卷第八章第一節「安史之亂階段北方人民的南遷」有相關考證，得出某些地區上層移民北返者的比例較高，雖然下層人民大多隨遇而安，定居江南，但也有一部分人北返中原。吳松弟：《中國移民史》第三卷「隋唐五代時期」（福州：福建人民出版社，1997 年），頁 234～246。

〔註65〕劉禹偁：《小畜集》卷三十〈建谿處士贈大理評事柳府君墓碣銘并序〉（上海：上海商務印書館，1965 年），頁 209。

民定居在南方〔註66〕。據此，可引錢穆《國史大綱》所云：「唐中葉以前，中國經濟文化之支撐點，偏倚在北方黃河流域。唐中葉以後，中國經濟文化的支撐點，偏倚在南方長江流域。這一個大轉變，以『安史之亂』爲關捩」〔註67〕作爲中唐以降文化南移的概括。

　　文化南移的現象發展到朱溫篡唐建立後梁，開啓了風起雲湧的五代十國局面，許多唐代衣冠士族流徙依附各地區域政權，並協助該政權的統治者制定典章制度，基本上五代十國的政治制度，如宰相制度、地方官制、科舉考試等都是承襲唐代，再視各地區統治者的需求微調修改的。舉例來說，前蜀王建政權延攬了許多唐末衣冠士族，像周庠、韋莊、唐襲、鄭騫、張格（唐相張濬次子）、王鍇等人，這些人都被授予要職，前蜀的開國典章制度就是由唐末名士韋莊所制定的〔註68〕。諸如此類，五代十國的一些統治者基於立國的需要或本身對文藝的熱愛，他們保護和任用了一些唐代的文人學士，也因多有崇佛的君主，故對僧侶亦能接納重用，如前蜀王建延攬貫休、荊南武信王高季昌禮待齊己、楚國馬希範迎請洪道，因此詩僧受此厚待重用而躍上權力的高峰，不但與統治者交情密切，也與這些依附區域政權的有唐衣冠士族結交，甚至受封賞爲國師或主持禪院，助益禪學的闡揚，如僧居遁受楚武穆王馬殷「延住潭州龍牙山，大闡宗風」〔註69〕、齊己受禮待於龍興寺禪院、貫休不但受王建累加傲人封號，還特建龍華道場予之駐錫。南方諸國重視人才的舉動，不但在亂世中取得片刻政經穩定的喘息，同時也爲唐文化開闢延續的空間，因此詩僧繁盛的局面自晚唐延續到五代十國未曾稍歇。

〔註66〕吳松弟：《中國移民史》第三卷「隋唐五代時期」，頁260。
〔註67〕錢穆：《國史大綱》（台北：國立編譯館，1964年），頁505。
〔註68〕〔清〕吳任臣撰：《十國春秋》卷四十記載：「（前蜀）凡開國制度、號令、刑政、禮樂，皆由莊所定。」收錄於〔清〕紀昀等總纂：《景印文淵閣四庫全書》第465冊史部二二三載記類（台北：台灣商務印書館，1983年），頁373。
〔註69〕〔清〕吳任臣撰：《十國春秋》卷七十六，收錄於〔清〕紀昀等總纂：《景印文淵閣四庫全書》第466冊史部二二四載記類，頁29。

再者，南方的文化地理本是巫楚的發源地，同時該環境也是道家和禪宗吐納哲理之處。南方文化之於北方的不同處，在精神上、審美趣味上已形成許多專論，以《莊子》〈田子方〉裡的溫伯雪子「吾聞中國之君子，明乎禮義而陋於知人心」〔註70〕一語已然言明。南方的人文重悟性，自然山水帶有靈氣，心性追求自由，鳶飛魚躍不受拘束的精神嚮往、浪漫空靈的審美趣味成為南方人文地理的特徵，如此一來，與南宗禪主張明心見性、頓悟體驗的教義契合。覃召文云：「南宗禪樸素而不失要妙，漫衍而不失精深，鮮活而不失矩度，靈動而不拘禮節，這就十分適合追求心靈的絕對自由的詩僧」〔註71〕，這是地理文化積澱為詩僧帶來合適的發展土壤，此外尚須關注到隱逸風向在亂世的出現與詩僧輩出的關係。

受儒家學而優則仕、達則兼善天下的致用觀念影響，中國知識份子以仕進當做實踐理想、發揮己身價值的要途。所以，當政局動盪，知識份子的人生也會隨之動盪。中晚唐以降戰亂頻仍、宦官亂臣驕橫猖獗，加以割據勢力的藩鎮都是武夫，這樣的時代氛圍幾乎完全讓文士有志難伸，於是晚唐五代的隱逸之風盛行。晚唐詩人的隱逸原因可分為如下類型：終身未第而隱逸終老者、及第前曾有斷斷續續的較長隱居生活者、進入仕途後又抽身退隱者、亦官亦隱的吏隱者、終身未入仕途隱逸林泉者、因避戰亂而有過隱居生活者〔註72〕，總之「不得志」是促成隱逸的主要原因，因此隱逸的生活多伴山水林泉遠離塵俗，故常見群木環抱的深山中藏著一位文豪！又，前述提及唐代

〔註70〕〔清〕郭慶藩編、王孝魚整理：《莊子集釋》卷七下〈田子方第二十一〉（台北：群玉堂出版事業股份有限公司，1991年），頁704。

〔註71〕覃召文：《禪月詩魂——中國詩僧縱橫談》，頁96。

〔註72〕胡遂：《佛教與晚唐詩》（北京：東方出版社，2005年），頁138。吳在慶在《唐代文士的生活心態與文學》一書也歸納過唐代文士的隱逸動機分為純隱與為求仕而隱者、求仕不得及因世亂而隱者、時政險惡被迫而隱者、亦官亦隱者，共四大類，與胡遂的歸納大致相仿。吳在慶：《唐代文士的生活心態與文學》第五編「隱逸的生活心態與文學」（合肥：黃山書社，2006年9月）。

山林僧寺遍佈，地緣的牽引讓僧侶與文士更加貼近，像方干、李頻、鄭谷、劉得仁、司空圖這些隱士，他們在隱逸的生活中也多與僧人接觸，彼此詩歌往來酬唱，貫休、齊己、無可等晚唐著名的詩僧都與他們有若干交誼，甚至成為文化圈裡的一員。選擇隱逸的生活，多半是仕途多舛、有志難伸，誠如方干所云「世人如不容，吾自縱天慵」（〈鏡中別業二首〉），他們親近佛教，與僧徒交遊，寄身於平和寧靜的大自然中，為曾經極度困頓苦悶的身心帶來宗教的撫慰、情感的釋然。山川秀麗的南方山林遂成為詩僧體佛悟禪、僧俗交流情志的創作園地，文士的隱逸大大增進詩僧創作的動力。透過以上文化南移、南方人文地理與隱逸風氣對詩僧興盛的影響分析，會發現劉禹錫〈澈上人文集紀〉所云：「世之言詩僧，多出江左。」〔註73〕一語是其來有自的。

第三節　唐代「詩僧」的發展與「僧詩」風格述要

自東晉康僧淵、支遁、慧遠寄玄理於山水之中，尤其慧遠提出念佛本「專思寂想」〔註74〕，使得參佛與作詩同指心靈，遂奠定了日後詩禪文化的美學基礎，王夫之《薑齋詩話》稱納子詩「源自東晉來」〔註75〕，因此這三位名僧堪稱僧人作詩之鼻祖。然而，他們作詩的動機，與修佛、談玄超世緊密掛勾，或為贊佛宣揚佛理詩（如康僧淵〈代答張君祖〉、支遁〈四月八日贊佛詩〉）、或為山水玄言詩（如慧遠〈廬山東林雜詩〉），總的來看，這些佛理詩徒有詩的外衣而無詩質，偈頌

〔註73〕〔唐〕劉禹錫著、瞿蛻園校點：《劉禹錫全集》（上海：上海古籍出版社，1999年），頁136。

〔註74〕慧遠〈念佛三昧詩集序〉：「夫稱三昧者何？專思寂想之謂也。思專，則志一不分。想寂，則氣虛神朗。氣虛，則智恬其照。神朗，則無幽不徹。斯二者，是自然之玄符，會一而致用也。」收錄於《廣弘明集》卷三十上（上海：上海商務印書館，1965年），頁483。

〔註75〕王夫之：《薑齋詩話》卷下，收錄於丁仲祜編訂：《清詩話》上（台北：藝文印書館，1971年），頁11。

氣息重，而山水詩則是在模山範水之餘拖著一條玄言尾巴，要眞談以
藝術動機行創作之舉的「詩僧」，則必須待到禪宗大興的唐代。

一、唐代詩僧的發展

　　有關唐代詩僧發展的分期、分類，現階段大致有如下見解：覃召
文《禪月詩魂──中國詩僧縱橫談》考東晉時期崇尚三玄，促進僧侶
與文士交往，因而造就詩僧溫床，康僧淵、支遁、慧遠等爲中國第一
代詩僧〔註76〕，繼之有隋唐之際王梵志、寒山、拾得等化俗法師與中
晚唐的皎然、貫休、齊己；王秀林《晚唐五代詩僧群體研究》將該時
期詩僧群體按地域劃分爲廬山詩僧群、湖湘詩僧群、長安詩僧群等十
數個亞群體〔註77〕；孫昌武則因定義詩僧是中唐禪宗大興後的產物，
於是認爲第一期詩僧肇始於中唐，由江左詩僧開風氣之先〔註78〕，接
著有中晚唐時期活動於京城的第二期詩僧無可、廣宣，以及唐末五代
依附割據政權的貫休、齊己。上述三家對詩僧的發展各持不同角度的
立論，然而，詩僧畢竟是佛教中國化下的指標與產物，是佛教教義（尤
其是禪宗）深入中國文化的具體成果，其創作也見證了由偈頌向詩歌
發展的軌跡，故談到唐代詩僧，宜由王梵志、寒山、拾得揭開序幕。

（一）王梵志、寒山、拾得

　　這三位詩僧行跡於鄉野山林之間，與民眾很貼近，照覃召文的說
法屬於化俗法師一類人物，由於創作動機在於對世俗百姓宣揚佛理教
義、進行人生哲理的勸喻，因此白話口語的通俗詩歌形式是他們最大
的特色所在，舉例如王梵志〈吾富有錢時〉：

> 吾富有錢時，婦兒看我好。吾若脫衣裳，與吾疊袍襖。
> 吾出經求去，送吾即上道。將錢入舍來，見吾滿面笑。
> 繞吾白鴿旋，恰似鸚鵡鳥。邂逅暫時貧，看吾即貌哨。

〔註76〕覃召文：《禪月詩魂──中國詩僧縱橫談》，頁44。
〔註77〕王秀林：《晚唐五代詩僧群體研究》第二章「晚唐五代詩僧群體考」，
　　　　頁136～193。
〔註78〕孫昌武：《禪思與詩情》，頁317。

人有七貧時，七富還相報。從財不顧人，且看來時道。

〔註79〕

這首白話詩議論性質濃厚，寫出世態現實的一面，主旨在勸喻世人勿重財寡情，末了還提醒別忘因果報應，結合了世情勸喻與宗教賞罰，此舉對民眾具誘導之效。再如寒山〈余家有一窟〉：

余家有一窟，窟中無一物。淨潔空堂堂，光華明日日。
蔬食養微軀，布裘遮幻質。任你千聖現，我有天眞佛。

〔註80〕

寒山詩體現早期禪宗「一切眾生心性本淨」的思想，這首白話詩語言淺近，「一窟」指的是自性清淨心，不論虛幻的外在如何變化，自性清淨的心眞如本體永恆不變，王梵志也寫有類似的〈吾有方丈室〉〔註81〕。諸如此類禪理詩體現了禪宗強調心性的教義，像這種禪理詩的出現，取代傳統佛教對經典、教義的研究比較，直指人心的簡便法門推動了禪宗義理在普羅大眾間的流傳和接受，進而於中唐之際由禪宗取代了各門派的佛學主張，成爲強勢主流的佛教派別，在中國社會中開枝散葉。因此，禪宗的發軔，這時期的化俗詩僧卓有貢獻。

再者，王梵志、寒山、拾得的詩，與偈有著模糊難辨的地帶，他們的詩議論性質濃厚，與傳統詩歌要求的意境、韻味、美感追求尙有一段距離，比較靠近偈，因此拾得有首著名的〈我詩也是詩〉云：

我詩也是詩，有人喚作偈。詩偈總一般，讀時須仔細。
緩緩細披尋，不得生容易。依此學修行，大有可笑事。

〔註82〕

〔註79〕張錫厚校輯：《王梵志詩校輯》〈吾富有錢時〉（北京：中華書局，1983年），頁2。

〔註80〕徐光大：《寒山子詩校注》附拾得詩〈余家有一窟〉（西安：陝西人民出版社，1991年），頁116。

〔註81〕王梵志〈吾有方丈室〉：吾有方丈室，裡有一雜物。萬象俱悉包，參羅亦不出。日月亮其中，眾生無得失。三界湛然安，中有無數佛。（這「雜物」顯然指的是自性清淨心）。項楚著：《敦煌詩歌導論》（成都：巴蜀書社，2001年），頁302。

〔註82〕徐光大：《寒山子詩校注》附拾得詩〈我詩也是詩〉，頁185。

「詩偈總一般」道出初唐時期化俗詩僧的「詩」其實飽含偈質的實情，寒山也自言自己的「詩」不合流俗認定的典雅之風而被取笑：

> 有人笑我詩，我詩合典雅。不煩鄭氏箋，豈用毛公解。
> 不恨會人稀，只為知音寡。若遣趁宮商，余病莫能罷。
> 忽遇明眼人，即自流天下。〔註83〕

化俗詩人以俗為雅的創作觀，正說明偈頌過度到傳統詩歌的演變歷程。這些詩看來口語白話、老嫗能解，所運用的邏輯觀念也切合世俗百姓的信仰與接受模式，他們的詩雖然不識蜂腰、不會鶴膝，但卻有詩歌齊言的外表與初步的韻律，是後來雅正詩僧發展的前奏，同時他們喻世批判的特色也為後世貫休、齊己等人的頌美諷刺詩風開啟先例。

（二）江左詩僧

唐代詩僧大興之流脈可從劉禹錫〈澈上人文集紀〉裡一窺梗概：

> 世之言詩僧，多出江左。靈一導其源，護國襲之；清江揚其波，法振沿之。如么絃孤韻，瞥入人耳，非大樂之音。
> 獨吳興晝公，能備眾體。晝公後，澈公承之。〔註84〕

這一連串的導源、承襲關係，劉禹錫認為直到皎然（吳興晝公）其詩藝臻至巔峰，之後又有靈澈繼之於後。詩僧的勃發在這段記載裡分明可見，這批詩僧是在安史之亂後東南地區政經相對安定的社會中培育起來的，因此以「江左詩僧」作為群體概括。這些詩僧與王梵志、寒山、拾得那種遁跡山林、身處社會底層的生活模式大不相同，他們活動於文人圈子裡，前述及《宋高僧傳・道標傳》裡記載皎然、靈澈、道標的文章能引領風尚，蔚為詩壇盟主，當時「彼三上人當四面之敵」的盛況，使人聞之彷彿親臨文士薈萃的雅集一般。由於江左詩僧密切的與文人集團互動，使得詩藝成就大幅提升，語言不再口語俚俗，與文人詩並無二致，也由於受佛教薰陶的影響，其詩常富理致與清遠意境，且看靈一的〈宿天柱觀〉：

〔註83〕徐光大：《寒山子詩校注》附拾得詩〈有人笑我詩〉，頁172。
〔註84〕〔唐〕劉禹錫著、瞿蛻園校點：《劉禹錫全集》，頁136。

　　　石室初投宿，仙翁喜暫容。花源隔水見，洞府過山逢。

　　　泉湧階前地，雲生戶外峰。中宵自入定，非是欲降龍。

　〔註85〕

這樣的詩作頷聯、頸聯兼具意象美，且富鍛字練句之功，《唐音癸籤》即對此詩的頸聯大為讚賞「釋靈一詩，刻意精妙，有『泉湧階前地，雲生戶外峯』之句」〔註86〕，顯見靈一在作詩一事上是下過苦功的。

　　皎然的近體詩清新風格也是頗具特色，且看五律〈尋陸鴻漸不遇〉：

　　　移家雖帶郭，野徑入桑麻。近種籬邊菊，秋來未著花。

　　　扣門無犬吠，欲去問西家。報道山中去，歸時每日斜。

　〔註87〕

全詩風格平實恬淡，在逐步鋪寫尋陸羽途中的光景之際，於頸聯自然無痕的滑入不遇陸羽的事實，於是借問鄰家，得到陸羽身在山中，須待向晚才歸家的答案，隱隱透露陸羽隱逸的高蹈人格。再如五絕〈投知己〉也是皎然極富飄逸韻致的名作：「若為令憶洞庭春，上有閒雲可隱身。無限白雲山要買，不知山價出何人。」〔註88〕作者運用體制短小的絕句，層層推進，隱身閒雲的意象已經構成飄逸風韻，更進一步將山擬人，欲買白雲，形成妙趣，最後拋出一個誰出山價的懸宕，山價如何能出？白雲如何能買？大自然無價，隱逸精神亦無價！皎然藉短小絕句，營構出清逸氛圍，耐人尋味的韻趣迴盪其間，寫作功力不輸專司吟詠的文人雅士。諸如此類詩作，風格清新自然、情感真摯無偽，沒有高蹈的諭示隱含其間，也無須設下精巧工緻的興象，簡單中透露清淡閒適，別有一番清新韻致，無怪乎胡震亨作出「皎然《杼山集》清機逸響，閒淡自如，讀之，覺別有異味在咀嚼之表。」〔註89〕的論評。

〔註85〕靈一〈宿天柱觀〉，見《全唐詩》卷809，頁9123。

〔註86〕〔明〕胡震亨：《唐音癸籤》卷八「評彙四」，收錄於吳文治主編：《明詩話全編》第七冊，頁6891。

〔註87〕皎然〈尋陸鴻漸不遇〉，見《全唐詩》卷815，頁9178。

〔註88〕皎然〈投知己〉，見《全唐詩》卷818，頁9226。

〔註89〕〔明〕胡震亨：《唐音癸籤》卷八「評彙四」，收錄於吳文治主編：《明

　　除了詩歌風格清新雅致為人稱道外，皎然在文學史上引人注目的成就就是完成《詩式》，這是一部影響中國詩歌理論深遠的著作，特別是「意境論」的建構，開啓了一條中國文藝創作美學鑑賞之路徑。彭雅玲針對皎然《詩式》的意境論與唯識學的關聯作過探討，指出皎然意境論的三個重要觀念中（意／境／作用），與唯識學中「識」的觀念（包括認識主體／認識對象／認識作用）吻合〔註90〕。這是皎然詩人兼僧人的角色爲中國文藝美學帶來的啓示，在援佛入詩甚至發展成理論，影響日後文藝創作、鑑賞趨向這部分，「詩僧」堪爲作手。《詩式》的出現肯定了詩僧在詩藝世界裡取得更高成就的表現，江左詩僧藝術涵養之高，已引起當時文壇注目，這批詩僧比起初唐的化俗詩僧更進一步文人化，孫昌武以「披著袈裟的詩人」來形容，是十分貼切的。

（三）晚唐五代詩僧

　　及至中晚唐之際，詩僧與政治的掛勾益加密切，胡震亨《唐音癸籤》有云：「唐中葉僧道內殿供奉，並有法號之賜，至末季濫觴極矣。」〔註91〕並批評「轉噉擅名，競營供奉，集講內殿，獻頌壽辰。如廣宣、棲白、子蘭、可止之流，棲止京國，交結重臣，品格斯非，詩教何取？」〔註92〕，姑且不論這些詩僧的作爲、品格優劣與否，可以肯定的是他們活躍於京城，以詩作擠身朝廷受到重用，得到政治上的利益與名位，這又是唐代詩僧的另一新貌。繼之，貫休、齊己等晚唐末世的詩僧，他們面臨黃巢之亂與五代十國的藩鎮割據，則又是一頁依附割據政權的唐詩僧史。

　　詩話全編》第七冊，頁6891。
〔註90〕彭雅玲：〈皎然意境論的內涵與意義──從唯識學的觀點分析〉，《佛學研究中心學報》第六期（2001年7月），頁181～211。
〔註91〕〔明〕胡震亨：《唐音癸籤》卷二十九「談叢五」，收錄於吳文治主編：《明詩話全編》第七冊，頁7066。
〔註92〕〔明〕胡震亨：《唐音癸籤》卷八「評彙四」，收錄於吳文治主編：《明詩話全編》第七冊，頁6892。

　　晚唐五代詩僧以貫休、齊己為代表，他們生存的時代天災人禍不斷，流離顛沛四處避難的生活形成常態，因此比之皎然、廣宣等時期的詩僧更具遊歷經驗與生民苦痛的見聞，反映在詩作中就富於慨歎亂世、針砭時政、表達淑世理想。晚唐五代的詩僧十分入世，他們的詩作飽含儒者憂國憂民的情緒與希冀風俗淳美的願景。且看貫休〈上留田〉：

　　　　父不父，兄不兄。上留田，蝥螫生。徒陟岡，淚崢嶸。我欲使諸凡鳥雀，盡變為鶺鴒。我欲使諸凡草木，盡變為田荊。鄰人歌，鄰人歌，古風清，清風生。〔註93〕

此詩言濟世之志，詩中連用「我欲」，突顯貫休希冀撥正世局，良善人間的願景，末句希望世間能再現清明古風。齊己〈亂中聞鄭谷吳延保下世〉則是一首抒發亡國恨的詩作：

　　　　小諫纔理玉，星郎亦逝川。國猶多聚盜，天似不容賢。
　　　　兵火焚詩草，江流漲墓田。長安已塗炭，追想更凄然。
　　　　〔註94〕

一句「國猶多聚盜，天似不容賢」毫無隱藏的抒發國破家亡之恨憾，兵火連天、暴漲的江水淹沒墓田，殘破的家園使詩人悲痛憤慨，內心凄然無奈。諸如此類的作品，貫休、齊己等人都有大量創作，他們的詩直可存史，亦含教化之功，吳融給予貫休「夫詩之作，善善則頌美之，惡惡則風刺之。」〔註95〕的評價，彭萬隆指出五代干戈社會中許多人息心掩口，齊己是少數對戰亂生活現象有所描寫的詩人〔註96〕，這些評價都盛讚他們具諷刺微隱的創作動機。

　　再者，歷史險惡的環境也逼使他們不得不依附割據政權、靠攏王侯，如貫休依附前蜀王建、齊己依附荊南武信王高季昌、匡白依附吳睿帝楊溥等，靠攏政權不但能在亂世獲得安身立命之處，同時也能一

〔註93〕陸永峰：《禪月集校注》卷一〈上留田〉，頁6。
〔註94〕齊己〈亂中聞鄭谷吳延保下世〉，見《全唐詩》卷838，頁9445。
〔註95〕陸永峰：《禪月集校注》〈序〉，頁3。
〔註96〕彭萬隆：〈五代詩歌的思想意義〉，《安徽師大學報》第21卷，第2期，頁141～148。

展淑世濟民之抱負，誠如貫休所言「入匣身始安」，先安頓身心才能
有展才的基礎，貫休就是在前蜀獲得安頓後，進一步對王建以諫輔
政，這是建立在互惠的機制上的。總的來說，這時期的詩僧像個憂切
國祚民生的儒者，入世甚深，再加上個個都有吟癖〔註97〕，部分詩僧
還有「詩格」之類的詩歌理論著作，其對創作的酖溺與文人幾無差異，
這是唐詩僧發展臻至高峰的晚唐五代時期特有之群相，昭示了佛門在
歷經世變後的嶄新體質。

　　綜觀唐代詩僧的發展，可以發現日趨入世的現象，從遊走山林鄉
野，詩頌不分的唸著白話勸世歌、宣揚佛教義理，到進入文人圈，風
雅的吟詩唱和，成為詩壇盟主、詩論作手，轉而出入宮廷、活躍於政
壇，備受賞識並獲得名利，到流離四方，眼見苦難大地，寫下篇篇亡
國亂離之音，並受地方割據勢力庇護，苟安於五代十國。唐代的詩僧
已逐步走出空靈、靜寂的自我修為世界，邁向複雜的社會、投入現實
的人際網絡中，這逐步入世的過程，透過上述展演可一窺梗概。

二、僧詩作品風格述要

　　前述論證過唐詩僧隨著宗教文化、政治環境的變遷，而在不同時
期展現不同面貌。又，唐代詩僧眾多，因其生存環境與藝術涵養的不
同，所呈現出的僧詩風格也各有特色，俚俗口語、怪誕奇崛、清新自
然、寒儉清冷，這些差異性頗大的風格都俱存於唐僧詩之中，以下分
語言風格、詩境風格加以論述。

（一）語言風格

　　現階段的僧詩研究多從語言風格入手，程裕禎分僧詩的藝術風格
有明快（如寒山）、清淡（如皎然）、尖冷（如貫休）〔註98〕，此種分
類著眼於僧詩語言予人的感受。另一種從語言雅俗的使用分類，覃召

〔註97〕有關此時期詩僧癖吟的狀況，下面小節將作詳細說明，此處不再贅述。
〔註98〕程裕禎：〈唐代的詩僧和僧詩〉，《南京大學學報》哲學社會科學（1984
　　　年第1期），頁38。

文分爲「化俗詩僧／清雅詩僧」〔註99〕、周裕鍇分爲「通俗派／清境派」〔註100〕，細究之兩者只是名稱不同，化俗詩僧就是通俗派，清雅詩僧就是清境派，總之唐詩僧的語言風格大略存在著由俗趨雅的特色。

1. 白話通俗

初唐的化俗詩僧（通俗派詩僧），或者如胡適說的白話詩人〔註101〕，顧名思義就是以口語淺俗的語言進行創作的詩僧。這類僧詩風格偈頌氣濃重，多爲佛教教義的韻文化，「以詩明禪」通常是化俗詩僧創作的主要動機，因此具強烈的議論性質，如寒山「吾心似秋月，碧潭清皎潔。無物堪比倫，教我如何說。」〔註102〕這首詩說的是禪宗最重視的「自性清淨心」，自性如同秋月映照碧潭般清澈皎潔，任何事物無可比擬，也無法用言語描繪，末句白話至極。再如王梵志「觀影元非有，觀身一是空。如探水底月，似捉樹頭風。攬之不可見，尋之不可窮。眾生隨業轉，恰似寐夢中。」〔註103〕這首詩說的是佛家一切法皆空的道理，既是「空」則何必無謂的求取？像這類傳播教義的作品，稱「偈」更爲恰當，它有詩的形式，但細究內容卻無詩質，也由於淺白如同說話一般，所以便於流傳、便於記憶，是初唐化俗詩僧廣行佛理教化的利器。

化俗詩僧運用白話直言不諱的特質，也做起了喻世教化的工作，胡適曾云白話詩的來源之一爲「打油詩」，打油詩就是文人用詼諧的口吻互相嘲戲的詩〔註104〕，推而廣之，白話詩的嘲諷特質就延伸到了嘲諷社會、自我嘲諷的範疇。化俗詩僧也多有運用白話諷世、自我

〔註99〕 覃召文：《禪月詩魂——中國詩僧縱橫談》，頁45～68。
〔註100〕 周裕鍇：《中國禪宗與詩歌》，頁40。
〔註101〕 胡適認爲白話詩的來源有四：民歌、打油詩、歌妓、宗教與哲理。他將王梵志、寒山、拾得歸爲唐初的白話詩人，因這三人都是僧人，故筆者以爲與中唐之後的清雅詩僧相應，或可稱爲白話詩僧。胡適：《白話文學史》上卷（北京：東方出版社，1996年），頁155。
〔註102〕 徐光大：《寒山子詩校注》附拾得詩〈吾心似秋月〉，頁71。
〔註103〕 張錫厚校輯：《王梵志詩校輯》〈觀影元非有〉，頁63。
〔註104〕 胡適：《白話文學史》上卷，頁155。

解嘲之作，如王梵志「梵志翻著襪，人皆道是錯。乍可刺你眼，不可隱我腳。」〔註105〕如此霸道之舉，聽來簡直使人啼笑皆非。再如拾得「我見出家人，總愛吃酒肉。此合上天堂，卻沉歸地獄。念得兩卷經，欺他道塵俗。豈知塵俗士，大有根性熟。」〔註106〕該詩諷刺不守戒律的欺世之僧，作者運用淺白的語言直率無遮的指陳世風，大有棒喝效果。

　　綜上來看，初唐詩僧的語言風格俚俗口語，以「我手寫我口」的方式進行宣佛證禪與教化社會之大任，具世俗之質。他們的作品往往讀來令人警策，也有直刺人心的快慰，無怪乎程裕禎認為此期僧詩有「明快」特質，任半塘亦言王梵志詩有「早、多、俗、辣」〔註107〕的特點，這俗、辣二字確實貼切，之後晚唐的貫休作詩也承襲若干俗辣的特質，被胡震亨評為「忽作惡罵，令人不堪受」〔註108〕，兩人簡直有異曲同工之處。

2. 嗜吟清雅

　　中唐以降的詩僧幾乎都可歸納於此類之下，靈一「尤工詩，氣質淳和，格律清暢」且「刻意聲調，苦心不倦，騁譽叢林」；靈澈「受詩法於嚴維，遂籍籍有聲」且「詩多警句，能備眾體」；皎然「外學超然，詩興閑適，居第一流，第二流不過也」；無可「律調謹嚴，屬興清越，比物以意」；虛中「讀書工吟不輟」；貫休「風騷之外，尤精筆札」且「筆吐猛銳之氣，樂府古律，當時所宗」；齊己「摭古人詩聯，以類分次，撰〈玄機分別要攬〉一卷，又撰〈詩格〉一卷」〔註109〕，從《唐才子

〔註105〕　張錫厚校輯：《王梵志詩校輯》〈梵志翻著襪〉，頁199。

〔註106〕　徐光大：《寒山子詩校注》附拾得詩〈我見出家人〉，頁194。

〔註107〕　任二北：〈王梵志詩校輯序〉，《揚州師院學報》（1982年）。

〔註108〕　〔明〕胡震亨：《唐音癸籤》卷八「評彙四」，收錄於吳文治主編：《明詩話全編》第七冊，頁6891。

〔註109〕　參閱〔元〕辛文房：《唐才子傳校正》卷三「道人靈一」，頁75、卷三「靈澈上人」，頁85、卷四「皎然上人」，頁120、卷六「無可」，頁175、卷八「虛中」，頁258、卷十「貫休」，頁318、卷九「齊己」，頁283。

傳》對這些中唐以降的詩僧評述，可明顯分野其與初唐化俗詩僧之不同，他們都有不輸於文人的作詩能力，且致力追求詩歌藝術，有嗜吟的傾向，在加上前述論過此期詩僧與文人墨客酬唱不輟，甚至被視爲詩壇盟主，因此這類詩僧創作的語言必歸趨詩教傳統，以清雅之質區別於初唐的俚俗之辭。如皎然〈送丘秀才游越〉「山情與詩思，爛熳欲何從。夜舸誰相逐，空江月自逢。春期越草秀，晴憶剡雲濃。便擬將輕錫，攜居入亂峰。」〔註110〕整首詩一派文人氣息，以景生情，送別依依，語言意象均具清雅之態；處默詩亦「尙存盛唐風骨」〔註111〕；再如貫休〈陽春曲〉「爲口莫學阮嗣宗，不言是非非至公。爲手須似朱雲輩，折檻英風至今在。」〈擬君子有所思〉「我愛正考甫，思賢作商頌，我愛揚子雲，理亂皆如鳳。」〔註112〕貫休是中晚唐詩僧群裡風格較爲俚俗、粗豪者，然而他作詩卻能對歷史人物、典故信手拈來，這兩首詩借鑑阮籍的好談玄遠、肯定朱雲的正直耿介、推崇正考甫挽禮樂之頹、讚美揚雄以諫理亂，運用歷史故實之熟稔貼切，語詞俚俗中透著雅正，覃召文云「(貫休)其詩清氣略遜，但風雅之質猶在」〔註113〕，這風雅之質就是貫休詩有別於初唐那種偈質詩歌之處，亦即清雅詩僧益趨文人化的現象。

再者，此類詩僧作詩的動機已由明佛証禪轉向審美娛情，僧詩常見鍛字鍊句，也時尙「一字師」，如貫休是王貞白的一字師〔註114〕、齊

〔註110〕皎然〈送丘秀才游越〉，見《全唐詩》卷819，頁9229。
〔註111〕陳伯海主編：《唐詩匯評》下（杭州：浙江教育出版社，1996年），頁3129。
〔註112〕陸永峰：《禪月集校注》，卷一〈陽春曲〉頁4、卷四〈擬君子有所思〉頁79。
〔註113〕覃召文：《禪月詩魂——中國詩僧縱橫談》，頁64。
〔註114〕《清瑣後集》載「王貞白，唐末大播詩名，嘗作〈御溝詩〉云：『一派御溝水，綠槐相蔭清。此波涵帝澤，無處濯塵纓。鳥道來雖險，龍池到自平。朝宗心本切，願向急流傾。』示貫休，休曰『剩一字』。貞白揚袂而去。休曰：『此公思敏』。書一『中』字於掌。逡巡，貞白回曰：『此中涵帝澤』。休以掌中示之，不異所改。」見〔宋〕阮一閱：《詩話總龜》前集卷十一〈雅什門〉下（台北：廣文書局，

己是張迴的一字師〔註 115〕，對創作的耽溺、對語言精準的追求，使得這些詩僧都有癖吟現象，如貫休「因知好句勝金玉，心極神勞特地無」〔註 116〕、齊己「正堪凝思掩禪扃，又被詩魔惱竺卿」〔註 117〕、棲一也有詩癖「知師詩癖難醫也」〔註 118〕、尚顏更自剖「諸機忘盡未忘詩，似向詩中有所依」〔註 119〕，因此，這些僧詩的創作語言勢必修飾講究，而這種迷戀藝術的特質，使得他們在詩歌理論上有所建樹，皎然參與顏真卿《韻海鏡源》的編纂，也作有《詩式》、齊己有《風騷旨格》、虛中有《流類手鑑》、神彧有《詩格》和《四六格》、保暹有《處囊訣》，如此鑽研詩藝的結果，讓僧詩不論語言、音律都趨於雅，甚至還有能力往奇險怪誕的方向走去，創作出字句、音調都令人耳目一新的作品，如貫休「田地／更無／塵一點，是何人／合住／其中」〔註 120〕就打破了詩歌應有的音調和諧，唸起來有散文化、奇崛拗仄之感；貫休還有「無角鐵牛眠少室，生兒石女老黃梅」、「童子念經深竹裡，獼猴拾虱夕陽中」〔註 121〕的句子，無角鐵牛、石女生兒、獼猴拾虱等意象都新穎可觀，這樣的語言風格已然拋卻偈頌氣息，而走入藝術美的境界了。

（二）詩境風格

詩僧由於特殊的生存環境與宗教追求，故僧詩的風格也有其特出

1973 年），頁 272。

〔註 115〕　《郡閣野談》載「張迴，少年苦吟未有所得。夢五色雲自天而下，取一團吞之，遂精雅道。有〈寄遠〉詩曰：『錦字憑誰達，閑庭草又枯。夜長燈影滅，天遠雁聲孤。蟬聲洞將盡，虬聲白也無？幾回愁不語，因看〈朔方圖〉』。攜卷謁齊己，點頭吟諷無斁，改為『虬聲黑也無』，迴遂拜作一字師。」見〔宋〕阮一閱：《詩話總龜》前集卷六〈評論門〉中，頁 147。

〔註 116〕　陸永峰：《禪月集校注》卷二十二〈苦吟〉，頁 450。

〔註 117〕　齊己〈愛吟〉，見《全唐詩》卷 844，頁 9546。

〔註 118〕　陸永峰：《禪月集校注》卷十九〈秋末寄武昌一公〉，頁 401。

〔註 119〕　尚顏〈自紀〉，見《全唐詩》卷 848，頁 9601。

〔註 120〕　陸永峰：《禪月集校注》卷二十一〈再遊東林寺作五首〉之五，頁 434。

〔註 121〕　陸永峰：《禪月集校注》卷二十三〈山居詩二十四首〉之九、之十，頁 457、458。。

之處，最顯為人知的就是對「清」的追求。黃宗羲云：「詩為至清之物，僧中之詩，人境俱奪，能得其至清者，故可與言詩，多在僧也。」〔註122〕這段話對僧詩「清」的風格推崇倍至，這樣的讚譽或許稍過，但卻道出僧詩獨具的鮮明特色。有褒就有貶，僧詩也有為人所詬病之處，「蔬筍氣」就是專門指涉僧詩風格的形容詞，元好問云：「詩僧之詩所以自別於詩人者，正以蔬筍氣在耳。」〔註123〕，指出僧詩具有不同於一般詩人的習氣。不論是「清」的風格或「蔬筍氣」的特色，總之詩僧以其獨特的人格特質寫出具特出風格的僧詩，在中國詩壇豎立起極具特色的群相。

1. 尚「清」的美學追求

覃召文云「清雅詩僧」完成僧詩從類偈體走向純粹詩歌的轉變，遂奠定了中國僧詩的基調〔註124〕，這樣的觀察的確可受印證：鍾惺評皎然詩「清淳淹遠」、胡震亨讚《杼山集》「清機逸響」〔註125〕；《唐才子傳》說無可詩「屬興清越」、賀裳也稱無可詩「如秋澗流泉，雖波濤不興，亦自清冷可悅。」〔註126〕；皇甫汸云法振詩「詞調亦自清俊」〔註127〕；紀昀評子蘭詩「清潤，但無深味」〔註128〕；賀裳云貫休若干詩句「殊涵清氣」〔註129〕；胡震亨說「尚顏詩不入聲相，直以清寂境構成」還云「齊己詩清潤平淡，亦復高遠冷峭」〔註130〕。

〔註122〕　沈善洪主編：《黃宗羲全集》第十冊〈南雷詩文集〉「平陽鐵夫詩題辭」，頁76。

〔註123〕　元好問：《遺山先生文集》卷三十七〈木庵詩集序〉（上海：上海商務印書館，1965年），頁383。

〔註124〕　覃召文：《禪月詩魂——中國詩僧縱橫談》，頁67～68。

〔註125〕　陳伯海主編：《唐詩彙評》下，頁3104。

〔註126〕　陳伯海主編：《唐詩彙評》下，頁3101。

〔註127〕　陳伯海主編：《唐詩彙評》下，頁3099。

〔註128〕　陳伯海主編：《唐詩彙評》下，頁3109。

〔註129〕　賀裳《載酒園詩話又編》，收錄於郭紹虞編選：《清詩話續編》（上海：上海古籍出版社，1999年），頁393。

〔註130〕　〔明〕胡震亨：《唐音癸籤》卷八「評彙四」，收錄於吳文治主編：《明詩話全編》，頁6891。

歷史上對僧詩的評價，的確關注於「清」的表現上，覃召文提出「清雅」是中國僧詩的主基調之見解並無錯誤。

僧詩尚清，這「清」是詩境，也是心境。劉禹錫言釋子之詩「因定而得境，故脩然以清，由惠而遣辭，故猝然以麗。」〔註131〕詩僧參禪入定，心念寂然不紛，因而體得悟境，「清」與「濁」相對，故在此定境之中所獲得的境界必然清寂超塵，反映在創作上的表現則爲「清景清境、清神清趣、清詞清語清詩」〔註132〕。誠然，唐代的詩僧有視作詩同修禪的觀念，尚顏云「詩爲儒者禪」〔註133〕、齊己亦有「詩心何以傳，所証自同禪」〔註134〕的體認，因此僧詩尚清，同時也被世人拿來當評價的判準，這是對詩僧這一特殊角色的宗教性投射。

唐代的僧詩幾乎隨處見「清」，據王秀林的統計，現存兩千餘首僧詩中，「清」字凡三百餘見〔註135〕，約佔總數的七分之一，這樣密集的以「清」字入詩，使作品表現出一股清冷、清寂、清逸的絕塵氣息。以下舉幾例僧詩作爲觀察：

身依閒淡中銷日，髮向**清涼**處落刀。(齊己〈喜得自牧上人書〉)

清光凝有露，皓魄爽無煙。(棲白〈八月十五夜完月〉)

天寒嶽寺出，日晚**島泉清**。(尚顏〈述懷〉)

清吟得冷句，遠念失家期。(貫休〈薊北寒月作〉)

釋印及秋夜，身閒**境亦清**。(皎然〈酬烏程楊明府華將赴渭北對月見懷〉)

萬方瞻聖日，九土仰**清光**。(廣宣〈早秋降誕日獻壽二首應制〉)

清貧修道苦，孝友別家難。(清江〈送贊律師歸嵩山〉)

西山有**清士**，孤嘯不可追。(法振〈病癒寄友〉)

〔註131〕 劉禹錫〈秋日過鴻舉法師寺院便送歸江陵詩序〉，見《全唐詩》卷444，頁4015。
〔註132〕 王秀林：《晚唐五代詩僧群體研究》，頁356～358。
〔註133〕 尚顏〈讀齊己上人集〉，見《全唐詩》卷848，頁9602。
〔註134〕 齊己〈寄鄭谷郎中〉，見《全唐詩》卷840，頁9478。
〔註135〕 王秀林：《晚唐五代詩僧群體研究》，頁356。

幾乎唐代的詩僧人人都作有以「清」字入詩的詩歌，也愛用「冷、淨、孤、寒、寂、閒」等字來形容事物、境景，呈現一片冷寂寒峭的色調。王秀林認為僧詩之所以呈現清幽冷峭之風格，乃由於以詩僧身分作詩須處理道性與詩情的矛盾，她舉齊己〈勉詩僧〉云「道性宜如水，詩情合似冰」，以及保暹《處囊訣》「情忘道合」的宗旨，提出詩僧應見性忘情，故表現於創作中，便是對詩情的節制與淡化，於是導致了僧詩氣幽質冷的風格產生〔註 136〕。將這說法對照上述詩僧因定得靜，由靜生清的宗教觀點，是可成立的。另，王秀林還對此詩風形成的原因作出歸納，點出詩僧們景慕謝靈運、謝朓、陶淵明、李白等人，因此詩風尚「清」與文學傳統的繼承有關；再者，與佛教哲學尚「空」有極密切的關係，因此遠遊物外，超然高舉的禪林生活正是詩僧們所追求的；最終歸結到詩僧的詩學主張就是推崇清幽冷峭的詩風〔註 137〕。王秀林這部分的分析是精當的，中唐僧詩尚「清」之風也的確與文學傳統和人格品評之歷史淵源有關，如〈典論・論文〉云「文以氣為主，氣之清濁有體，不可力強而致。」〔註 138〕這「清氣」即指作者的氣質與個性之表現於作品中呈現出剛健清新之氣；再如鍾嶸《詩品》也以清雅為評詩標準之一，他評《古詩》「清音獨遠」為上品、評謝靈運詩「譬猶青松之拔灌木，白玉之映塵沙，未足貶其高潔也」為上品、評陶潛詩「風華清靡」為中品〔註 139〕，諸如此類尚「清」的品評傳統，受中唐以降的詩僧繼承，皎然起碼有十多次在詩中直接或間接稱讚謝靈運和謝朓，並表明步趨的願望〔註 140〕，貫休也盛讚謝靈運詩如「清風」，歷史上這種清明雅正之氣

〔註 136〕　王秀林：《晚唐五代詩僧群體研究》，頁 355。

〔註 137〕　王秀林：《晚唐五代詩僧群體研究》，頁 359～362。

〔註 138〕　〔南朝梁〕蕭統：《昭明文選》卷五十二〈典論・論文〉（鄭州：中州古籍出版社，1990 年），頁 720。

〔註 139〕　成林、程章燦注譯：《新譯詩品讀本》卷上「古詩」、卷上「宋臨川太守謝靈運」、卷中「宋徵士陶潛」（台北：三民書局，2003 年），頁 30、頁 59、頁 93。

〔註 140〕　見王家琪：《皎然詩研究》（台中：國立中興大學中國文學系碩士論文，1999 年），頁 196。。

備受詩僧所宗，從僧詩裡對古風、大小謝、陶潛等人反覆標舉來看，文學傳統的尚「清」之風的確深刻影響了詩僧們的美學追求。然而，還可以觀察到的是，僧詩尚「清」與中晚唐以降的苦吟詩風影響亦不無關係。

　　綜觀中晚唐的苦吟詩人，他們由於長期不得志而沉鬱，李師建崑在《中晚唐苦吟詩人研究》一書中針對該群體詩人進行探討，指出苦吟詩人的詩風呈現「淡漠、清寂、峭刻、乃至幽冷」〔註141〕的特質，且「情懷感傷沉鬱，意緒孤獨幽冷，也是苦吟詩人普遍之情感特徵」〔註142〕。苦吟詩人以孟郊、賈島、姚合為公認典型，李懷民在〈重訂中晚唐詩主客圖說〉中將中晚唐詩人分為兩派，一派是以張籍為主的「清眞雅正」、一派是以賈島為主的「清奇僻苦」，這兩派之下都各有一群風格相近的詩人，而這些詩人也都與中晚唐的詩僧有所交集，甚至詩僧自己就是苦吟詩人群的一員，據李師的分類，清塞是屬賈島系苦吟詩人群象，以寒苦、奇僻為表現主軸；無可是姚合系苦吟詩人群象，以淡雅、深細為表現主軸〔註143〕，除此之外，中晚唐（尤其晚唐五代）詩僧幾乎都有苦吟的現象，類似「嘮嘮但愛吟」（貫休〈湖上作〉）的形象直可套用在多數詩僧身上，成為他們的自剖。

　　此外，觀察詩僧們的交友網絡，也能發現他們與這些苦吟詩人密切的交誼唱酬，如貫休有〈懷劉得仁〉〈懷方干張為〉、尚顏有〈寄方干處士〉、齊己有〈贈曹松先輩〉〈寄李洞秀才〉；或推崇苦吟詩人，如貫休有〈覽姚合極玄集〉〈讀孟郊集〉〈讀賈區賈島集〉、齊己有〈經賈島舊居〉、尚顏有詩句「矻矻被吟牽，因師賈浪仙」，密切的交往與師承讓苦吟風格也習染了僧詩，那耽溺吟詠、鍛字鍊句的執著，與清峭幽冷深細的詩風，都為詩僧們所承襲，孟郊自言「清峭養高閒」（〈懊惱〉）、賈島的寒苦風貌簡直就是「石磬響寒清」（〈宿姚合宅寄張司業

〔註141〕 李師建崑：《中晚唐苦吟詩人研究》（台北：秀威資訊科技股份有限公司出版，2005 年），頁 25。
〔註142〕 李師建崑：《中晚唐苦吟詩人研究》，頁 31。
〔註143〕 李師建崑：《中晚唐苦吟詩人研究》，頁 171、225。

籍〉)、姚合則具「吟詩清美招開客」(〈和令狐六員外〉)之閒適情懷，這些苦吟宗主的特色，都成為詩僧們筆下標榜的風格，如齊己有「賈島苦兼此，孟郊清獨行」之句、貫休讚賈區賈島「冷格俱無敵」還推崇孟郊「清剗霜雪髓，吟動鬼神司」，並推舉姚合編的《極玄集》有「清風出院遲」之清韻。以上這些例子都是詩僧接觸苦吟詩風的力證，他們都注意到苦吟詩人「清峭」的風格，因此僧詩尚「清」的美學追求絕對與苦吟詩風有正相關，上述舉的貫休詩句言「清吟得冷句」正是出自於此種審美觀之下的創作結果。

僧詩崇清逸、清雅之格受有中國悠遠的文學創作、品評傳統的影響；崇清峭、冷寂之韻則濡染於中晚唐苦吟的文壇風尚。自此，「清」成為僧詩的美學追求，同時也是詩僧心靈對世俗淡漠、定靜清澄的表現，成為歷來僧詩之一大特色。

2. 獨特的蔬筍氣息

姚勉《雪坡集》云：「僧詩味不蔬筍，是非僧詩也。」〔註144〕，可知蔬筍氣息乃僧詩之特有況味。蔬筍氣又稱酸餡氣、鉢盂氣、蔬茹氣或荣氣，指的就是僧人作詩特有的腔調和習氣，歷來多為貶義，如：

> 近世詩僧學詩者極多，皆無超然自得之氣，往往反拾掇模
> 效士大夫所殘棄，又自作一種僧體，格律尤凡俗，世謂之
> 酸餡氣。〔註145〕

按：此處酸餡氣指專務摩效，缺乏超然自得之氣，且格律凡俗不
　　夠高致。

> 子瞻有贈惠通詩云：語帶煙霞從古少，氣含蔬筍到公無。
> 嘗語人曰：頗解蔬筍語否？為無酸餡氣也。〔註146〕

按：此處酸餡氣指的是詩語不夠逸致。

〔註144〕　〔宋〕姚勉：《雪坡集》卷四十一「題真上人詩稿」，王雲五主編，
　　　　　四庫全書珍本十一集（台北：臺灣商務印書館）。
〔註145〕　〔宋〕葉夢得：《石林詩話》卷中，頁19。
〔註146〕　〔宋〕葉夢得：《石林詩話》卷中，頁19。

楊慎評皎然〈冬日送客〉詩「無酸餡氣，佳甚」。〔註147〕

按：此處酸餡氣指不夠清新自然。

劉克莊稱讚祖可「默讀書，詩料多，無蔬筍氣，僧中之一
角麟也」。〔註148〕

按：此處蔬筍氣指的是讀書少。

大覺璉禪師，學外工詩，舒王少與遊。嘗以其詩示歐公，
歐公曰：「此道人作肝臟饅頭也。舒王不悟其戲，問其意，
歐公曰：「是中無一點菜氣。」」〔註149〕

按：此處菜氣指詩淡然無味。

〔清〕賀貽孫云：唐釋子以詩傳者數十家，然自皎然外，
應推無可、清塞、齊己、貫休數人為最，以此數人詩無鉢
盂氣也。〔註150〕

按：此處鉢盂氣指僧人之氣。

〔宋〕黃柏思《東觀餘論》：僧書多蔬茹氣，古今一也。

〔註151〕

按：此處蔬茹氣雖指僧人書法，卻也可以指涉僧人作品之特有氣
息。

綜上所舉，顯見歷來對僧詩蔬筍氣的看法多為負面，認為他們格
調不高、意境不逸、自然不足、識見不富，所以寫出的詩句淡然無味。
這或許帶有若干文人對僧人作詩的鄙視和偏見，然而由上述例子也可
看見有些詩僧之詩也備受好評，早擺脫蔬筍氣，而不輸文人之作。尤

〔註147〕〔明〕楊慎著、王仲鏞箋證：《升菴詩話箋證》卷十一「皎然冬日
送客」（上海：上海古籍出版社，1987年），頁403。

〔註148〕〔宋〕劉克莊：《後村先生大全集》卷九十五〈三僧〉，收錄於《四
部叢刊初集部》（上海：上海商務印書館，1965年），頁825。

〔註149〕〔宋〕惠洪：《冷齋夜話》卷六「大覺禪師乞還山」（北京：中華書
局，1988年），頁48。

〔註150〕〔清〕賀貽孫：《詩筏》，收錄於郭紹虞編選、富壽蓀校點：《清詩
話續編》（台北：木鐸出版社，1983年），頁192。

〔註151〕〔宋〕黃柏思：《東觀餘論》卷下「跋景福草書卷後」（北京：中華
書局，1991年），頁60。

其詩僧發展進入中唐以後文人氣息濃重，與初唐的偈頌氣大有所別，端看中晚唐的僧詩，自有一番獨特況味，若說僧詩特有一股蔬筍氣，那麼指涉中晚唐這些風格獨特的僧詩，則或以周裕鍇的論點較為肯切。周裕鍇曾針對蔬筍氣的表現特色作過研究，指出：

> 僧詩選材幾乎全部面向自然、整個身心投向自然山水，於是表現出靜默觀照與沉思冥想的構思，且語言往往簡潔平淡，用詞設色非常素淡，意境都傾向於清寒幽靜、恬淡虛寂、氣質幽冷。〔註152〕

周氏還點出蔬筍氣之弊在於：

> 意境過於清寒，缺乏人世生活的熱情、題材過於狹窄，缺乏廣泛深刻的社會生活內容、語言也拘謹少變化，篇幅短小少宏放、且作詩好苦吟，缺乏自然天成之趣，又好用禪語，缺乏空靈蘊藉之致。〔註153〕

周氏以較為客觀的眼光看待蔬筍氣所表徵的僧詩特質與弊端，頗能道盡中晚唐以降僧詩氣息之箇中況味。以下將舉詩例觀察之。

　　詩僧面向自然山水生活，清寂離塵的山林便成了禪修勝境，投入大自然裡的詩僧明心見性、遠離塵囂，詩境映現心境，恬淡虛寂、清逸朗澈的詩境氛圍成了僧詩之一大特色，如貫休〈野居偶作〉：

> 高淡清虛即是家，何須須占好煙霞。
> 無心於道道自得，有意向人人轉賒。
> 風觸好花文錦落，砌橫流水玉琴斜。
> 但令如此還如此，誰羨前程未可涯。〔註154〕

作者閒居於山林，靜謐的自然引人悟道，貫休感悟高淡清虛的境界就是心靈歸止之處，何須無謂的向外追求燦爛煙霞。無心則道反自得，刻意謀劃反轉成空。徜徉在優美的大自然懷抱裡，哪須去羨慕那無涯際的虛

〔註152〕　此引文為筆者綜合論述，詳見周裕鍇：《中國禪宗與詩歌》，頁 49～52。

〔註153〕　此引文為筆者綜合論述，詳見周裕鍇：《中國禪宗與詩歌》，頁 46～48。

〔註154〕　陸永峰：《禪月集校注》卷二十一〈野居偶作〉，頁 432。

幻前程呢？此詩充滿山林氣息與悟入的智慧，靜默觀照事理之究極，使身心靈由透徹體悟而獲得朗見，僧味濃。齊己〈秋江〉也是這類作品：

> 兩岸山青映，中流一櫂聲。遠無風浪動，正向夕陽橫。
> 島嶼蟬分宿，沙洲客獨行，浩然心自合，何必濯無纓。

〔註155〕

這也是首通過湖光山色而感悟心靈合於自然之道願意追隨，何必追求世俗名利、涉入世事紛擾的作品。諸如以上兩首詩例，都透過大自然給予心靈啟悟，遠塵才能獲得內心清明，內心清明才能生智慧，山林與修悟是僧詩不可或缺的主題，這理當是疏筍氣呈現的面貌之一。

又，清寒幽靜、氣質幽冷是僧詩另一大特色，尚顏的〈述懷〉兼具二者：

> 五城初罷構，海上憶閒行。觸雪麻衣靜，登山竹錫輕。
> 天寒嶽寺出，日晚島泉清。坐與幽期遇，何湖心緲冥。

〔註156〕

落雪無聲輕觸麻衣，杖著竹錫輕聲的登山，這頷聯的氛圍幽靜至極；寒空無雲使得山嶽上的寺廟現出，這無雲的描述使得寒天更多了清寒之感；傍晚的泉水清澈見底，配合前一句的清寒天氣，這「清」字倍覺清冷凍骨；再加上尾聯的「幽期」、「緲冥」之詞，整首詩呈現的就是一片蕭疏幽寒的景致，點綴上詩歌畫面給的白雪輕落，意境分外幽冷清逸。貫休〈秋末江行〉也以境寫心，呈現孤獨幽寂之悲：

> 四顧木落盡，扁舟增所思。雲衝遠燒出，帆轉大荒遲。
> 天際霜雪作，水邊蒿艾衰。斷猿不堪聽，一聽亦同悲。

〔註157〕

放眼凋盡的樹木、獨自盪著一葉扁舟、遠天悽楚的紅雲、天地間渺小的船帆、下著霜雪的寒天、枯萎衰頹的蒿艾、叫聲淒絕的猿啼，這一連串的意象組成一幅淒涼悲愴、心緒幽冷的圖畫，反應作者蕭索戚然

〔註155〕 齊己〈秋江〉，見《全唐詩》卷841，頁9496。
〔註156〕 尚顏〈述懷〉，見《全唐詩》卷848，頁9603。
〔註157〕 陸永峰：《禪月集校注》卷八〈秋末江行〉，頁169。

的內心。諸如此類清寒蕭瑟的情調，在僧詩中反覆出現，再加上前述論及的中晚唐詩僧習染了苦吟風尚，因此苦澀寒儉的風格更揮之不去，也是這樣的情調，讓後人批評僧詩境界不寬、缺乏熱情、喪失空靈蘊藉或廣闊的氣度，蔬筍氣的負面面貌當是如此。

　　當然，唐代詩僧眾多，僧詩也各有特殊風貌，如《四庫全書總目提要》云皎然「清而弱」、貫休「豪而粗」，兩人差距就頗大，故以上對僧詩蔬筍氣的舉例與詮釋，只能擷取詩僧群體概括性的表現著眼探討，它們的確是唐詩中獨具殊相的一群，撇開後世對蔬筍氣作出的主觀貶抑，其實僧詩有它自成一格的況味，語言寒儉卻也清峭、詩境蕭疏卻時有高遠淡雅之作、取材窄仄卻有其深細幽微之美，蔬筍氣應該被持平以論，畢竟每種詩風都有它藝術與思想上的可觀之處。

第三章　貫休生平事蹟考述

　　貫休的生平行止，現階段作出詳盡研究的有田道英博士論文《釋貫休研究》〔註1〕、張海《貫休研究》〔註2〕、陸永峰《禪月集校注》之「前言」〔註3〕、戴偉華〈貫休行年考述〉〔註4〕、釋明復〈貫休禪師生平的探討〉〔註5〕、林元白〈貫休的生平及其詩〉〔註6〕、羅宗濤〈貫休與唐五代詩人交往詩淺談〉〔註7〕等，本文參酌史料與這些前賢研究成果，製成貫休年表〔註8〕，能一覽禪月大師生平紀事。

〔註1〕　田道英：《釋貫休研究》（四川大學中國古典文獻學博士論文，2002年）。
〔註2〕　張海：《貫休研究》（四川師範大學中國古典文獻學碩士論文，2001年）。
〔註3〕　陸永峰：《禪月集校注》「前言」。
〔註4〕　戴偉華：〈貫休行年考述〉，《揚州師院學報》社會科學版（1992年第2期）。
〔註5〕　釋明復：〈貫休禪師生平的探討〉，《華崗佛學學報》第6期（台北：中華學術院佛學研究所，1983年）。
〔註6〕　林元白：〈貫休的生平及其詩〉，《海潮音》第73卷12期（1992年12月）。
〔註7〕　羅宗濤：〈貫休與唐五代詩人交往詩淺談〉，收錄於中華文化復興運動總會宗教研究委員會編印《佛教與中國文化國際學術會議論文集下輯》（台灣：台北縣新莊市，1995年7月）。
〔註8〕　參見附錄1，頁281～295。

在畫作方面，小林太市郎、羅香林、李玉珉等先生的文章〔註9〕分別考述了貫休著名的羅漢畫與其對後世羅漢畫風的影響，均為貫休羅漢畫的代表性研究篇目。由於目前學界對貫休生平行止的探討已累積一定成果，本節將援引史冊記載，輔以前賢之考據作一介紹。又，史籍記載多則貫休事蹟，藉此可以一窺他獨具個性的生命情調，在本章中一併進行探討。

第一節　生平行止考述

　　貫休，字德隱，俗姓姜氏，婺州蘭溪縣（今浙江蘭溪市）登高里人，生於唐文宗太和六年（832 年），卒於前蜀高祖永平二年（912 年），為晚唐五代時期著名的高僧，也是一位藝術涵養極高的詩書畫家。他的弟子曇域曾在〈禪月集後序〉記錄了貫休在佛門的點滴與貢獻：

> 家傳儒素，代繼簪裾。少小之時，便歸覺路於和安寺，請圓貞長老和尚為師。日念《法華經》一千字，數月之內，念畢茲經。……年二十歲，受具足戒。後於洪州開元寺聽《法華經》。不數年間，親敷法座，廣演斯文。迺後兼講《起信論》。可謂三冬涉學，百舍求師。尋妙旨於未傳，起微言於將絕。於時江表仕庶，無不欽風。〔註10〕

據此敘述，朗見貫休的俗家具儒學素養傳承、進了佛門習佛亦極有天份，自我修持與對佛教經典的體悟都高深，於是開講壇弘法宣教。至於父母送他入佛門的淵源，則可透過《大宋高僧傳》與貫休詩作〈經弟妹墳〉拼湊出輪廓：

> 《大宋高僧傳》卷第三十：「七歲，父母雅愛之，投本縣和

〔註9〕小林太市郎：《唐代禪月大師の生涯と藝術》（東京：創元社，1949年）、李玉珉：〈明末羅漢畫中的貫休傳統及其影響〉，《故宮學術季刊》第 22 卷第 1 期（2004 年秋季）、羅香林：〈晚唐貫休繪十六羅漢應真像石刻述證〉，收錄於張曼濤主編：《佛教藝術論集》（台北：大乘文化出版社，1978 年），頁 313。
〔註10〕陸永峰：《禪月集校注》「後序」，頁 527。

安寺圓貞禪師出家爲童侍。」〔註11〕

〈經弟妹墳〉：「淚不曾垂此日垂，山前弟妹塚離離。年長
於吾未得力，家貧拋爾去多時。……」〔註12〕

承上記載，可知貫休生於一個有儒學素養的家庭，自幼亦受父母的疼
愛，後來家道貧困中落，才被父母送入佛門，拜在圓貞禪師的門下。
因此，貫休入佛門的年歲非常早，又自小受有儒學家風的薰陶，故造
就了他內濡佛典、外涉儒學的雙方面造詣。

身處晚唐亂局，除了可以想見的內憂外患之外，身爲佛徒的貫休
還要面臨在位者崇佛佞佛的輾轉反覆。會昌五年（845 年），中國大地
上歷經了一次重大的毀佛事件，當時貫休十四歲，和安寺奉敕遭拆毀，
他隨著圓貞和尚入山潛修，然而勃發的詩才與他的佛禪修持齊頭並
進，他不但展現傲人的學習能力「日念《法華經》一千字，數月之內，
念畢茲經。」，同時十五六歲便展露文學方面的頭角，曇域如此形容：

先師爲童子時，與鄰院童子法號處默偕。年十餘歲，同時
發心念經。每於精修之暇，更相唱和。漸至十五六歲，詩
名益著，遠近皆聞。〔註13〕

《宋高僧傳》也云此期的貫休「與處默同削染，鄰院而居，每隔籬論
詩，互吟尋偶對，僧有見之，皆驚異焉。」〔註14〕可見青少年時期的
貫休即展現優於常人的詩作能力，是個公認會作詩的小詩僧。

年滿二十歲受具足戒〔註15〕，正式取得比丘資格後，貫休入婺州

〔註11〕〔宋〕贊寧撰、范祥雍點校：《宋高僧傳》卷三十，頁749。
〔註12〕陸永峰：《禪月集校注》卷十九〈經弟妹墳〉，頁390。
〔註13〕陸永峰：《禪月集校注》「後序」，頁527。
〔註14〕〔宋〕贊寧撰、范祥雍點校：《宋高僧傳》卷三十，頁749。
〔註15〕具足戒爲比丘、比丘尼當受之戒，別解脫戒中之至極也。比丘爲二
百五十戒，比丘尼爲五百戒（實爲三百四十八戒）比丘之二百五十
戒爲：四波羅夷、十三僧殘、二不定、三十捨墮、九十波逸提、四
提舍尼、百眾學、七滅諍。比丘尼之三百四十八戒爲：八波羅夷、
十七僧殘、三十捨墮、一百七十八波逸提、八提舍尼、百眾學、七
滅諍。戒之總數，諸律不同，宜視後世之作爲，然要嚴守佛陀制戒
之意，專心保持比丘之面目。而所謂受具足戒，是說接受了全部的

五洩山依從無相道人潛修，開始近十年苦行，這段經歷從貫休如下的
詩作中可以推出：「憶在山中日，為僧鬢欲衰。一燈常到曉，十載不離
師。」〔註16〕貫休閒居時回憶過往整整十年幽居山中，跟隨禪師刻苦
修行；〈送僧入五洩〉亦云「五洩江山寺，禪林境最奇。九年喫菜粥，
此事少人知。」〔註17〕貫休自言曾於五洩山渡過九年喫菜粥的日子；
而〈聞無相道人順世〉「石霜既順世，吾師亦不住。」〔註18〕據田道英
的考證，石霜於唐僖宗光啓四年（888年）去世，這一年貫休五十七歲，
而詩中提到石霜去世不久，無相道人也跟著過世，上推三十年正符合
貫休在二十到三十歲期間師從無相道人在五洩山苦修的歷程〔註19〕。
於此時期，貫休亦與赤松山道士舒道紀交遊，兩人的交情延續數十載，
期間詩作往來不絕，直到舒道紀過世，他還作〈聞赤松舒道士下世〉
一詩表達難過不捨。貫休也曾沿溪流南下，到處州縉雲郡與處州刺使
段成式交游，更遍參各地高僧大德或知名人士，〈寄赤松舒道士〉、〈上
縉雲段使君〉、〈和楊使君遊赤松山〉、〈贈軒轅先生〉等都是此時期所
作。大中十三年（859年）貫休二十八歲，為躲避浙東裘甫之亂（於大
中十三年起義，破象山，逼剡縣），於是離開江東至文化和佛學都比較
發達的荊楚地帶，適遇道士軒轅集還山，於是與當時的南楚才人一起
賦詩並贈道士軒轅集（〈送軒轅先生歸羅浮山〉）。

　　約於唐懿宗咸通初年（860年）貫休三十歲左右，在洪州開元寺
聽《法華經》精研佛學，隨後於該寺開講《法華經》、《起信論》，這
段經歷曇域在〈禪月集後序〉都有記載，還云貫休對佛法有「尋妙旨

　　比丘戒或比丘尼戒，為已行具足圓滿之戒。參見丁福保編：《佛學大
　　辭典》（台北：天華出版事業股份有限公司，1984年），頁1285；聖
　　嚴法師：《戒律學綱要》（台北：法鼓文化事業股份有限公司，1999
　　年）。
〔註16〕陸永峰：《禪月集校注》卷十〈桐江閒居作十二首〉之十一，頁209。
〔註17〕陸永峰：《禪月集校注》卷十六〈送僧入五洩〉，頁339。
〔註18〕陸永峰：《禪月集校注》卷九〈聞無相道人順世五首〉之四，頁191。
〔註19〕田道英：《釋貫休研究》（四川大學中國古典文獻學博士論文，2002
　　年），頁7。

於未傳，起微言於將絕」的演繹，因此獲得了「於時江表仕庶，無不欽風」的美譽；《宋高僧傳》也記載貫休「乃往豫章，傳《法華經》、《起信論》，皆精奧義，講訓且勤」〔註 20〕，他在豫章傳道宣講，而「豫章」據考就是貫休作〈山居詩二十四首〉時的所在地「鍾陵」。〈山居詩二十四首〉并序裡提到「愚咸通四、五年中，於鍾陵作山居詩二十四章。」〔註21〕，考《新唐書》，「鍾陵」在唐代乃屬洪州豫章郡，在唐肅宗寶應元年時，就將豫章更名爲鍾陵〔註 22〕，因此，《宋高僧傳》所言的「豫章」其實與貫休所作詩序裡提到的「鍾陵」，是同一個所在地。故，於咸通四、五年中（約 864 年）貫休三十三歲左右，在鍾陵（洪州豫章郡）作〈山居詩〉二十四章，直到乾符辛丑歲（881年）避寇（黃巢之亂）於山寺時才偶然拿到全本，觀少作不甚滿意抽毫改之，這一重閱，迢隔了十幾年，修改後的作品也成爲貫休詩集裡膾炙人口的代表作。

　　而在洪州期間，他也與隱居洪州西山的道士陳陶相交甚洽，陳陶身邊聚集了一大批詩人、詩僧，彼此互有詩作唱酬往來，如朱慶餘、方干、曹松、李咸用、尚顏、胡玢等人，〈贈鍾陵陳陶處士〉、〈送胡處士〉、〈海昏見羅鄴〉、〈春晚訪鏡湖方干〉、〈書陳處士屋壁〉等詩都是此時期所作。咸通五年之後，也曾往來於鄱陽（即饒州）與擅詩文書畫的盧知猷交往並有文藝交流，〈上盧使君〉、〈上盧少卿覓千文〉、〈謝盧少卿惠千文〉、〈春晚寄盧使君〉、〈別盧使君〉等不下七首詩都紀錄了兩人的好交情。

〔註20〕　〔宋〕贊寧撰，范祥雍點校：《宋高僧傳》，頁 749。

〔註21〕　陸永峰：《禪月集校注》卷二十三〈山居詩二十四首〉并序，頁 452。

〔註22〕　《新唐書》：洪州豫章郡，上都督府。土貢：葛、絲布、梅煎、乳柑。有銅坑一。戶五萬五千五百三十，口三十五萬三千二百三十一。縣七。有南昌軍，乾元二年置，元和六年廢。南昌，望。本豫章。武德五年析置鍾陵縣，又置南昌縣，以南昌置孫州，八年州廢，又省南昌、鍾陵。寶應元年更豫章曰鍾陵。見楊家駱主編：《新校本新唐書附索引》卷四十一・志第三十一，地理五（台北：鼎文書局，1976年），頁 1067。

　　咸通六年（865 年）貫休三十四歲，離開洪州後他預備返鄉，途經廬山（即匡山），師從東林寺大愿和尚三年，也來到慶諸禪師門下，與齊己成爲同門，並任知客僧一職，還經饒州，告別刺史盧知猷。這些經歷都有〈題東林寺〉、〈別盧使君歸東陽二首〉、〈寄大愿和尚〉、〈登鄱陽寺閣〉等詩作留下記錄。回鄉後不久，貫休又沿蘭江（建德後改稱桐江）北上，與時任睦州刺使的馮岩交往，在馮岩的資助下，他寓居桐江邊，作有〈桐江閑居作十二首〉，此時也與新定桂雍交往，有〈新定江邊作〉、〈擬齊梁體寄馮使君三首〉、〈秋末寄上桐江馮使君〉、〈陪馮使君遊六首〉、〈春晚桐江上閑望作〉、〈聞許棠及第因寄桂雍〉等詩。但因多病思鄉，於咸通十四年秋告別馮岩返鄉（〈別馮使君〉），途中再回鍾陵（〈再到鍾陵作〉）。

　　咸通末年到乾符初年（874 年），貫休又回到家鄉婺州，並開始雲遊吳越。曾到蘇州漫遊，寓居萬壽寺，並於此間到楞伽寺朝拜曠禪師（〈經曠禪師院〉）。也在蘇州期間參觀吳宮、劍池等地（〈經吳宮〉、〈古劍池〉）。離開蘇州後前往越地漫遊，經錢塘江，過曹娥江，途經剡山，到天台山（〈秋過錢塘江〉、〈曹娥碑〉、〈天台老僧〉）。又造訪隱居鏡湖的方干（〈春晚訪鏡湖方干〉），並與武夷山有緣禪師和李頻（姚合的女婿）交往（〈送有緣禪師與雷處士入武夷山〉、〈秋寄李頻使君二首〉）。也寓居過睦州烏龍寺，與先後任睦州、杭州刺史的宋震、賈秦處士交往（〈寄烏龍山賈秦處士〉、〈寄杭州宋使君公初罷睦州〉等詩）。

　　禧宗乾符三年（876 年）王慥任婺州刺史，對貫休器重有加，且因王慥是個善吏，因此關心國政民生的貫休與之交誼密切，《禪月集》中就有〈循吏曲上王使君〉、〈東陽罹亂後懷王慥使君五首〉等不下十首寫給王慥的詩。此時也與任商州刺史、太常少卿、給事中、中書舍人等職的盧知猷交往，盧知猷的書藝涵養想必極高，貫休有〈上盧少卿覓千文〉、〈謝盧少卿惠千字文〉、〈送盧舍人朝覲〉、〈夜寒寄盧給事〉等詩。

　　禧宗廣明元年（880 年），黃巢別將陷睦州、婺州，貫休爲避戰亂離開家鄉，流浪於荊湘、吳越一帶，先後避亂於唐台山、新城，投

靠東安都將杜稜，〈避地寄高蟾〉、〈避寇上唐台山〉、〈避寇山上作〉、
〈避寇白沙驛作〉、〈避寇遊成福山院〉、〈杜侯行并序〉、〈別杜將軍〉
等詩紀錄了此時期貫休的行止與交遊。之後離開新城，前往常州投靠
時任常州刺使的孫徽使君，在毗陵（今江蘇常州）有孫徽使君照應，
暫寓居山寺中，也於此時他修改了三十歲左右在洪州所作的〈山居詩
二十四首〉，〈上孫使君〉、〈避地毗陵，寒月上孫徽使君兼寄東陽王使
君三首〉、〈避地毗陵上王慥使君時黃賊陷東陽，公避地於浙右〉等詩都是
在毗陵所作。之後離開江東，流亡到江西，寓居廬山，與一起避亂的
文人雅士、當地高僧大德往來密切，如棲隱、處默、修睦、裴說等，
〈將入匡山宿韓判官宅〉、〈秋末入匡山船行八首〉、〈再遊東林寺作五
首〉等均爲此時期所作。

　　禧宗中和四年（884 年）貫休五十三歲回到家鄉婺州，適逢婺州
次太守蔣瓌開洗懺戒壇，命貫休爲監壇。蔣瓌並非高風亮節之士，開
戒壇目的在斂財，使得個性耿介孤傲的貫休不堪其辱，憤而離開婺
州，到北方中原一帶漫遊。這次北上他遊歷了許多地方，長安、商州、
恒州、薊州都有留下足跡，〈過商山〉、〈灞陵戰叟〉、〈邊上行〉、〈薊
北寒月作〉等詩都紀錄了這次的北遊。

　　約於昭宗景福二年（893 年）貫休六十二歲，居杭州靈隱以詩投
錢鏐，錢鏐好大喜功諭貫休將詩句「滿堂花醉三千客，一劍霜寒十四
州」改爲「四十州」，無奈貫休個性孤傲耿介，不願改詩而得罪錢鏐，
因此憤而離開吳越，遠赴荊南〔註23〕。離越後途經黟縣、歙縣，在歙
州爲唐安寺僧清瀾畫十六羅漢像〔註24〕，寓居武昌，結識武昌僧人栖
一（〈寄栖一上人〉）。昭宗乾寧元年五月（894 年），逢鄂州刺使杜洪

〔註23〕　此段事蹟於本文第三章第二節「性格與事蹟考述」第一點「孤傲耿
　　　　　介、特立不羈」裡有詳細說明，見本文第 51 頁。

〔註24〕　《歙縣志》第十九卷「寺觀・羅漢寺」：唐末寺僧清瀾與婺州僧貫休
　　　　　游，休爲畫十六梵僧像，宋取入禁中，後感夢，歙僧十五六輩求還，
　　　　　遂復以賜。〔清〕張佩芳修、劉大櫆纂：《歙縣志》第五冊（台北：
　　　　　成文出版社，1975 年），頁 1768。

派兵攻打黃州，致武昌一帶戰亂不斷，貫休為避兵荒，來到江陵投奔當時頗有治績的荊南節度使成汭，受成汭賞識，被安置在江陵龍興寺居住，也由於他的佛法修持與藝術表現均聲望遠播，故常有拜訪者（〈綉州張相公見訪〉、〈劉相公見訪（劉崇望）〉、〈贈抱麻劉舍人（劉崇魯）〉、〈古鏡詞上劉侍郎（劉崇龜）〉等）。此時貫休亦與時遇遭謫官的內翰吳融往來論道論詩，隔年吳融蒙恩詔歸，與貫休別（〈送吳融員外赴闕〉），貫休袖出《西岳集》歌詩草一本贈與吳融，吳融還為其作序，表彰貫休詩合於頌美諷刺之旨歸。在寓居江陵期間，貫休還與姚洎、張道古等人交遊，留下〈送姚洎拾遺自江陵幕赴京〉、〈送張拾遺赴施州司戶〉、〈送令狐渙赴闕〉、〈送王轂及第後歸江西〉、〈送王貞白重試東歸〉等詩。

　　昭宗天復元年（901 年）貫休七十歲，又因得罪成汭而遭貶黔中，黔中多瘴癘，貫休水土不服而染病，身心俱疾的情況下詠《病鶴》詩以見志：「見說氣清邪不入，不知爾病自何來。」〔註 25〕自認滿身清氣，卻仍落得遭貶染病的下場，足見詩人在武夫的割據政權中夾縫生存、動輒得咎之悲；〈秋末寄張侍郎〉「靜住黔城北，離仁半歲彊。……多病如何好，無心去始長。……」〔註 26〕更清楚道出自己遭貶的身心狀況。天復二年，他於鬱悒中題硯子曰：『入匣始身安』，弟子遂勸貫休入蜀〔註 27〕，秋末以後，貫休即起程西行入蜀，路途中還興起「故人多在蜀，不去更何之？」〔註 28〕的感慨，〈遊雲頂山晚望〉、〈秋過相思寺〉、〈三峽聞猿〉等詩紀錄了這次入蜀的行旅。

　　天復三年初春，貫休入蜀，以詩〈陳情獻蜀皇帝〉投王建曰：「河北江東處處災，唯聞全蜀勿塵埃。一缾一鉢垂垂老，萬水千山得得來。奈菀幽棲多勝境，巴歈陳貢愧非才。自慚林藪龍鍾者，亦

〔註 25〕王雲五主編：《十國春秋》卷四十七（台北：台灣商務印書館，1983年）。

〔註 26〕陸永峰：《禪月集校注》卷十一〈秋末寄張侍郎〉，頁 231。

〔註 27〕〔宋〕贊寧撰、范祥雍點校：《宋高僧傳》卷三十，頁 749。

〔註 28〕陸永峰：《禪月集校注》卷十八〈秋過相思寺〉，頁 382。

得親登郭隗臺。」〔註29〕王建大悅，呼爲得得來和尙，先駐錫成都
東禪院，賜賚優渥，署號禪月大師，後專建龍華道場令居之。在蜀
國期間，貫休得到王建的禮遇，終於安身下來渡過晚年，然而他在
蜀國也不改勉君賢能、針砭權貴的作風，寫了許多推崇王建的應制
詩，如〈壽春節進〉、〈大蜀皇帝潛龍日述聖德詩五首〉、〈壽春節進
大蜀皇帝五首〉、〈壽春節進祝聖七首〉、〈蜀王入大慈寺聽講〉、〈蜀
王登福感寺塔三首〉、〈大蜀高祖潛龍日獻陳情偈頌〉等，這些詩除
了歌功頌德之外，還勉勵王建要秉德持仁、勤政愛民，尤其這些詩
裡描寫了許多蜀中政經穩定、百姓知禮富足的畫面，如、「浩浩歌
謠聞禁掖，重重襦袴滿樵漁」〔註30〕、「家家錦繡香醪熟，處處笙
歌乳燕飛」〔註31〕、「盛行唐典法，再睹舜雍熙。……簡約逾前古，
昇平美不疑。觸邪羊喏喏，鼓腹叟嘻嘻」〔註32〕、「穆穆蜀俗，整
整師律。髯髮垂雪，忠貞貫日。四人蘇活，方里豐謐。無雨不膏，
有露皆滿。」〔註33〕，這些詩句勾畫出貫休心中的理想國度，不應
全然從山呼萬歲、歌功頌德的角度觀之，黃艷紅即指出「貫休的頌
詩建構了自己心中的理想國」〔註34〕，這個說法很值得拿來重新審
視這些多被譏嘲爲逢迎拍馬的頌詩。此外，他也寫了如〈少年行〉
那樣諷刺顯宦貴族的輕逸放縱與欺民行徑之詩「錦衣鮮華手擎鶻，
閑情氣貌多輕忽。稼穡艱難總不知，五帝三皇是何物！」、「自拳五
色毬，迸入他人宅。却捉蒼頭奴，玉鞭打一百。」〔註35〕，這些詩
作尖銳的揭露社會不公不義的現象，此類詩風在《禪月集》裡爲數

〔註29〕陸永峰：《禪月集校注》卷二十〈陳情獻蜀皇帝〉，頁406。
〔註30〕陸永峰：《禪月集校注》卷二十〈大蜀皇帝潛龍日述聖德詩五首〉之
　　　三，頁403。
〔註31〕陸永峰：《禪月集校注》卷二十〈壽春節進大蜀皇帝五首〉之四，頁408。
〔註32〕陸永峰：《禪月集校注》卷十六〈壽春節進〉，頁331。
〔註33〕陸永峰：《禪月集校注》卷五〈大蜀高祖潛龍日獻陳情偈頌〉，頁98。
〔註34〕黃艷紅：《貫休詩歌研究》（陝西師範大學中國古代文學碩士論文，
　　　2005年），頁20。
〔註35〕陸永峰：《禪月集校注》卷一〈少年行三首〉其一其二，頁14。

頗多，使得貫休詩一直以頌美諷刺的形象流傳於世。

　　而居蜀期間貫休也與韋莊、張格、王鍇、周庠、歐陽炯、杜光庭、鄭騫、毛文錫等朝廷重臣交遊酬唱，有〈酬韋相公見寄〉、〈和毛學士舍人早春〉、〈和韋相公話婺州陳事〉、〈酬張相公見寄〉、〈酬王相公見贈〉、〈酬周相見贈〉、〈和韋相公見示閑臥〉等詩，足見他於前蜀備受尊崇的地位。

　　前蜀高祖永平二年（912 年）十二月，貫休八十一歲，逝世於蜀國。他在過世前召集門人交代後事，曇域在〈禪月集後序〉中有如實的記載：

> 古人有言曰：地爲床分天爲蓋，物何小分物何大。苟恬心
> 分自忻泰，聲與名分何足賴？吾之住世亦何久耶！然吾啓
> 首足，曾無愧心。汝等以吾平生事之以儉，可於王城外藉
> 之以草，覆之以紙，而藏之。慎勿動眾而厚葬焉。〔註36〕

言訖，掩然絕息。王建於成都北門外十餘里置塔葬之，地號昇遷。而貫休亦於居蜀期間受王建頒賜銜號「大蜀國龍樓待詔明因辯果功德大師、祥驎殿首座引駕內供奉講唱大師、道門子使選鍊校授文章應制大師、兩街僧錄封司空太僕卿雲南八國鎮國大師、左右街龍華道場對御講贊大師兼禪月大師、食邑八千戶賜紫大沙門」〔註37〕，殊榮非凡。

　　貫休一生經歷超凡豐富，他生於動盪的晚唐五代之交，因此也就沒了安居廟宇常伴青燈古佛的生存環境。他的一生面臨了安史之亂以後持續壯大的藩鎮割據勢力，飽嚐會昌法難之劫，更受黃巢之亂逼仄而流離失所、朝不保夕，這樣的生命經驗讓貫休不得不遊歷四方，尋求庇護與棲所。經由上述的行止考述，會讓人驚嘆一位僧侶的遊蹤之廣、交遊之眾與識見之豐，無怪乎貫休詩作量之多在晚唐五代詩僧中僅次於齊己而列居第二。而貫休顛躓的人生終於在入蜀後得到最終的安穩，即便生命走到晚年他仍掛心國是民生，可稱得上是位入世極深

〔註36〕陸永峰：《禪月集校注》「後序」，頁 528。

〔註37〕有關貫休這一串創下歷代僧人銜號字數最多的職銜，其確切內容與權責的考察，詳見王秀林：〈貫休官職考〉，《中國典籍與文化》（2005年 1 月）。

的和尚。總之，他的生命受政治影響而波折，他的關懷除了宗教以外也少不了對民生疾苦的悲憫，這位行腳了大半個中國的禪月大師，最後葉落於偏安一隅的蜀國，除了讓他眼見一生難求的祥和社會，滿懷的抱負與才華也終於得到重視，這也算是善終了。

第二節　性格與事蹟考述

　　史籍中記載貫休個性「褊介、躁急、真率、一條直氣、骨氣混成」，這的確讓人好奇他極富特色的脾性；又史冊中也記載多則貫休的事蹟，若將兩者記載相互觀照，很能一窺他極具個性的人格特質，也能理解他一生際遇因此產生的波折，以下試論之。

一、孤傲耿介、特立不羈

　　貫休之事蹟遍見於史籍的要算是「錢鏐諭改詩」與「成汭問筆法」兩則。這兩則事蹟於《五代詩話》、《唐才子傳》、《十國春秋》、《唐詩紀事》、《全唐詩話》、《五代史補》、《北夢瑣言》、《續湘山野錄》等典籍中都有記載，而貫休留予後世孤傲耿介的形象，也多從這兩則事蹟一探端倪。

　　有關「錢鏐諭改詩」的事蹟，列舉《唐才子傳》云：

> 昭宗以武肅錢鏐平董昌功，拜鎮東軍節度使，自稱吳越王。休時居靈隱，往投詩賀，中聯云：「滿堂花醉三千客，一劍霜寒十四州。」武肅大喜，然僭侈之心始張，遣諭令改為「四十州」，乃可相見。休性躁急，答曰：「州亦難添，詩亦難改，余孤雲野鶴，何天不可飛！」即日裹衣鉢拂袖而去。〔註38〕

面對好大喜功的錢鏐要求作假改詩，貫休的反應是嚴詞相拒，這種耿介的個性無怪乎王思熙稱貫休「一身傲骨」〔註39〕。雖然在晚唐武夫專權

〔註38〕傅璇琮：《唐才子傳校箋》卷十（北京：中華書局，1990年9月），頁433。

〔註39〕王思熙：〈一身傲骨的貫休〉，《經典雜誌》（2004年）。

的割據勢力下生存，但貫休仍猶存氣節，不爲利益、脅迫所動，他還是保有孤傲不苟合的個性，尤其自比孤雲野鶴，這樣的形容十分貼切，也正因這種不受拘束的性格，使得貫休認爲「何天不可飛」！於是立即飄然遠離。而《唐才子傳》形容貫休性躁急，是言其不假思考即作出反駁，遂使自己喪失了依附錢鏐勢力的大好機會，然細究之，這「躁急」的答覆正是貫休猶有傲骨、耿介果敢的表現，也正是《續湘山野錄》所云的「休性褊介」〔註40〕，褊有「急躁」義、介有「堅毅」義，爲「義」而立下判斷、堅決果敢，這是貫休在此則事蹟中透露的個性。

　　而「成汭問筆法」則又表現貫休特立不羈的另一風貌。列舉《五代詩話》云：

> 貫休思登南嶽，遂擔簦遊荊南，與吳融相遇，往復酬答，心相得也。會節度使成汭以誕生日，得歌詩百餘章，而貫休詩與焉。汭令幕僚鄭準評高下，準害其能，置貫休詩第三。貫休怒曰：「藻鑒如此，其可久乎！」已而汭問筆法於貫休，答曰：「此事須登壇而授，豈容草草！」汭不勝其忿，遽放黔中。因爲〈病鶴詩〉云：「見說氣清邪不入，不知爾病自何來。」〔註41〕

貫休遠赴荊南投奔成汭，起初因高深的佛學修養與藝術才華而受到成汭的賞識，留置龍興寺駐錫，後來卻又因狂狷不羈的個性而被貶黔中。此事先是記載鄭準嫉妒貫休的能力，於是將貫休詩列名第三，作出不公正的判准，貫休怒極，感到十分不平。這事是否合於史實曾被提出質疑，據田道英考證，鄭準與貫休素有交往，今《禪月集》尚收錄〈送鄭準赴舉〉〔註42〕詩一首，又若是鄭準與貫休有過節，那麼依

〔註40〕〔宋〕文瑩撰，鄭世剛、楊立揚點校：《湘山野錄・續錄》（北京：中華書局，1997年），頁80。

〔註41〕〔清〕王士禛原編、鄭方坤刪補、〔美〕李珍華點校：《五代詩話》卷八（北京：書目文獻出版社，1989年），頁295。

〔註42〕陸永峰：《禪月集校注》卷十五〈送鄭準赴舉〉「兩河兵火後，西笑見吾曹。海靜三山出，天空一鶚高。貨居槐撐屋，行卷雪埋袍。他日如相見，栽桃近海濤。」，頁315。

曇域本著「爲尊者諱」之態度編集的《禪月集》，就不可能保留此詩，因此研判鄭準絕不至於那樣對待貫休〔註43〕，田道英的考述是有其道理的。之後成汭向貫休請益書法，他高傲的回答激怒了成汭，而被貶瘴癘橫行的黔中。面對喜怒無常的武夫，貫休狂狷不羈的個性容易誤踩地雷而罹禍，他心直口快又孤傲難馴，因此在入蜀前與錢鏐和成汭的相處都顯得落落寡合，於是落得流放黔中病痛纏身的下場。然而，滿身是病的貫休仍是很自負的，他云自己胸懷清氣，清氣能抵抗邪氣入侵，因而困惑滿身病痛自何而來。顯見即便他於藩鎮處遭逢挫折，但對自己行高品潔的清俊人格是自我肯定的。

　　孤傲耿介、特立不羈是貫休在面對霸氣橫生的強藩時所表現的個性。處在亂世，爲求自保而擇邊依附的人性處處可見，且武夫的喜怒難測，往往一言不合動輒得咎，在這種「伴君伴虎」的處境裡，貫休仍能「不迎不拒、不攀不推」〔註44〕，言行秉持問心無愧，實具有勇無畏之氣節，是以〈白蓮集序〉以「骨氣混成」〔註45〕形容之。

二、正義敢言

　　除了面對強藩有勇無畏，貫休也勃發著正義感，「〈公子行〉之諷」與「〈酷吏辭〉之刺」是史籍中記載貫休正義敢言的兩則事蹟，遍見於《五代詩話》、《唐才子傳》、《蜀檮杌》、《十國春秋》、《全唐詩話》、《唐詩紀事》等處。透過這兩則事蹟，可以補強前述貫休耿介的個性，他的氣節並不僅止於獨善其身，對於社會上的不公不義、百姓疾苦無助，都能進一步對上位者提出示警針砭，在這上下交相賊的環境裡，貫休的見義勇爲更顯難能可貴。列舉《蜀檮杌》記載：

　　　　（永平）二年，……二月朔，（王建）遊龍華禪院，召僧貫

〔註43〕田道英：《釋貫休研究》（四川大學中國古典文獻學博士論文，2002年），頁72。
〔註44〕王思熙：〈一身傲骨的貫休〉，《經典雜誌》（2004年），頁22。
〔註45〕《四部叢刊初編》集部第四十三冊《白蓮集》（台北：台灣商務印書館，1975年）。

休坐，賜茶藥絲段，仍令口誦近詩。時諸王貴戚皆賜坐，
貫休欲諷之，因誦〈公子行〉曰：錦衣鮮華手擎鶻，閑行
氣貌多輕忽，艱難稼穡總不知，五帝三王是何物。建稱善，
貴倖皆怨之。〔註46〕

在滿坐諸王貴戚的場合裡，貫休當著王建的面以詩諷刺這些王公貴族
不知民間疾苦，權貴子弟衣著光鮮亮麗、神態高傲，對於民間農事艱
難卻分毫不知，更遑論知悉五帝三皇爲何。貫休此詩一出，得罪了在
座的王公貴戚，但王建雅納建言，稱善之。這則事蹟樹立了貫休不畏
強權的姿態，他的詩作風格吳融曾以「善善則頌美之，惡惡則風刺之」
〔註47〕來形容，揚善刺惡一直是貫休創作所秉持的中心思想之一，這
樣的個性使得他如正義使者，常路見不平拔刀相助，如〈酷吏詞〉的
創作動機便是聽民苦難，繼而爲民發聲的作品，這則事蹟於《五代詩
話》與《唐詩紀事》都有記載：

貫休以忤成汭故，遞放黔中，後復來遊江陵，王（建）優
禮之，館於龍興寺。會有謁宿者言時政不治，貫休乃作〈酷
吏辭〉刺之，辭云：「霢雨瀰瀰，風吼如劇。有叟有叟，暮
投我宿。吁歎自語，云太苛酷。如何如何，掠脂幹肉。吳
姬唱一曲，等閑破紅束。韓娥唱一曲，錦段鮮照屋。寧知
一曲兩曲歌，曾使千人萬人哭。不唯哭，亦白其頭，饑其
族。所以祥風不來，和氣不復。蝗兮賊兮，東西南北。」
王（建）聞之，雖被疎遠，而亦不甚罪焉。〔註48〕

唐末寇亂，休避地渚宮，荊帥高氏優待之，館於龍興寺。
會有謁宿，話時政不治。乃作〈酷吏詞〉以刺之云：霢雨
瀰瀰，風吼如劇。有叟有叟，暮投我宿。吁歎自語，云太
苛酷。如何如何，掠脂幹肉。吳姬唱一曲，等閑破紅束。

〔註46〕〔宋〕張唐英著，王文才、王炎校箋：《蜀檮杌校箋》第一卷（成都：
巴蜀書社，1999 年），頁 113。

〔註47〕陸永峰：《禪月集校注》〈序〉，頁 3。

〔註48〕〔清〕王士禛原編、鄭方坤刪補、〔美〕李珍華點校：《五代詩話》
卷八，頁 296。

韓娥唱一曲，錦段鮮照屋。寧知一曲兩曲歌，曾使千人萬
人哭；不惟哭，亦白其頭飢其族。所以祥風不來，和氣不
復，蝗乎賊乎，東西南北。遂離荊門，立趨井絡，上蜀主
〈陳情〉之詩。〔註49〕

這兩則記載所云都是有位謁宿者投宿龍興寺與貫休話時政，感嘆酷吏
太苛，掠奪民脂民膏，而且花天酒地豪奢無度，這些貪官污吏就像蝗
蟲、盜賊遍佈各地，百姓生活可悲可嘆。聽完這位夜宿老叟的慨嘆，
貫休寫下這首直言針砭的〈酷吏詞〉，控訴官僚體系之荒淫苛刻，也
反映出廣大百姓在統治階層剝削之下的苦難生活。

　　貫休的悲天憫人與敢言的抗爭性在此事中昭然可見，然而，細究
之仍能發現這兩處記載均有誤。《唐詩紀事》云荊帥高氏（高季昌，或
作高季興）優待貫休，使之駐錫於龍興寺，考高季昌於唐昭宗天佑三年
（906 年）十月來到荊南〔註50〕，公元 907 年任梁荊南節度使〔註51〕，
此時貫休已入蜀依王建（903 年貫休入蜀），故貫休在江陵投奔的應是
當時頗有治績的荊南節度使成汭而非高季昌，成汭賞識貫休，將之安置
在江陵龍興寺居住。而依附高季昌的應是另一詩僧齊己，齊己於後梁龍
德元年（921 年）行至荊州，為高季昌迎置龍興寺，擔任「僧正」一職
〔註52〕。因此，可以再確認《五代詩話》云「貫休以忤成汭故，遞放黔
中，後復來遊江陵，王（建）優禮之，館於龍興寺」一語有誤，將貫休
安置於龍興寺的是成汭，吳融為〈西岳集〉作的序裡就提到「（貫休）
晚歲，止於荊門龍興寺」〔註53〕，吳融與貫休的相遇是在荊南，吳融此

〔註49〕王仲鏞：《唐詩紀事校箋》卷七十五（四川：巴蜀書社，1989 年 8 月），
　　　　頁 1956。
〔註50〕〔宋〕司馬光：《資治通鑑》卷 265「（昭宗天佑三年十月）武貞節度
　　　　使雷彥威屢寇荊南，留後賀瓖閉城自守。朱全忠以為怯，以潁州防
　　　　禦使高季昌代之。」，頁 21。
〔註51〕參見沈起煒：《五代史話》附錄一「五代各國興亡情況與疆域情勢表」
　　　　（北京：中國青年出版社，1985 年），頁 155。
〔註52〕謝曜安：《齊己詩研究》（高雄：國立高雄師範大學國文學系碩士論
　　　　文，2000 年），頁 67。
〔註53〕陸永峰：《禪月集校注》〈序〉，頁 3。

時遭逢謫官，貫休與之酬唱循環，吳融還於序裡云「越三日不相往來，恨疏矣。」可見兩人當時知交密切，吳融之言當可信矣。又，貫休剛入蜀時，先受王建安置於成都東禪院，〈宋高僧傳〉爲其作傳就稱「梁成都府東禪院貫休傳」，後王建賜建給貫休駐錫的應是龍華禪院，《十國春秋》記載「高祖大悅呼爲得得和尚，留住東禪院，賜賚優渥，署號禪月大師。已而，建龍華道場令居之。」〔註54〕。據上考證，可知《五代詩話》與《唐詩紀事》對此事之記載均有部分錯誤之處。

然而，這些錯誤不至於妨礙此事凸顯貫休正義敢言的形象，《唐才子傳》形容貫休「一條直氣，海內無雙」〔註55〕，他的個性率直這無可諱言，若將這股「直氣」對照史籍記載的諸多事蹟看來就成了「正氣」，是揭露醜惡、正義無畏的一股亢直之氣。誠如貫休自言「道無裨政化，行處傲孤雲」〔註56〕，這種剛毅的入世傲骨與批判性格，體現於一位應該諸法皆空、自由自在的出家眾身上，是極具衝突的，無怪乎眾多史籍看見了貫休個性上的特殊性，而對其性格作出記載。

三、曠放與幽默

貫休的個性除了正直耿介之外，還時現急智幽默之機辯。他這方面的事蹟也於《北夢瑣言》、《十國春秋》、《五代史補》等書留下記載。孫光憲《北夢瑣言》載有「休公眞率」條：

> 沙門貫休，鍾離人也，風騷之外，精於筆箚，舉止眞率，誠高人也。然不曉時事，往往詆訐朝賢，他亦不知己之是耶非耶。……
>
> 馮涓大夫有大名於人間，淪落於蜀，自比杜工部，意謂他人無出其右。休公初至蜀，先謁韋書記莊，而長樂公後至，遂與相見，欣然撫掌曰：「我與你阿叔有分。」長樂怒而拂

〔註54〕王雲五主編：《十國春秋》卷四十七（台北：台灣商務印書館，出版年待查）。
〔註55〕傅璇琮：《唐才子傳校箋》卷十，頁442。
〔註56〕陸永峰：《禪月集校注》卷九〈別盧使君〉，頁206。

袖。他日謁之，竟不逢迎，乃曰：「此阿師似我禮拜也。」
自是頻投刺字，終爲閽者所拒。休公謂韋公曰：「我得得爲
渠入蜀，何意見怪？」（道門杜先生，亦以此疏之。）

國清寺律僧嘗許具蒿脯未得間，姜侍中宅有齋律僧先在
焉，休公次至，未揖主人大貌，乃拍手謂律僧曰：「乃蒿餅
子何在？」其他皆此類，通衢徒步，行嚼果子，未嘗跨馬，
時人甚重之。異乎廣宣、棲白之流也。〔註57〕

孫光憲指出貫休眞率曠放的舉止，往往抨擊揭發達官顯要之惡，然
而在時勢比人強的時代裡，此舉的是非對錯也的確備受爭議。接
著，他又舉了貫休因個性不拘小節、我行我素而得罪人的事蹟，他
在謁見韋莊時巧遇馮涓（長樂），貫休初次見面就直率的脫口而出
「我與你阿叔有分」，這意味著馮涓該尊貫休爲父執輩，此話聽在
個性拘謹、器量狹小的馮涓耳裡，彷彿是被吃了豆腐，心裡很不舒
服，怒而離去。因產生了過節，馮涓再也不對貫休客氣，再謁見時
反將他一軍說貫休就像他的拜把兄弟一般。自此之後，貫休頻頻投
刺自薦，都被守門人所拒，他不解而無奈的對韋莊說：「我得得和
尚爲了他入蜀，他爲何如此見怪呢？」可見貫休曠放不拘的個性並
非人人都能接受，就連杜光庭也因此疏遠他。

　　孫光憲又記載了一則貫休個性大剌剌的事蹟，他來到姜侍中的
住處，尚未揖禮於主人，也無慮國清寺的律僧先至，便放肆的問蒿
餅子何在，喪失作客之禮。雖然他的性格疏狂而不守節，亦常於馬
路上邊走邊吃，不曾跨馬而行，但還是受到時人的敬重，與同爲詩
僧的廣宣、棲白之流大大的不同！廣宣（蜀僧）與棲白（江南僧）
都是熱中於干謁公卿的詩僧，有關廣宣的個性，業師李建崑在〈論
韓愈贈僧徒詩〉一文中針對韓愈〈廣宣上人頻見過〉一詩作過分析，
指出韓愈於詩作表面自箴自貶，實則規勸廣宣勿再長年擾擾，以詩

〔註57〕　〔宋〕孫光憲：《北夢瑣言》卷二十「休公眞率」條，收錄於《景印
　　　　文淵閣四庫全書》第1036冊，子部十二，小說家類一雜事之屬（台
　　　　北：台灣商務印書館，1983年），頁124。

干謁，虛耗時日於俗流朝士之間，而有負息心修道之初志，詩題「頻見過」微有厭煩之意〔註58〕；棲白則為宣宗朝內供奉，歷三朝的賜紫禪師，與許棠、曹松、張喬、李洞、貫休、齊己等都有詩作唱酬，許棠〈贈棲白上人〉是首很能一窺棲白行止的詩「閑身卻不閑，日日對天顏。已住城中寺，難歸海上山。詩傳華夏外，偈布市朝間。欲問空門事，空門豈有關。」〔註59〕，可見棲白也是位混跡朝廷，長年往來公卿難歸山林持修的僧侶。相較於廣宣和棲白的碌碌奔走，雖然貫休也一樣曾奔走於公卿士族之間，但孫光憲用以對比，凸顯了他在與公卿率性交往之餘猶存令人讚賞的風骨氣節，因此以「異於廣宣、棲白之流」的對比評價對他作出肯定。以上兩則事蹟在《十國春秋》中也有記載，並以「性落落不拘小節」來形容貫休。《十國春秋》還多了一則貫休與杜光庭的嘲戲：

> （貫休）好俳謔，一日與杜光庭並轡道中，貫休馬忽奔躓，光庭連呼「大師數珠落地」，貫休曰：「非數珠，蓋大還丹耳。」光庭有慙色。〔註60〕

此事云貫休詼諧、愛開玩笑，一日和杜光庭並駕，貫休的馬忽然受驚奔馳而跌倒，杜光庭諧謔云「大師你的數珠掉落地了」，不料貫休立刻回話「這不是我的數珠，而是你的大還丹！」，此語有互相揶揄的言外之意，「數珠」是佛教徒修行時握在手中用來計數的珠串，此暗喻貫休；「大還丹」是道家煉丹，此暗喻道士杜光庭。這一來一往的玩笑揶揄對話，最終使得杜光庭面有愧色，貫休以機智的應答站上風。《五代史補》對這則嘲戲的斷語亦云「休有機辯，臨事制變，眾人未有出其右者」〔註61〕，他具急智與幽默、謔而不虐的個性令人莞爾又束手無策，也因如此性格，導致貫休常得罪樹

〔註58〕李師建崑：〈論韓愈贈僧徒詩〉，《興大中文學報》第二期（1989 年 1 月）。

〔註59〕許棠〈贈棲白上人〉，見《全唐詩》卷 603，頁 6971。

〔註60〕王雲五主編：《十國春秋》卷四十七。

〔註61〕〔宋〕陶岳：《五代史補》卷一「貫休與光庭嘲戲」條，收錄於徐蜀選編：《二十四史訂補》（北京：書目文獻出版社，1996 年），頁 386。

敵，卻不自知。

王思熙形容貫休具有詩人「狂狷」的特質〔註 62〕，他的舉止任性恣意，有時放縱幾近顛狂，他不逢迎虛假、我口道我心，這種不假修飾、不遵世間普遍認知的行止近似癲和尚，然卻又正義耿介、頭腦清醒、批判犀利，儼然是亂世中的「扒糞者」，實在令人印象深刻。除了史籍對他的性格與事蹟多所記載外，貫休的詩裡也曾自剖過這種率真、不畏人言的人格特質，如〈鼓腹曲〉：

> 我昔不幸兮遭百罹，蒼蒼留我兮到好時。耳聞鐘鼓兮生豐肌，白髮卻黑兮自不知。東鄰老人好吹笛，倉囷峨峨穀多赤。餅紅蝦兮析麋臟，有酒如濁醴兮呼我喫。往往醉倒潢洿之水邊兮人盡識，孰云六五帝兮四三皇？如夔如龍兮如糞黃，吾不知此之言兮是何之言兮？〔註 63〕

這喫酒醉倒池塘的窘態還弄得「人盡識」，三皇五帝聽在耳裡是「吾不知此之言兮是何之言兮」，果真率性又癲狂。再如〈偶作五首〉之三：

> 孰云我輕薄，石頭如何喚作玉？孰云我是非，隨邪逐惡又爭得？古人終不事悠悠，一言道合死即休。豈不見大鵬點翼蓋十洲，是何之物鳴啾啾？〔註 64〕

面對流言蜚語，貫休以麻雀之鳴啾啾來形容那些人目光如豆、淺視短見，他曾云「氣與非常合，常人爭得知」〔註 65〕，因此胸懷如鵬的壯志不事這些悠悠之口，而要獻給合道之人。貫休自己對「孤高獨不群」的性格深有體認，然而他「媚世非吾道」〔註 66〕的堅持反使他狂狷中帶著「真」，如今看來竟有老頑童的可愛姿態。

附帶一提，貫休的外表於史籍中也被記載下來，《十國春秋》云

〔註 62〕王思熙：〈一身傲骨的貫休〉，《經典雜誌》（2004 年），頁 22。
〔註 63〕陸永峰：《禪月集校注》卷四〈鼓腹曲〉，頁 82。
〔註 64〕陸永峰：《禪月集校注》卷五〈偶作五首〉之三，頁 116。
〔註 65〕陸永峰：《禪月集校注》卷八〈秋居寄王相公三首〉之三，頁 185。
〔註 66〕陸永峰：《禪月集校注》卷十七〈故林偶作〉，頁 360。

「貫休體充而形短」〔註67〕、《宋高僧傳》云「嘗覩休眞相，肥而矬」
〔註68〕，可見貫休的身形應屬矮胖型。作爲一位僧侶，其個性、外表
都在史料中留下紀錄，可見貫休絕對是位足具個人特色的詩僧。

第三節　作品考述

一、《禪月集》

　　貫休的詩集流傳並不順遂，在歷史上反覆散佚重輯，一路走來
歷經了四次重要的集結，《西岳集》算是他自輯早年詩作的本子，《禪
月集》則是貫休過世後，弟子曇域搜羅重編的詩歌總集，及至南宋
可燦禪師得孟湖簡靖居士童公三世珍藏舊本重刊，明朝毛晉索遺二
十五卷重輯，之後的貫休詩集編纂，主要以可燦本和毛晉汲古閣本
爲底本。貫休詩作歷經這些輾轉，散佚了不少，每次的集結都有序
言留下，讓後世得以窺知流衍，以下針對這四次重要的集結進行考
述。

（一）《西岳集》／《禪月集》

　　貫休的詩集名稱有二，《西岳集》是投奔荊南節度使成汭期間，
與時遇亦遭謫官的內翰吳融往來，於乾寧三年（896年）吳融蒙恩詔
歸將別之際，貫休出示《西岳集》，吳融爲其作序，序中記載這段詩
集相贈與題序之事：

> 丙辰，余蒙恩詔歸，與上人別。袖出歌詩草一本，曰《西
> 岳集》，以爲贐矣。切慮將來作者，或未深知，故題序於卷
> 之首，時己未歲嘉平月之三日。〔註69〕

透過吳融的敘述，可知《西岳集》是貫休自輯作品的詩集，也是他於
65歲（乾寧三年，丙辰）以前的作品集結本子。另，於貫休過世前，

〔註67〕王雲五主編：《十國春秋》卷四十七。
〔註68〕〔宋〕贊寧撰、范祥雍點校：《宋高僧傳》卷三十，頁750。
〔註69〕陸永峰：《禪月集校注》〈序〉，頁4。

曾交代弟子曇域重爲《西岳集》作序，其原因如下：

> 有唐翰林學士兵部侍郎吳融請爲序。先師長謂一二門人
> 曰：「吳公文藻贍逸，學海淵深，或以挹讓，周旋異待矣。
> 或以文害辭，或以辭害志，或以誕飾饒借，則殊不解我意
> 也。子可於余所著之末，聊重敍之。」曇域乃稽顙而言曰：
> 「語云：子疾病，子路欲以門人爲臣。子曰：欺天乎？曇
> 域小子，何敢敍焉？」師曰：「子不知，皆孔子弟子記諸善
> 言，以成其書。況吾常酷於茲，心勤形瘵，訪其稽古，慰
> 以大道。睟然皓首，豈謂貫其聲耳？且昔在吳越間，靡所
> 濟集。聊欲係志於翰墨，得以亂思不潜遺老矣。子無辭焉！
> 但當吾意而言之，然又不可以微之、樂天、長吉類之矣！
> 吾若與騷人同時，即知殊不相屈。爾直言之，無相辱也。」
> 曇域遜讓不暇，力而敍之。〔註70〕

這段重序之由，曇域將之記載在《禪月集·後序》中，貫休認爲吳融
的序或者推崇過當，或者文辭的形容不能貼近己志，總之沒能把他的
創作旨意完善的揭諸。貫休自云心神形體勞苦枯病，只爲考訪古事，
希冀以天地間的法理慰藉內心的抑鬱憂愁，這一切都不是爲了招致聲
名，又往昔流盪於吳越，缺乏救助與棲所，神形極度困頓，僅能繫志
於翰墨。貫休自云志意不類於元稹、白居易和李賀，因此不宜如吳融
的序言將之比附，且自認若與屈原等騷人同時，也並不相屈下，因此
希望曇域重序，更貼切的將己志揭諸於世，但曇域未及重序，貫休已
經過世。後來曇域受眾請重編先師的歌詩文贊，題號《禪月集》，並
爲之作序，完成貫休遺志：

> 喪事既周，哀制斯畢。暇日或勳賢見訪，或朝客相尋，或
> 有念先師所制一篇兩篇，或記三句五句，或未閑深旨，或
> 不曉根源。眾請曇域編集前後所制歌詩文贊，曰：「有見問，
> 不暇枝梧。」遂尋檢薰草，及暗記憶者，約一千首。乃雕
> 刻版部，題號《禪月集》。……時大蜀乾德五年癸未歲十二

〔註70〕陸永峰：《禪月集校注》〈後序〉，頁527。

月十五日序。〔註71〕

曇域重新蒐集貫休詩歌約一千首，雕刻版部，以蜀主王建封予貫休的稱號「禪月」為名，將這次重輯的詩集定名為《禪月集》，並奉貫休遺意重為作序，發揚其創作之用心，因此這次所輯當視為是貫休生平詩作的總整理。而近千首的詩作集結，也讓貫休活躍的詩歌創作能力備受後人關注。

又，《西岳集》與《禪月集》的卷數記載與後世訪佚重刻的流傳卷數，也遍見於史籍文獻中，以下列表呈現各方記載並作綜論：

表：《西岳集》／《禪月集》之史籍記載考

文 獻 出 處	關於貫休詩集卷數的記載	附　　註
齊己詩〈荊門寄題禪月太師影堂〉〔註72〕	西岳千篇傳古律注：大師有《西岳集》三十卷，盛傳於世。，南宗一句印靈臺。	
〔蜀〕何光遠《鑒誡錄》〔註73〕	禪月大師貫休所吟千首，吳融侍郎序之，號曰巨岳集。	
〔宋〕佚名《宣和書譜》〔註74〕	有歌詩千餘首，號《禪月集》行於世，今御府所藏八	
〔宋〕張世南《游宦紀聞》〔註75〕	有《西岳集》三十卷，翰學吳融為之序。	
〔宋〕張唐英《蜀檮杌》〔註76〕	貫休本蘭溪人，善詩，與齊己齊名，有《西岳集》十卷。	
〔宋〕計有功《唐詩紀事》〔註77〕	休與齊己齊名，有《西岳集》十卷，吳融為之序。	

〔註71〕陸永峰：《禪月集校注》〈後序〉，頁 528。
〔註72〕齊己〈荊門寄題禪月太師影堂〉，見《全唐詩》卷 845，頁 9562。
〔註73〕〔蜀〕何光遠：《鑒誡錄》卷五「禪月吟」（北京：中華書局，1985 年），頁 34。
〔註74〕佚名：《宣和書譜》卷十九（北京：中華書局，1985 年），頁 432。
〔註75〕〔宋〕張世南撰，張茂鵬點校：《游宦紀聞》卷六（北京：中華書局，1997 年），頁 50。
〔註76〕〔宋〕張唐英著，王文才、王炎校箋：《蜀檮杌校箋》第一卷（成都：巴蜀書社，1999 年），頁 114。
〔註77〕王仲鏞：《唐詩紀事校箋》卷七十五（四川：巴蜀書社，1989 年 8 月），頁 1955。

〔宋〕陶岳《五代史補》〔註78〕	貫休有文集四十卷，吳融爲之序，號《西岳集》行於世。	
〔宋〕晁公武《郡齋讀書志》〔註79〕	貫休《禪月集》三十卷。	
〔宋〕鄭樵《通志》〔註80〕	禪月詩三十卷（貫休）	
〔宋〕陳振孫《直齋書錄解題》〔註81〕	《禪月集》十卷。	
〔宋〕王堯臣等編次《崇文總目》〔註82〕	禪月詩三卷　僧貫休撰。（鑑按今本二十五卷）	
〔元〕辛文房《唐才子傳》〔註83〕	有集三十卷，今傳。	傅璇琮《唐才子傳校箋》記載：按休集，《新唐書·藝文志》無著錄；《郡齋讀書志》卷四中集部別集類錄爲三十卷；《直齋書錄解題》卷一九詩集類錄爲十卷。今存《禪月集》二十五卷，《全唐詩》編其爲十二卷（卷八二六～八三七），《全唐詩外編·補逸》卷一八補二首，《全唐文》卷九二一收其文四篇。
〔明〕毛晉汲古閣本《禪月集》序〔註84〕	計氏（計有功）云《西岳集》十卷，吳融爲之序，蓋乾寧三年編於荊門者也。或又云《南岳集》，謂曾隱跡南嶽也。馬氏（馬端臨）云《寶	〔明〕毛晉汲古閣本《禪月集》爲二十五卷補遺一卷，與皎然《杼山集》、齊己《白蓮集》並刻，世稱汲古閣本《唐三高僧詩

〔註78〕〔宋〕陶岳：《五代史補》卷第一，收錄於徐蜀選編：《二十四史訂補》第 10 冊（北京：書目文獻出版社，1996 年），386。
〔註79〕〔宋〕晁公武：《郡齋讀書志》卷十八（台北：廣文書局，1967 年），頁 1104。
〔註80〕〔宋〕鄭樵：《通志》卷七十（杭州：浙江古籍出版社，2000 年），頁志 824。
〔註81〕〔宋〕陳振孫：《直齋書錄解題》卷十九（北京：中華書局，1985 年），頁 553。
〔註82〕〔宋〕王堯臣等編次、錢東垣等輯釋：《崇文總目》卷五（北京：中華書局，1985 年），頁 363。
〔註83〕傅璇琮：《唐才子傳校箋》卷十，頁 441。
〔註84〕陸永峰：《禪月集校注》附錄〈明毛晉序〉，頁 537。

	月詩》一卷，未知何據。其弟子曇域於偽蜀乾德五年編集前後歌詩文贊，題曰《禪月集》。……宋人相傳凡三十卷，余從江左名家大索十年，僅得二十五卷，其文贊及獻武肅王詩五章章八句，俱不載，不無遺珠之憾，今略補一二於後。	集》。《南岳集》與《寶月詩》之稱已被余嘉錫〈四庫提要辨證〉考證為誤，只有《西岳集》和《禪月集》才是貫休詩集之名。
〔明〕胡震亨《唐音統籤》〔註85〕	詩集三十卷，今存三卷。	卷902～卷904
〔明〕王圻《稗史彙編》〔註86〕	（貫休）終於蜀，有《西岳集》十卷。	
《四部叢刊》初編集部《禪月集》〔註87〕	收貫休詩二十五卷。	據上海涵芬樓借江夏徐氏藏景宋本影印本為底本，為現存最早的貫休詩集版本。
《四庫全書·禪月集提要》〔註88〕	貫休沒後，其門人曇域編次歌詩文贊為三十卷，自為後序，題曰《禪月集》，此本為宋嘉熙四年蘭谿兜率寺僧可燦所刊，毛晉得而重刊之，僅詩二十五卷，豈佚其文贊五卷耶？補遺一卷亦晉所輯。	《四庫全書》據毛晉汲古閣本《禪月集》二十五卷補遺一卷刊刻。
清康熙四十二年《御定全唐詩》〔註89〕	其全集三十卷已亡，胡震亨謂宋睦州刻本多載他人詩不足信，其說亦不知何據，胡存詩僅三卷，今編十二卷。	卷826～卷837。以毛晉汲古閣本《禪月集》、徐崧所藏可燦重刊《禪月集》本及胡震亨《唐音統籤》中的《禪月集》三卷本為據，將貫休詩改編為十二卷。

〔註85〕〔明〕胡震亨輯：《唐音統籤》，收錄於《續修四庫全書》第1619冊，集部·總集類（上海：上海古籍出版社，2002年），頁665～683。

〔註86〕見〔清〕王士禛原編，鄭方坤刪補：《五代詩話》卷八（北京：中華書局，1985年），頁268。

〔註87〕《四部叢刊初編》集部，第43冊（台北：台灣商務印書館，1975年）。

〔註88〕《景印文淵閣四庫全書》第1084冊，集部23別集類，頁423。

〔註89〕《御定全唐詩》，收錄於《四庫全書》第1431冊（上海：上海古籍出版社，1987年），頁158～247。

《全唐詩》揚州詩局本〔註90〕	其全集三十卷已亡，胡震亨謂宋睦州刻本多載他人詩不足信，其說亦不知何據，胡存詩僅三卷，今編十二卷。	編爲十二卷，與《御定全唐詩》同。
（清同治）胡鳳丹《金華叢書‧禪月集》〈重刻禪月集序〉〔註91〕	《禪月集》載在《全唐詩鈔》者僅十二卷，即胡震亨所存三卷而另編者也。考陶岳《五代史補》稱貫休《西岳集》四十卷，弟子曇域裒其全集爲三十卷。《欽定四庫書目提要》載《禪月集》二十五卷，補遺一卷。	〔清〕胡鳳丹《金華叢書》本《禪月集》爲十二卷。民國初年編製《叢書集成》十二卷本即承《金華叢書》本。〔註92〕
〔清〕江標輯《唐貫休詩集》〔註93〕	收貫休詩一卷	
《全唐詩季振宜寫本》〔註94〕	收貫休詩十二卷	卷682～卷693
〔清〕葉德輝輯《秘書省續編到四庫闕書目》〔註95〕	僧貫休詩集三十卷	

據此表列觀之，《西岳集》的卷數出現有十卷、三十卷、四十卷等不同說法，《禪月集》一般公認爲三十卷，在流傳過程中佚失了一部分，毛晉搜羅僅得二十五卷，從清康熙《御定全唐詩》以後就盛行十二卷的整併本，如《金華叢書》、《叢書集成》、《全唐詩鈔》、《全唐詩》揚

〔註90〕　《全唐詩》全唐詩目，第十二函，第三冊（本書據康熙揚州詩局本剪貼縮印）（上海：上海古籍出版社，1990年），頁2023～2051。

〔註91〕　《百部叢書集成95　金華叢書》第十二涵《禪月集》（台北：藝文印書館，1968年）。

〔註92〕　參見翁同文：〈四庫提要補辨〉，收錄於《百部叢書集成95　金華叢書》第十二涵《禪月集》。

〔註93〕　〔清〕江標輯：《唐人五十家小集》之《唐貫休詩集》，清光緒二十一年（1895）元和江氏靈鶼閣據南宋陳道人本景刊。轉引自陸永峰：《禪月集校注》校注說明，頁2。

〔註94〕　《全唐詩季振宜寫本》卷682～卷693，收錄於故宮博物院：《故宮珍本叢刊》第632冊（海南出版社，2000年）。

〔註95〕　〔清〕葉德輝輯：《秘書省續編到四庫闕書目》，收錄於嚴靈峰編輯：《書目類編》（一）（台北：成文書局，1978年），頁256。

州詩局本以及《全唐詩季振宜寫本》等所收之貫休詩集都是十二卷本。

　　至於《西岳集》與《禪月集》的卷數考證，目前較具見解的是田道英的博士論文《釋貫休研究》提出《西岳集》當爲三十卷，曇域所製的《禪月集》亦當不止三十卷的觀點。田道英的論據在於認爲齊己與貫休同爲晚唐五代著名詩僧，且二人在世時有詩作唱酬往來，因此齊己稱《西岳集》爲三十卷當爲可信，又〔宋〕張世南《游宦紀聞》也有《西岳集》三十卷的記載，這使得齊己之說不致成爲孤證；再者，齊己詩云「西岳千篇傳古律」，故貫休於 65 歲以前的自輯詩作就有約千首之數，待到貫休 81 歲逝世，這中間尚有十幾年的歲月，以貫休活躍的創作能力，照理來說曇域集結的《禪月集》勢必要比千首還要更多，但曇域在《禪月集‧後序》云其所編約一千首，可見貫休的詩作在《西岳集》到《禪月集》的這些時間裡流失了一些，因此田道英從現存最早的《禪月集》版本──四部叢刊本的每卷數量推估，陶岳《五代史補》稱《西岳集》四十卷可能講的就是曇域所編的《禪月集》，若《禪月集》果眞是四十卷，那麼按照四部叢刊本每卷編排的數量（少則 20 首，多則 32 首）來算，恰好符合曇域所編「約一千首」的說法〔註96〕。

　　然，《禪月集》三十卷的記載在史籍上仍蔚爲主流，毛晉也說「宋人相傳凡三十卷」，田道英的考述推測儘管別具意義，但仍缺乏有力證據顯示《禪月集》應爲四十卷。筆者認爲此論題僅能尊重與貫休時代相近且有交誼的齊己說法「《西岳集》收錄貫休詩作千篇，凡三十卷」、與曇域整理集結爲「約一千首詩作的《禪月集》」之記載，這二者應該是現今所能正確得知貫休詩作傳世之原來面貌的資訊來源了，至於究竟原始版本是多少卷？在傳世的過程中又亡佚了多少首詩？如今已難追溯，僅知的是《四部叢刊》初編集部的《禪月集》據宋代徐氏本子爲底本，編爲二十五卷；毛晉汲古閣本亦搜羅索遺了二十五卷及一些殘篇斷

─────────────

〔註96〕本段援引的《西岳集》與《禪月集》之卷數考證，參見田道英：《釋貫休研究》（四川大學中國古典文獻學博士論文，2002 年），頁 119～121。

句，現今留存下來的貫休詩約剩七百首左右〔註97〕，此為目前所能掌握的貫休詩作概況。至於胡震亨的三卷本、《御定全唐詩》以後盛行的十二卷本以及江標的一卷本，則多為選集或以整併型態呈現的貫休詩集，有參照補訂之價值。

（二）可燦重刊

自曇域整編重輯《禪月集》之後，流傳到南宋又湮沒無聞，嘉熙四年（1240年）婺州蘭溪縣兜率禪寺住持禪悟大師可燦獲《西岳集》古本重刊，然而此古本僅二十五卷，錄樂府古風五言律及七言律絕共709首，與曇域序所稱編集前後所製歌詩文贊約一千首之數不合，且無文贊，可見嘉熙刻本已非蜀刻舊本，已頗有殘闕〔註98〕。然而，繼貫休自輯之《西岳集》與曇域重輯之《禪月集》陸續亡佚之後，此刊本乃是現存最早的貫休詩集傳本，具極高的重刊價值。

對於可燦尋訪詩集與重刊過程，童必明等人均有詳細記載。童必明在重刊後的書跋云：

> 番易松菴燦上人來住吾鄉兜率，有年矣。予偶到彼，因言《西岳集》，禪月貫休所作也，先世嘗收於書室。燦老有請，謂其徒喜聞樂道而未得全集，欲攻木廣其傳。予嘉其用心，勉成其志，遂檢茲集與之。仍薄助鋟版。畢，復請紀其事，庶後有考於斯。〔註99〕

可燦駐錫兜率禪寺（即昔貫休出家為童侍的和安寺），因佛徒對前輩

〔註97〕陸永峰：《禪月集校注》所收詩作總數為735首、殘篇斷句為16。陸氏參照《四部叢刊》初編本所收 25 卷《禪月集》（據上海涵芬樓借江夏徐氏藏景宋本影印本）為底本，輔以〔明〕毛晉汲古閣本25卷補遺一卷、《全唐詩》所收貫休詩 12 卷、《全唐詩》揚州詩局本、《全唐詩季振宜寫本》所收貫休詩 12 卷、《唐音統籤》收貫休詩 3 卷、〔清〕江標《唐貫休詩集》1 卷等六種以上版本編校。

〔註98〕（五代）釋貫休：《禪月集》影宋刊本・補遺配明末毛氏汲古閣刊本「歷代畫家詩文集　第四輯　敘錄」（台北：台灣學生書局，1975年），頁2。

〔註99〕陸永峰：《禪月集校注》跋，頁533。

禪師貫休津津樂道，卻未能得其詩集，一日可燦得童必明家傳之《西岳集》，童氏嘉許可燦搜羅重刊期能廣傳的用心，因此資助費用以成其心志。此事在周伯奮的〈跋〉裡也有重刊過程的記載：

> 詩不苟作，頌詠風刺，根於理致。法嗣曇域編萃成集，雕刻以廣其傳。和安今改兜率禪寺，詩集缺焉無聞。住山率它郡人，或縛於禪寂而不肯爲，或迫於營造而不暇爲，或利於赴應而不克爲，識者恨之。番易松菴燦禪師，出於越趙福王之門。王之孫國史左司宗卿守婺時，招致居焉。恬淡無營，得浮屠氏本體。挂錫之初，訪予山中故事，首以是對。師慨然任責，尋求故帙，得於里中檀越之家。計工食費數萬而贏，先捐鉢中所有。不足，則募眾緣。鳩工鋟梓，不日而成。〔註100〕

貫休七歲隨圓貞禪師出家爲童侍的和安寺今改爲兜率禪寺，當地人對於該禪寺出了貫休這麼一個有名的大德詩僧，但其詩集卻缺佚亡失而感到惋惜，又歷來駐錫的禪師或因禪定的拘束、或迫於營造而無暇、或趕赴應任而不克爲之，因而搜羅重輯之事往往擱置，令人憾恨。直到可燦禪師著實有心，掛錫之初即訪查此地故聞，因此將貫休詩蒐訪重輯一事當作責任所在，終於在檀越家獲得古本，並捐輸、募款集資，召集工人重刻，終於成就這樁擱置許久的美事。師保的〈跋〉則記載古本字小冊狹，不利閱讀的弊病：

> 禪月製作，浸遠而風雅益著，初機晚學難得其集而怏怏焉。嘉熙戊戌春，兜率主人松庵燦禪伯乃鄱陽之作者也，至予秀墊軒，出示全集。得孟湖簡靖居士童公三世珍藏舊本，不知其幾年矣，喜不自勝。但惟其字小而冊狹，刺眼爲礙。膺奮志募眾，大書特書，以廣其傳，應不孤彼三世襲什之意。今已就緒，以嘉善用其心。覽斯集者，神爽心悅，是知古禪月，今松庵，本地風光之愈侈。〔註101〕

〔註100〕 陸永峰：《禪月集校注》跋，頁531。
〔註101〕 陸永峰：《禪月集校注》跋，頁532。

可燦得孟湖簡靖居士童公三世珍藏舊本，但因字小冊狹，不利閱讀，於是集資重刊，讓貫休詩之風流接續，師保此跋亦道出重刊主因之一。

　　上述三人的書跋清楚交代可燦得古本重刊的經過，有鑑於貫休是此地饒富文采的高僧，其行止與創作也為時人好談樂道，有幸蒐得古本卻因字小冊狹有礙閱讀，為廣為流傳，因此集資重刻。可燦的立意用心為貫休詩集的流傳作出巨大貢獻，讓貫休詩傳世的風采得以再現南宋，這從祖聞等人在可燦重刻本的題跋對貫休道名詩藝的盛讚可得而知：

> 祖聞《西岳集‧題》：禪月尊者，鯨吞教海，龍吸禪河，旁發為文，雷霆一世。後數百載，道日振而名日新。此集之播於江湖，接之聞見，如「佛手遮不得，人心如等閑」、「時危須早轉，親老莫他圖」、「一箇閑人天地間」等辭，其美如稻粱，甘如井泉。吾人皆得以珍之，往往莫知何所從出。松菴愍此，乃大書易梓，張本於和安山中，思與天下共其美。然則松菴之賢，豈獨後世揚子雲而已哉？〔註102〕

祖聞讚貫休不但得佛禪至道，且文名鼎盛，其聲名傳世數百載而不墜，詩美如稻粱、甘如井泉，不應淹沒無聞，如今重刊與天下共賞其美，是松菴可燦之賢舉也。

> 紹濤《西岳集‧書》：禪月詩集，年代浸遠，後學無聞。松菴禪悟師因得舊本，力行修廢。於既絕之後，大書刻梓，以壽其傳。使鏗金戛玉之聲泯而復振，剪霧縫雲之手屈而再伸。如杲日麗天，秋毫無隱。〔註103〕

紹濤盛讚貫休詩如鏗金戛玉之聲，其高絕的詩藝如剪霧縫雲之手，可燦將之重刊，使貫休高超的詩藝如天空明亮的太陽，完全彰顯絲毫無隱。

> 徐璨《西岳集‧跋》：浮屠氏以詩鳴多矣，未若禪月之格高旨遠也。後百丈松庵禪師慨舊版之弗存，捐眾資以重刻。亦可謂老婆心切，然此特禪月靜中遊戲耳。若究竟當家工夫，則是編一出，豈但落第二義，衲子毋徒泥焉，可也。〔註104〕

〔註102〕　陸永峰：《禪月集校注》跋，頁532。
〔註103〕　陸永峰：《禪月集校注》跋，頁533。
〔註104〕　陸永峰：《禪月集校注》跋，頁534。

徐璨推崇可燦重刻，使《西岳集》於僧詩中再現其特出的格高旨遠之價值。徐琰則又更深入的剖析他眼中所體悟的貫休詩：

> 徐琰《西岳集·書》：三百篇之著，其來尚矣。……若夫禪月國師，則又高出一頭地。予雖未聞謦欬，自幼已知詩名。人但見其諷詠，咸以為僧之能詩者，不識悟真空，言明理□，苦節峻行，一時慕仰。耀祖燈於中天，又豈常人之所可識？至於銀鉤鐵畫，落紙雲煙，住世應真，入神風采。每以詩□遊戲三昧，其憂世愛□之心，則見於首卷之詞中，間以無礙慧說最上乘。晤之者可以頓獲清涼，覩之者可以開明心地。其視安樂先生同出軌轍，又非特與李杜輩爭華並燁。後人詳味其語，正宜高著眼，不當以詩僧看也。松庵燦公禪師能集其篇，鋟梓以傳。潛發其幽光於數百年之後，使人人皆寶而藏之。〔註105〕

徐琰自幼已聞貫休詩名，雖曾以為僧人作詩乃不識悟真空，但觀其行止苦節峻行，言語合於理致，讓人仰慕。他讚貫休道行修止如光耀於天的祖燈，豈是凡常人等可以參透的？徐琰還點出貫休詩歌遊戲三昧，具憂世愛民之心志，又兼融以無礙慧說，讓見晤者可以頓獲清涼，觀睹者可以開明心地，因此認為後世細味其語者，應從高處著眼，不宜將貫休囿於詩僧之列而淺視之。徐琰此跋彰顯了貫休詩作的內涵與創作之立意，具引導閱讀之效，同時也肯定可燦重刊的價值，為婺州蘭溪縣兜率寺之傳世文化作出饒有意義的揭示。

可燦獲各方資助重刊，致力將貫休詩之深遠用心與超絕詩藝傳續下去，這次重刊逢童氏家族出借古本，又有周伯奮等七人共襄盛舉作書跋紀誌，發揚《西岳集》之思想與藝術價值，雖然可燦本當今已不傳，但《四部叢刊》初編所收的二十五卷《禪月集》即據上海涵芬樓借江夏徐氏藏景宋本影印本為底本，江夏徐氏即為可燦本作書跋的徐琰一脈〔註106〕，因此《四部叢刊》本之底本極可能就是可燦本，依此推斷，《四

〔註105〕 陸永峰：《禪月集校注》跋，頁534。
〔註106〕 田道英：《釋貫休研究》（四川大學中國古典文獻學博士論文，2002

部叢刊》初編所收二十五卷《禪月集》應是現存最早的貫休詩集版本。

（三）毛晉重輯

自南宋可燦禪師得古本重刊貫休詩集之後，流傳到明代又散佚，晚明毛晉搜羅求索，得二十五卷 [註107]，與皎然《杼山集》、齊己《白蓮集》並輯，世稱汲古閣本《唐三高僧詩集》。毛晉也爲此次搜羅到的二十五卷《禪月集》作序，紀錄這次的重輯過程：

> 貫休集名不一，卷次亦不倫。計氏云《西岳集》十卷，吳融爲之序，蓋乾寧三年編於荊門者也。或又云《南岳集》，謂曾隱跡南嶽也。馬氏云《寶月詩》一卷，未知何據。其弟子曇域於僞蜀乾德五年編集前後歌詩文贊，題曰《禪月集》。重爲之序，誚吳序，或以文害辭，或以辭害志，或以誕飾饒借，殊不解休公意也。宋人相傳凡三十卷。余從江左名家大索十年，僅得二十五卷。其文贊及獻武肅王詩五章章八句，俱不載，不無遺珠之憾。今略補一二於後。 [註108]

毛晉說宋代相傳《禪月集》有三十卷，他四處求索僅得二十五卷，亡佚五卷應是文贊及獻武肅王詩五章章八句的部分，毛晉又補遺一卷（第二十六卷），輯佚詩歌十五首、殘句十二句。然而，毛晉補遺的第二十六卷出現不少訛謬舛誤，劉芳瓊在〈貫休詩歌訂補〉 [註 109]

年），頁 127。

[註107] 毛晉搜羅到據以重刊的本子爲何？依田道英從毛晉汲古閣本《禪月集》序跋之後所附的柳僉、江衍、楊傑等人的贈詩研判，楊傑、江衍都是南宋詩人，明寫本《白蓮集》出於柳僉之手，且於四部叢刊影印明寫本《白蓮集》跋得見柳僉有將《白蓮集》與皎然、貫休三集並存的說法，因此研判毛晉汲古閣本《唐三高僧詩集》是來源於明寫本柳僉的《唐三高僧詩集》。換句話說，毛晉所見極可能是明人景宋寫本輾轉傳錄，而非親睹嘉熙宋刻（可燦本）原貌。田道英：《釋貫休研究》（四川大學中國古典文獻學博士論文，2002 年），頁124～125。另一說法，《唐集敘錄》云毛晉得可燦本重刻，又輯補遺一卷，即汲古閣本也。萬曼：《唐集敘錄》「禪月集」（台北：明文書局，1982 年），頁 363。

[註108] 陸永峰：《禪月集校注》附錄「明毛晉序」，頁 537。

[註109] 劉芳瓊：〈貫休詩歌訂補〉，《文獻》1991 年第 3 期（北京：書目文

一文已詳細考證毛晉補遺之不辨處，以下據劉文作一簡要整理：

　　▲〈題成都玉局觀孫位畫龍〉應為齊己〈謝徽上人見惠二龍障子
　　　以短歌酬之〉詩前八句。

　　▲〈贈雷卿張明府〉應為曹松詩、〈題某公宅〉應為劉克莊的〈方
　　　寺丞新第〉。

　　▲〈夜雨〉應為《禪月集》卷三〈閑居擬齊梁四首〉之一的前兩
　　　聯。

　　▲〈贈寫經僧楚雲〉應為齊己所作之〈送楚雲上人往南岳刺血寫
　　　法華經〉。

　　▲〈俠客〉詩佚句「黃昏風雨黑如磐，別我不知何處去」應為《禪
　　　月集》卷六〈義士行〉之末兩句。

　　▲殘句「朱門當大道，風雨立多時」一聯乃為《禪月集》卷十七
　　　〈贈乞食僧〉詩的頷聯。

　　▲殘句「家為買琴添舊價，廚因養鶴減晨炊」應為劉克莊〈答友
　　　生〉詩之頸聯。

　　▲殘句「一生不蓄買田錢，華屋何心亦偶然。客至多逢僧在坐，
　　　釣歸惟許鶴隨船」應為劉克莊〈方寺丞新第二首〉之二的前兩
　　　聯。

毛晉補遺的第二十六卷多有疏略不考之處，《四庫全書》雖據毛晉汲古
閣本《禪月集》二十五卷補遺一卷刊刻，然在《禪月集‧提要》處亦點
出毛晉補遺一卷的疏略不察「補遺一卷亦晉所輯，然所收佚句如『朱門
當大道，風雨立多時』一聯乃贈乞食僧詩，今在第十七卷之首，但道作
路、雨作雪，晉不辨而重收之，殊為失檢。」〔註110〕，即便如此，毛
晉的重輯仍在《禪月集》流傳史上立下不可抹滅之功，且自汲古閣本訪
佚輯集之後，《禪月集》於清代以降的刊刻多以此本為據，尤其《四庫

献出版社，1991 年 7 月）。

〔註110〕　〔清〕紀昀等總纂：《景印文淵閣四庫全書》第 1084 冊集部二十三
　　　　　別集類，頁 423。

全書》以毛晉的二十五卷補遺一卷輯本重刊《禪月集》，更是對毛晉於
《禪月集》集結之功的肯定。據此，毛晉本與前述《四部叢刊》初編所
收二十五卷《禪月集》（可燦本）成為貫休詩集傳世的重要僅存古本。

二、書　畫

　　貫休不僅詩作豐富，他名世的還有書法與羅漢畫，可說是晚唐極
富藝術才華的藝僧。前蜀宰相張格有「畫成羅漢驚三界，書似張顛值萬
金」（〈寄禪月大師〉）之高度讚揚貫休書畫成就之語，齊己也讚貫休的
詩書畫有王羲之、謝靈運之精髓「右軍書畫神傳髓，康樂文章夢授心」
（〈荊州貫休大師舊房〉），可見貫休的書畫藝術也如同他的詩歌一樣，
在當世頗負盛名。可惜的是，貫休書法已不存於世，其羅漢畫真跡也多
有疑義，目前所見多為摹本，較受關注的有日本宮內廳版本〔註111〕、
京都高台寺版本〔註112〕、東京藤田美術館藏版本〔註113〕與根津美術館
藏版本〔註114〕、台北故宮博物院《祕殿珠林》著錄本〔註115〕及杭州聖
因寺版本〔註116〕等。又，歷史上有貫休羅漢畫為十六尊或十八尊之異
說，然觀察史籍記載，從五代到宋初流傳的貫休圖繪都是「十六羅漢」
〔註117〕，「十八羅漢」的說法是到北宋中葉才開始流傳，又〈法住記〉
記載的羅漢僅十六尊〔註118〕，貫休避居歙州與清瀾交遊時，畫予相贈

〔註111〕　參見附錄 2-1 到 2-16，頁 296～311。
〔註112〕　參見附錄 3-1 到 3-16，頁 312～327。
〔註113〕　參見附錄 4，頁 328。
〔註114〕　參見附錄 5，頁 329。
〔註115〕　參見附錄 6-1 到 6-2，頁 330～331。
〔註116〕　參見附錄 7，頁 332。
〔註117〕　宋初的黃休復《益州名畫錄》、郭若虛《圖畫見聞誌》和龔明之《中
　　　　　吳紀聞》等均記載貫休繪十六羅漢像。〔宋〕黃休復：《益州名畫錄》
　　　　　卷下「能格下品」（北京：中華書局，1991 年），頁 67。〔宋〕郭若
　　　　　虛：《圖畫見聞誌》卷二（北京：中華書局，1985 年），頁 95。〔宋〕
　　　　　龔明之：《中吳紀聞》卷三「禪月大師」條（北京：中華書局，1985
　　　　　年），頁 45。
〔註118〕　見慶友尊者著、玄奘譯：〈大阿羅漢難提蜜多羅所說法住記〉，收錄
　　　　　於大藏經編輯委員會編：《大藏經》第 49 冊，史傳部一（台北：新

的羅漢像亦爲十六尊〔註119〕，這十八羅漢像很可能是後世的摹本，要說是貫休眞跡，尚乏可靠證據。然，當今流傳的不管是十六或十八羅漢像，學界大多視爲摹本，並試圖比附古籍或詩贊所描述的樣貌來詮釋畫作。以下，將根據史籍對貫休書畫藝術的記載作綜合論述。

（一）書　法

黃滔〈東林寺貫休上人篆隸題詩〉云「師名自越徹秦中，秦越難尋師所從。墨跡兩般詩一首，香爐峰下似相逢。」〔註120〕首句即道出貫休在書法上獲得盛名，《唐才子傳》亦稱他「風騷之外，尤精筆札」〔註121〕，可見在詩書畫的領域，貫休都取得傲人成就，稱得上是全方位的藝僧。而關於貫休的書法記載，在歷史上最爲人所知的軼事要算是「成汭求教」，《唐詩紀事》云：

> 休工篆隸。初在荊州，成中令問其筆法，曰：此事須登壇
> 而授，詎可草草言之。成怒，遞放黔中。〔註122〕

貫休因爲書法成就而受成汭看重，也由於倨傲的個性而因書法罹禍被遠貶瘴癘橫行的黔中，此事在《唐才子傳》、《十國春秋》、《五代詩話》等史籍中都有記載，它透露了貫休桀傲不馴的個性，也道出其書法藝術在當時備受矚目的實情。

《唐詩紀事》云貫休工篆隸，其實貫休更有名的是草書。〔明〕陶宗儀《書史會要》記載「（貫休）作字尤奇崛，至草書益勝，喜書千文，雖不可比智永，要自不凡。」〔註123〕、《五代詩話》云「（貫

〔註119〕 文豐出版公司，1988年），頁12。

《歙縣志》第十九卷「寺觀‧羅漢寺」：唐末寺僧清瀾與婺州僧貫休游，休爲畫十六梵僧像，宋取入禁中，後感夢，歙僧十五六輩求還，遂復以賜。〔清〕張佩芳修、劉大櫆纂：《歙縣志》第五冊，頁1768。

〔註120〕 黃滔〈東林寺貫休上人篆隸題詩〉，見《全唐詩》卷706，頁8129。

〔註121〕 傅璇琮：《唐才子傳校箋》卷十，頁429。

〔註122〕 王仲鏞：《唐詩紀事校箋》卷七十五「僧貫休」（四川：巴蜀書社，1989年），頁1956。

〔註123〕 〔明〕陶宗儀：《書史會要》（上海：上海書店，1984年），頁200。

休）草書尤奇崛。」〔註124〕，他的草書曾入列於〔宋〕劉涇《書詁》
之論中：

> 唐有詩僧九人，今有《九僧集》。復有五僧善書，劉涇嘗作
> 《書詁》，以懷素比玉、曇光比珠、高閑比金、貫休比玻璃、
> 亞栖比水晶。〔註125〕

懷素、曇光、高閑、亞栖都是以草書聞名於世的藝僧，劉涇將貫休與他
們並列齊名，並以耀眼奪目的珍寶比擬，顯見這些藝僧的書法成就在當
時必定廣為稱許。草書具狂放不羈、無拘無束的特質，因此也更能表現
書家的個性，端看貫休一生的行止，其個性裡有疏狂因子〔註126〕，理
想性極高也不苟合屈從，再加上他為圓政治理想而追求世間聲譽，希望
能有賢君良相看到他滿腔經世濟民的宏大願景，因此以藝顯名成了貫休
在社會上露臉的方式之一，尤其草書的寫作發展到張旭醉後呼叫狂走、
以頭蘸墨而書的狂草，早已脫離了實用意義而成為純粹藝術的表現。黃
緯中指出：

> 與其把「狂草」當做新的書體，還不如說它是新的書法創
> 作方式更恰當些。因為它之所以引人，原在那不可思議的
> 醉草過程，是表演的氣氛動人心弦，至於線條的虬結、點
> 畫之雄壯還在其次。〔註127〕

作為表演的草書創作過程，使得醉心於以藝顯名的藝僧們紛紛投入草
書習作的行列，黃緯中就觀察到「中晚唐的幾個最顯赫的狂草書家竟

〔註124〕　〔清〕王士禎原編、鄭方坤刪補、〔美〕李珍華點校：《五代詩話》
　　　　　八卷（北京：書目文獻出版社，1989年），頁296。
〔註125〕　〔明〕胡應麟《少室山房筆叢》卷七，續甲部《丹鉛新錄》三「唐
　　　　　五書僧」條，收錄於吳文治主編：《明詩話全編》，頁5764。
〔註126〕　《十國春秋》記載貫休：「性落落不拘小節，每於通衢徒步行嚼果
　　　　　子。初來蜀時，過詣韋莊，而馮涓適至，遂與相見，欣然撫手曰：
　　　　　『我與爾叔有分涓。』怒拂衣去。他日，過從竟不逢迎，貫休謂人
　　　　　曰：『我得得和尚，為渠入蜀，何意見怪。』其率略多如此。」見
　　　　　王雲五主編：《十國春秋》卷四十七，頁5。
〔註127〕　黃緯中：〈中晚唐的草書僧〉，淡江大學中文系主編：《晚唐的社會
　　　　　與文化》（台北：台灣學生書局，1990年），頁493。

然清一色是出家的僧侶」〔註128〕，貫休當然名列其中，尤其草書特立於世的寫作方式，很能呼應貫休倨傲孤率的個性，《宣和書譜》說他「作字尤奇崛，至草書益勝，嶄峻之狀，可以想見其人。」〔註129〕，見字如見人，貫休草書突出特別，奇崛之貌與其個性相互輝映，像這樣從內在噴發，外顯於字裡行間的狂狷特質，可以想見草書必爲表現貫休個人特色之絕佳載體；而他的草書有名，在當時亦自成一格，《宋高僧傳》云「休書跡，好事者傳號曰姜體是也。」〔註130〕、《十國春秋》亦云「工篆隸草書，好事者多號曰姜體。」〔註131〕，貫休俗姓「姜」〔註132〕，依此來看他的書法確實卓有特色，才能夠自成一體，得到時人以「姜體」殊譽稱之。如此裡外契合無間的書法創作，無怪乎草書能成爲貫休名世之利器，只可惜現今已無緣再見他亡佚不存的書作了。

　　而《宣和書譜》和《書史會要》都云貫休喜書千文，《禪月集》裡也收錄了〈上盧少卿覓千文〉〔註133〕、〈謝盧少卿惠千文〉〔註134〕兩首貫休與盧知猷酬贈書作的歌詩，可見平時除了詩作往來唱酬以外，書法亦是貫休人際交誼的重要憑藉與話題，也由於具有不輸文人雅士的藝術涵養，使得貫休以一介僧人之姿，輕易的打入文人圈，進而上探政治圈，其藝術盛名爲他在荒亂的末世拓展了極高的能見度，

〔註128〕　黃緯中：〈中晚唐的草書僧〉，淡江大學中文系主編：《晚唐的社會與文化》，頁493。
〔註129〕　佚名：《宣和書譜》卷十九，頁431。
〔註130〕　〔宋〕贊寧撰、范祥雍點校：《宋高僧傳》卷三十，頁750。
〔註131〕　王雲五主編：《十國春秋》卷四十七，頁4。
〔註132〕　〔宋〕郭若虛：《圖畫見聞誌》卷二「休公有詩集行於世，兼善書，謂之姜體，以其俗姓姜也。」，頁95。
〔註133〕　陸永峰：《禪月集校注》卷4〈上盧少卿覓千文〉「前生有美玉，含華常炳爛。堪爲聖君璽，堪爲聖君按。草木潤不凋，煙霞覆不散。野人到山下，仰視星辰畔。儦獲如栗黃，保之上霄漢。」，頁91。
〔註134〕　陸永峰：《禪月集校注》卷4〈謝盧少卿惠千文〉「盧山有石鏡，高倚無塵垢。晝景分煙蘿，夜魄侵星斗。苞含物象列，搜照魚龍吼。寄謝天地間，毫端皆我有。」，頁92。

這從錢鏐、成汭及王建等割據政權禮遇他的原因可見一斑。

　　而如今已難親睹貫休書法眞跡，但卻能從他觀懷素、暠光的草書歌中一窺貫休對草書深刻的領略與熱愛。〈觀懷素草書歌〉：

> 張顛顛後顛非顛，直至懷素之顛始是顛。師不譚經不說禪，筋力唯於草書朽。顛狂卻恐是神仙，有神助兮人莫及。鐵石畫兮墨須入，金罇竹葉數斗餘。半斜半傾山納溪，醉來把筆獰如虎。粉壁素屏不問主，亂拏亂抹無規矩。羅刹石上坐伍子胥，蒯通八字立對漢高祖。勢崩騰兮不可止，天機暗轉鋒鋩裏。閃電光邊霹靂飛，古柏身中潯龍死。駭人心兮目眈䁳，頓人足兮神辟易。乍如沙場大戰後，斷槍橛箭皆狼籍。又似深山朽石上，古病松枝掛鐵錫。月兔筆，天竉墨，斜鑿黃金側剉玉。珊瑚枝長大束束，天馬驕獰不可勒。東卻西，南又北，倒還起，斷復續。忽如鄂公喝住單雄信，秦王肩上剒著棗木槊。懷素師，懷素師，若不是星辰降瑞，即必是河岳孕靈。固宜須冷笑逸少，爭得不心醉伯英。天台古杉一千尺，崖崩倒折何崢嶸！或細微，仙衣縫折金線垂。或妍媚，桃花半紅公子醉。我恐山爲墨兮磨海水，天與筆兮書大地，乃能略展狂僧意。長恨與師不相識，一見此書空歎息。伊昔張謂任華葉季良，數子贈歌豈虛飾？所不足者渾未曾道著其神力。石橋被燒燒，良玉土不蝕。錐畫沙兮印印泥，世人世人爭得測？知師雄名在世間，明月清風有何極？[註135]

貫休形容懷素是繼草聖張旭之後的至顛者，而這顛卻非凡常人的痴顛，是如有神附的顛狂。醉後將筆握成怒吼的猛虎一般，也不問眼前的素淨牆壁主人是誰，就捉筆胡抹亂塗，落筆聲勢驚人，奔騰中暗藏天機，飄撇之間彷彿親歷雷電閃熾的戰場，轉瞬間又如身在深山朽石上，眼見著古病松枝掛著鐵錫。懷素作書縱橫全場，復斷又續，顛倒難測，貫休用了大量形象化的形容，又是「羅刹石上坐伍子胥，蒯通

〔註135〕　陸永峰：《禪月集校注》卷六〈觀懷素草書歌〉，頁135。

八字立對漢高祖」、「閃電光邊霹靂飛，古柏身中淳龍死」、「斜鑿黃金
側剉玉，珊瑚枝長大束束，天馬驕矜不可勒」、「忽如鄂公喝住單雄信，
秦王肩上剖著棗木槊」；又是觀懷素作書引起的怦然萬千情緒，有時
駭異激昂使人頓足退避「駭人心兮目眩瞑，頓人足兮神辟易」、有時
壯烈宛如大戰後橫陳槍箭的沙場「乍如沙場大戰後，斷槍橛箭皆狼
籍」、有時心神靜拙如「深山朽石、古病松枝」。跌盪反側的觀書心緒，
在貫休筆下化作一幕幕驚心動魄，蕩氣迴腸的畫面，於是他以呼告的
口氣道出對懷素的景仰之情「懷素師，懷素師，若不是星辰降瑞，即
必是河岳孕靈」，懷素的草書造詣正如千尺天台古杉，即便面臨崩蝕
的斷崖，亦何其崢嶸，甚至或細微、或妍媚，都能絲絲入扣。這樣的
狂草作品看得貫休心神跟著朗闊狂逸起來，他感嘆「我恐山為墨兮磨
海水，天與筆兮書大地，乃能略展狂僧意」，這種以山海為墨、以天
地為紙筆的宏大氣魄，正是懷素草書狂逸之美暈染貫休心神的結果，
懷素的狂草看來頗得個性狂狷不羈的貫休之脾性。

　　〈晉光大師草書歌〉則在觀晉光大師的草書之餘對自身的困頓與
僧家面對詩畫外道時的拘束心情有所傾吐與超克：

> 雪壓千峰橫枕上，窮困雖多還激壯。
> 看師逸蹟兩相宜，高適歌行李白詩。
> 海上驚驅山猛燒，吹斷狂煙著沙草。
> 江樓曾見落星石，幾回試發將軍砲。
> 別有寒雕掠絕壁，提上玄猿更生力。
> 又見吳中磨角來，舞槊盤刀初觸擊。
> 好文天子揮宸翰，御製本多推玉案。
> 晨開水殿教題壁，題罷紫衣親寵錫。
> 僧家愛詩自拘束，僧家愛畫亦局促。
> 唯師草聖藝偏高，一掬山泉心便足。〔註136〕

貫休自言人生雖多困頓，但還留有激壯情懷，以此情懷看晉光大師狂

〔註136〕　陸永峰：《禪月集校注》卷二十六〈晉光大師草書歌〉，頁498。

逸的書迹甚為相宜，就像高適的歌行與李白的詩，讀來有縱逸狂肆之感。接著貫休再以一連串形象化的比喻來形容曇光的草書，看來也是奪人心魄、高超絕妙，「海上驚駈山猛燒，吹斷狂煙著沙草」透露出狂猛之姿、「江樓曾見落星石，幾回試發將軍砲」有奇崛之妙、「別有寒鵬掠絕壁，提上玄猿更生力」道盡力道拿捏之精確、「又見吳中磨角來，舞槊盤刀初觸擊」形容筆劃間激盪出的電光石火，這些極富意象的生動形容，不但寫出曇光大師草書難言之高妙，也指涉著每一筆劃所帶給貫休心神的震顫與激賞。他說「僧家愛詩自拘束，僧家愛畫亦局促」對詩畫外道的喜愛因己身為出家眾的身分而不能暢懷擁抱，但曇光大師的草書技藝實在高超，讓他如掬山泉抔飲，心感適足。顯然，觀大師的草書為困頓的貫休帶來些許撫慰，草書縱逸恣適的美感精神，呼應了貫休的人格特質，貫休亦因草書的創作而解放久經困乏的生命。故對他來說，作書如同釋放狂狷靈魂的儀式，無怪乎他的書法卓有內涵、極富特色，因此留名於世。

（二）羅漢畫

十六羅漢的名號出自玄奘所譯的〈大阿羅漢難提蜜多羅所說法住記〉〔註137〕（簡稱〈法住記〉），裡頭不僅詳載十六羅漢的名號、住處、眷屬，還宣說十六羅漢具三明六通八解脫等無量功德，並受佛之囑咐常住世間，護持佛法使不滅沒，與施主作真福田，令彼施者得大果報，一言以蔽之，羅漢的形象就是「護持正法饒益有情」，自此奠定了我國羅漢信仰的基礎。〈法住記〉所錄十六羅漢名號為第一尊者賓度羅跋囉惰闍，第二尊者迦諾迦伐蹉，第三尊者加諾迦跋釐，第四尊者蘇頻陀，第五尊者諾距羅，第六尊者跋陀羅，第七尊者迦理迦，第八尊者伐闍羅弗多羅，第九尊者戌博迦，第十尊者半託迦，第十一尊者囉怙羅，第十二尊者那迦犀那，第十三尊者因揭陀，第十四尊者

〔註137〕　見慶友尊者著、玄奘譯：〈大阿羅漢難提蜜多羅所說法住記〉，收錄於大藏經編輯委員會編：《大藏經》第49冊，史傳部一（台北：新文豐出版公司，1988年）。

伐那婆斯，第十五尊者阿氏多，第十六尊者注荼半託迦，貫休筆下的
羅漢即此十六尊。

又，〈法住記〉缺乏這十六羅漢的形貌描述，僅云「現種種形，蔽
隱聖儀，同常凡眾」〔註138〕，因而也給了中國佛像繪畫更寬闊的想像
空間，《宣和畫譜》有一段記載可一窺中國羅漢畫的兩類主流傳統：

> 世之畫羅漢者，多取奇怪，至貫休則脫略世間骨相，奇怪
> 益甚。元（即張玄）所畫得其世態之相，故天下知有金水
> 張元羅漢也。〔註139〕

這段話明言了中國羅漢畫的兩種繪畫傳統：一類為出世間相，以貫休
為代表；一類為世間相，以張玄為代表。張玄（活動於890至930年）
在五代時以畫羅漢著名，人稱張羅漢，其筆下的羅漢造型與世間高僧
無異，《宣和畫譜》云「得其世態之相」，吻合〈法住記〉說「同常凡
眾」的形象。另一類出世間相的畫法至貫休臻於極至，還源遠流長的
影響了後世羅漢畫風，如〔明〕丁雲鵬、吳彬等人均受到貫休的啟示
〔註140〕，然而貫休筆下的羅漢即便「胡貌梵相」，也終究是個凡常人
像，有五官手足而非妖魔鬼怪之貌，亦不離〈法住記〉說的「現種種
形、同常凡眾」之貌，只是張玄的羅漢與漢地高僧相貌無異，貫休的
羅漢則具龐眉大目、朵頤隆鼻之胡梵貌，換句話說，所謂「出世間相」
指的就是異於漢人的面貌。綜觀史籍多有對貫休羅漢畫作記載者，究
竟裡頭如何形容這些羅漢畫以及貫休創作歷程？以下申論之。

〔宋〕黃休復在《益州名畫錄》中有段關於貫休羅漢畫的言論：

> 禪月大師，婺州金溪人也，俗姓姜氏，名貫休，字德隱。

〔註138〕 見慶友尊者著、玄奘譯：〈大阿羅漢難提蜜多羅所說法住記〉，收錄
於大藏經編輯委員會編：《大藏經》第49冊，史傳部一，頁13。

〔註139〕 佚名：《宣和畫譜》卷三（北京：中華書局，1985年），頁107。

〔註140〕 貫休出世間相的羅漢畫風，對後世產生的影響已為學界所肯定，如
李玉珉：〈明末羅漢畫中的貫休傳統及其影響〉，《故宮學術季刊》
第22卷第1期（2004年秋季）、徐一智：〈吳彬十六羅漢畫和貫休
十六羅漢畫之比較研究〉，《史匯》第4期（2008年8月）等均對貫
休畫風作出的啟示有探討。

天復年入蜀，王先主賜紫衣師號。師之詩名高節，宇內咸
知。善草書圖畫，時人比諸懷素，師閻立本，畫羅漢十六
幀，龐眉大目者，朵頤隆鼻者，倚松石者，坐山水者，胡
貌梵相，曲盡其態。或問之，云：「休自夢中所覩爾。」又
畫釋迦十弟子，亦如此類；人皆異之，頗爲門弟子所寶。
當時卿相皆有歌詩求其筆，唯可見而不可得也。太平興國
年初，太宗皇帝搜訪古畫日，給書中程公羽牧蜀，將貫休
羅漢十六幀爲古畫進呈。〔註141〕

黃休復言貫休的羅漢畫師承閻立本，閻立本（？～673）是初唐畫家，
有繪畫家學，其父親閻毗、兄長閻立德都以工藝、繪畫馳名，閻立本
善畫肖像畫與人物畫，師於六朝三大家之一的張僧繇〔註142〕，《圖畫
見聞志》記載了一則軼事：

唐閻立本至荊州觀張僧繇舊蹟，曰：「定虛得名耳」，明日
又往曰：「猶是近代佳手」，明日往曰：「名下無虛士」，坐
臥觀之，留宿其下十餘日不能去。〔註143〕

對張僧繇讚譽至此，而且還留宿其畫下十餘日不離去，可見張僧繇的
畫確實爲閻立本帶來許多啓示與學習。而張僧繇（吳人，仕於梁武帝）
擅畫佛教人物，曾被梁武帝蕭衍派去西域，爲其三位遠征西域的皇子
作肖像畫以慰思子之情，也因此張僧繇受有西域畫風的影響〔註144〕，
且畫了許多佛像畫，（南陳）姚最《續畫品》評張僧繇的佛像畫「奇形
異貌，殊方夷夏，實參其妙」〔註145〕，唐代李嗣眞也云「至於張公（張

〔註141〕〔宋〕黃休復：《益州名畫錄》卷下「能格下品」（北京：中華書局，
1991年），頁67。

〔註142〕東晉的顧愷之，劉宋的陸探微，蕭梁的張僧繇等三人，就是中國繪
畫史上的「六朝三大家」。

〔註143〕〔宋〕郭若虛：《圖畫見聞誌》卷五「閻立本」，頁192。

〔註144〕張僧繇最著名的即「沒骨皴」畫法，此畫法學自西域，即畫臉部的
陰影時，不先作成輪廓，而是用彩色一層層塗成陰影。據考證，這
種「沒骨皴」的畫法，是脫胎於印度的「勾臉法」，張僧繇傳入中
國後，給中國畫壇開闢了一個新紀元。見何恭上主編、馮振凱撰述：
《中國美術史》（台北：藝術圖書公司，1986年），頁42。

〔註145〕〔南陳〕姚最：《續畫品》「張僧繇」條，收錄於《古畫品錄》及其

僧繇），骨氣奇偉，師模宏遠，豈唯六法精備，實亦萬類皆妙，千變萬化，詭狀殊形」〔註146〕，這「奇形異貌、殊方夷夏、骨氣奇偉、詭狀殊形」的評價與貫休的羅漢畫被評為「怪古不媚、形骨古怪、胡貌梵相、若夷獠異類」實有異曲同工之妙。故由此繫聯之下，可見貫休之畫風師承，形骨怪異之羅漢相顯然構意其來有自，主張此說的有毛建波〔註147〕，他認為貫休畫出胡貌梵相是源於傳統圖式之繼承與變革，絕非憑空想像，也對當今主張貫休畫出出世間相的羅漢是因貫休可能與異域僧侶接觸，而以異域人為模來作畫的觀點不表認同。主張後者觀點的有胡昌健、金平〔註148〕等人，胡昌健認為貫休繪羅漢之異於眾人，其原因之一是對當時異域來華僧人留下深刻印象所致，金平也認為貫休依據那些來自天竺的和尚，以藝術家獨特的洞察力，抓住和尚「胡貌」特徵，把胡貌作為羅漢梵相的圖像相應物加以表現，因此能夠畫出如此獨特的羅漢像。然而，兩人之論述乃出自「直接設想」，在行文中缺乏證據佐證，仍然留有可被商議之處，這或者也是毛建波不認同該類觀點既而提出圖式繼承論點之所在。

依筆者之見，上述兩種說法其實均能成立，無須互相否定，因為從《禪月集》裡收錄有貫休與漢族以外僧人交流之詩作，即可論證貫休除了師承閻立本外，還因特殊的人際接觸經驗而使他對胡貌梵相有親眼觀察的機會。像〈遇五天僧入五臺五首〉有「塗足油應盡，乾陀帔半隳。辟支迦狀貌，剎利帝家兒」「電激青蓮目，環垂紫磨金。眉根霜入細，梵夾蠹難侵」〔註149〕之句，「五天」即五天竺，古指印度，

他三種（北京：中華書局，1985 年），頁 9。

〔註146〕〔唐〕張彥遠：《歷代名畫記》卷七（北京：中華書局，1985 年），頁 240。

〔註147〕毛建波：〈貫休《十六羅漢圖》的創作背景與圖式價值〉，《中國書畫》（2004 年第 7 期），出版地：北京。

〔註148〕胡昌健：〈五代前蜀詩書畫家貫休〉，《四川文物》（1995 年第 2 期）；金平：〈古相奇特　古怪超凡──評貫休《十六羅漢像刻石》〉，《浙江工藝美術》（2002 年第 2、3 期）。

〔註149〕陸永峰：《禪月集校注》卷十四〈遇五天僧入五臺五首〉之四、之

貫休在五臺山區遇見印度僧侶，顯然對其外貌留下深刻印象，印度僧斜披破損的僧袈、古野之貌、炯炯有神的雙眼、琅瑠的紫金環飾、泛白的眉毛等，這些迥異於漢僧的外貌在貫休詩裡都留下了描述；〈送新羅納僧〉也有「扶桑枝西眞氣奇，古人呼爲師子兒。六環金錫輕擺撼，萬仞雪嶠空參差」〔註150〕的新羅僧氣貌描述，新羅是古國名，位於今朝鮮半島東南部，唐朝時，新羅人多有來中原學習佛典與佛法的交流，甚至在唐朝參與科考，貫休因此有機緣接觸新羅的僧侶與人士，除了〈送新羅納僧〉之外，貫休還有〈送新羅僧歸本國〉〈送新羅人及第歸〉與〈送僧歸日本〉之作，可見貫休確實曾與邊疆異族僧侶交往，有特殊的人際交流經驗，對龐眉大目、朵頤隆鼻的面貌並不陌生，歐陽炯形容貫休羅漢像「形如瘦鶴精神健，頂似伏犀頭骨麤。」〔註151〕、《宣和畫譜》也形容貫休的羅漢像「羅漢狀貌古野，殊不類世間所傳，豐頤蹙額，深目大鼻，或巨顙槁項，黝然若夷獠異類，見者莫不駭矚」〔註152〕，形貌枯槁但其目光卻精神朗健，頭頂好似蟄伏的犀牛，頭骨也異常的粗大，腮頰豐滿、緊蹙的眉額、深陷的眼睛配上粗野的大鼻子，寬大的額頭、乾癟枯瘦的脖子，膚色青黑彷彿蠻夷古拙粗野之貌，這些描述細緻深刻，顯見貫休筆下的羅漢的確引起當時觀者不小的震撼。然而，在了解貫休的人際接觸經驗後，對他畫出了「眉目非人間所有近似者」〔註153〕的一駭漢人耳目之羅漢畫，也終能理解他並非無所憑據的。

　　因此，對「休自夢中所覩爾」的這句記載我們可以合理懷疑是小說家之曲附或貫休玩笑之言，而這個說法也遍見於史籍記載中，歐陽炯的〈貫休應夢羅漢畫歌〉描述貫休作畫的經過「時捎大娟泥高壁，閉目

　　　　　五，頁287。
〔註150〕　陸永峰：《禪月集校注》卷二十一〈送新羅納僧〉，頁427。
〔註151〕　李調元編：《全五代詩》卷五十八〈貫休應夢羅漢畫歌〉（北京：中華書局，1985年），頁882。
〔註152〕　佚名：《宣和畫譜》卷三，頁115。
〔註153〕　佚名：《宣和書譜》卷十九，頁431。

焚香坐禪室。忽然夢裏見眞儀,脫下袈裟點神筆。高握節腕當空擲,悉
窣毫端任狂逸。逡巡便是兩三軀,不似畫工虛費日。」〔註154〕閉目焚
香參禪,入定看見羅漢眞儀,張眼脫下袈裟舞弄筆墨作畫,落筆飄撇縱
逸狂放,一轉眼便畫就了兩三軀羅漢,不須像一般畫工一樣琢磨許多時
日。歐陽烱的這一席描述讓貫休的羅漢畫於形骨怪異之外更添傳奇色
彩,引發後續史籍記載的熱度,《宋高僧傳》云「每畫一尊,必祈夢得
應眞貌,方成之。」〔註155〕、《圖畫見聞誌》云「嘗睹所畫水墨羅漢,
云是休公入定觀羅漢眞容後寫之,故悉是梵相,形骨古怪」〔註156〕、《十
國春秋》亦云其羅漢是「夢中所覩,覺後圖之,謂之應夢羅漢」〔註157〕、
《中吳紀聞》更說貫休「性好圖畫古佛,嘗自夢得十五羅漢梵相,既而
尙缺其一,未能就,夢中復有告之曰:『師之相乃是。』遂如所告,因
照水以足之。」〔註158〕這指涉了十六羅漢像中有一幅乃貫休自畫像!
更有甚者,《游宦紀聞》將貫休作羅漢以「神異」視之〔註159〕!姑且不
究這十六尊羅漢是否爲禪定之下的聞見,依前述所考的貫休特殊交遊情
況,可以合理推斷他創作這些羅漢像應是有本於生活見聞沉澱爲潛意識
後的反射,這言之鑿鑿的「自夢中得」或者解釋爲是「自潛意識中得」,
然後托言夢境的用意乃在神化羅漢畫,以便招來關注目光,利於傳世,
就如《宣和畫譜》之見「疑其托是以神之,殆立意絕俗耳,而終能用此
傳世。」〔註160〕,這樣的解釋方爲妥當。

〔註154〕 李調元編:《全五代詩》卷五十八〈貫休應夢羅漢畫歌〉,頁 882。
〔註155〕 〔宋〕贊寧撰、范祥雍點校:《宋高僧傳》卷三十,頁 749。
〔註156〕 〔宋〕郭若虛:《圖畫見聞誌》卷二(北京:中華書局,1985 年),
頁 95。
〔註157〕 〔清〕吳任臣撰、王雲五主編:《十國春秋》卷四十七(台北:台
灣商務印書館,1983 年)。
〔註158〕 〔宋〕龔明之:《中吳紀聞》卷三「禪月大師」條,頁 45。
〔註159〕 〔宋〕張世南撰,張茂鵬點校:《游宦紀聞》卷六「今人知禪月之
號,則以爲高僧,聞貫休之名,則以爲能畫,殊不知當時所作神異
如此。」,頁 50。
〔註160〕 佚名:《宣和畫譜》卷三,頁 115。

　　再者，《益州名畫錄》中還提到這些羅漢畫「倚松石者，坐山水者，胡貌梵相，曲盡其態」，顯見貫休的畫作非單調的肖像畫而是有背景的，擁有胡梵貌的羅漢們或倚靠松木巨石、或坐臥山水之間，透過背景的襯托，使得羅漢們的姿態精神表現得更爲生動鮮明。歐陽炯承蜀主王建之命爲貫休羅漢畫作贊歌，也在贊歌裡生動的描述過這些畫作：

　　　　一倚松根傍巖縫，曲綠腰身長欲動。
　　　　看經弟子擬同聲，瞌睡山童欲成夢。
　　　　不知夏臘幾多年，一手搘頤偏袒肩。
　　　　口開或若共人語，身定復疑初坐禪。
　　　　案前臥象低垂鼻，崖裏老猿斜展臂。
　　　　芭蕉花裏刷輕紅，苔蘚文中暈深翠。
　　　　硬節筇杖矮松牀，雪色眉毛一寸長。
　　　　繩關梵夾兩三片，線補衲衣千萬行。
　　　　林間落葉紛紛墮，一印殘香斷煙火。
　　　　皮穿木履不曾拖，笋織蒲團鎭長坐。〔註161〕

歐陽炯形容這些羅漢倚靠著松根、依附著巖穴石縫，擺扭身軀的姿態活像要動起來。身旁伴有看經書的弟子，估量其念經聲與羅漢同步，還有那打瞌睡的山童簡直快要進入夢鄉。渾不知靜住寺內坐禪修學多少年，一手支著腮頰，斜削的僧袈裸露出肩臂。有時開口與人說話，旋即回復凝定讓人感覺一如初剛坐禪一般。桌案上的臥象長鼻低垂，山崖裡的老猿斜展臂膀，芭蕉被花叢掩映刷上了一抹輕紅，苔蘚暈染出一片深翠。手拄著梗硬有節的手杖，以身旁的矮松爲床，泛白眉毛長有一寸，以繩閉合的經書有兩三片，身上的衲衣都是補丁痕跡。林間的落葉紛紛墜落，殘留的印香斷滅了香火，腳上穿的木鞋不曾垂拖著，在蒲草編成的圓形墊子上鎭日長坐持修。〈貫休應夢羅漢畫歌〉裡的這些描述生動靈活，畫裡的羅漢與山水背景、陪襯人物等相應自如，這些羅漢畫顯然是經過構設後的畫面，松根、山巖、老猿、白眉、

〔註161〕　李調元編：《全五代詩》卷五十八〈貫休應夢羅漢畫歌〉，頁882。

補丁斜肩衲衣，這些意象聚攏呈現一種古樸野拙的氛圍，無怪乎《宣和畫譜》與《圖繪寶鑑》以「古野」〔註162〕來形容之。

又，毛晉汲古閣本的《禪月集・序》也對這十六幅羅漢畫有細膩的描述：

> 余家藏一十六幅，其中伏虎尊者偏袒倚杖，凝然不動，虎蹲座下，如祥麟馴驥。又一幅寫侍者揭瓶傾水，龍從瓶中騰起雲端，尊者托鉢仰視，龍湧雲徐徐而下，絕無生擒活掣張拳嗔目之狀，豈庸工俗師能著一筆？至若布景陳器，凡軍遲、鍵鎔、震越、摩羅、俱蘇摩、刺竭節、佉陀尼、憍奢耶之類，種種奇妙，絕非耳目間物。〔註163〕

毛晉形容家中所藏的十六幅羅漢畫，其中一幅有位伏虎尊者斜露臂膀，手倚木杖，神情定住不動，猛虎蹲在尊者座下，好似尊者騎乘祥麟或馴服馬驥。又有一幅畫著侍者舉瓶傾倒甘露法水，龍從瓶中騰飛向雲端，尊者手掌承舉著鉢仰視著，龍翻湧著雲霧緩慢降下，這畫面絕無粗野的活捉強取、伸拳怒目之態，端詳之又豈是庸俗的畫工能畫出來的？至於背景陳列的法器，舉凡裝著甘露水的法瓶、小鉢、法衣、裝飾之身具、悅意花、法杖、法食、蠶絲椅等，這種種罕見奇妙的法物，絕非世間耳目所能及者。毛晉的這段序言道盡貫休羅漢畫的精妙與神韻，也指出這些畫作具有畫面敘事之質，顯然非僅繪製羅漢的形貌而已，更欲表現佛法示現之境界。

然而，觀察現存的日本宮內廳本缺乏背景烘托，聖因寺和高台寺本則有背景，較符合上述史料記載，又值得注意的是，貫休羅漢畫自宋朝以後除了眞跡流傳外，還出現了許多摹本，上述的史料記載是否所見為眞跡，亦無從考證，僅能綜合研判貫休一生應不只做過一套羅漢畫，而究竟貫休作有幾套羅漢畫？現在唯一能從史籍中得知的是他於強氏

〔註162〕 佚名：《宣和畫譜》卷三，頁115、〔元〕夏文彥：《圖繪寶鑑》卷二（北京：中華書局，1985年），頁24。
〔註163〕 陸永峰：《禪月集校注》附錄，頁537。

藥舖〔註164〕、豫章西山雲堂院〔註165〕、蜀地〔註166〕以及前述他於歙州畫羅漢贈清瀾〔註167〕等記載，判斷貫休應至少作過四套羅漢畫。

除了羅漢形貌、畫作背景，史籍還載有貫休羅漢畫被迎請恭奉，甚至祈雨的事蹟。《宣和畫譜》云「（貫休）雖曰能畫，而畫亦不多，間為本教像，唯羅漢最著。僞蜀主取其本，納之宮中，設香燈崇奉者踰月，乃付翰苑大學士歐陽炯作歌以稱之。」〔註168〕，蜀主王建本就禮遇貫休，對他的羅漢畫陳設香燈崇奉踰月，還指示翰林大學士歐陽炯為之作贊歌，顯見王建對貫休高度的重視與推崇。《圖畫見聞誌》亦記載當久旱不雨時，迎請祈雨十分靈驗的事蹟「休公入定觀羅漢眞容後寫之，故悉是梵相，形骨古怪，其眞本在豫章西山雲堂院供養於今。郡將迎請祈雨，無不應驗。」〔註169〕，已然將貫休羅漢畫神化了！

貫休傳世的作品除了《禪月集》以外，最著名的就是這十六羅漢畫，尤其出世間相的羅漢畫法到貫休手中臻於顛峰，與張玄的世間相

〔註164〕　〔宋〕贊寧撰、范祥雍點校：《宋高僧傳》卷三十「休善小筆，得六法。長於水墨，形似之狀可觀。受眾安橋強氏藥肆請，出羅漢一堂，云：『每畫一尊，必祈夢得應眞貌，方成之。』與常體不同。」，頁749。

〔註165〕　〔宋〕郭若虛：《圖畫見聞誌》卷二「嘗睹所畫水墨羅漢，云是休公入定觀羅漢眞容後寫之，故悉是梵相，形骨古怪，其眞本在豫章西山雲堂院供養於今。郡將迎請祈雨，無不應驗。」，頁95。

〔註166〕　這在《宣和畫譜》卷三「僞蜀主取其本，納之宮中，設香燈崇奉者踰月，乃付翰苑大學士歐陽炯作歌以稱之。」及歐陽炯〈貫休應夢羅漢畫歌〉「休公休公逸藝無人加，聲譽喧喧遍海涯。五七字詩一千首，大小篆字三十家。唐朝歷歷多名士，蕭子雲、吳道子，若將書畫比休公，只恐當時浪生死。休公休公始自江南來入秦，于今到蜀多交親。詩名畫手皆奇絕，覷你凡人事事精。」裡都有記載，依此研判貫休即有可能於蜀中為賞識他的王建作羅漢畫，同時他的畫在蜀中也有不小的聲名。

〔註167〕　《歙縣志》第十九卷「寺觀・羅漢寺」：唐末寺僧清瀾與婺州僧貫休游，休為畫十六梵僧像，宋取入禁中，後感夢，歙僧十五六輩求還，遂復以賜。《歙縣志》第五冊，頁1768。

〔註168〕　佚名：《宣和畫譜》卷三，頁115。

〔註169〕　〔宋〕郭若虛：《圖畫見聞誌》卷二，頁95。

羅漢形成兩種傳統，這是貫休在羅漢畫史上的傑出貢獻。而透過上述
史籍記載，觀察後世對這些畫作的評價，多正面肯定貫休富想像力的
畫風，同時亦將之如禮崇奉，顯見這批畫作雖形骨怪異、不類漢相，
然而在後世眼中仍是備受尊崇，摹刻者眾，甚至托言神異應驗，賦予
神蹟。貫休羅漢畫著名的盛況，可由君主爭相搜索得知，宋太宗曾搜
訪過，也從牧蜀的程羽手中得到這十六幀羅漢像〔註170〕；清乾隆也
於杭州聖因寺取得過摹本，並御題像贊〔註171〕，除乾隆皇帝外，大
文豪蘇軾〔註172〕、明末紫柏大師〔註173〕等都為貫休羅漢畫作過像
贊，凡此種種都是貫休羅漢畫在歷史上掀起的熱潮。如果說貫休當初
托言夢境神化羅漢，是希望受注目而使這些畫順利傳世，那麼依此看
來，他最終是用更高超的藝術成就吸引了後世關注的目光。

〔註170〕 〔宋〕黃休復：《益州名畫錄》卷下「太平興國年初，太宗皇帝搜
訪古畫日，給書中程公羽牧蜀，將貫休羅漢十六幀為古畫進呈。」，
頁 67。

〔註171〕 乾隆 58 年（西元 1793 年）御題杭州聖因寺貫休繪十六羅漢應真像，
贊文參見附錄 8，頁 333。引自羅香林：〈晚唐貫休繪十六羅漢應真
像石刻述證〉，收錄於張曼濤主編：《佛教藝術論集》，頁 317～321。

〔註172〕 蘇軾於清遠寶林寺見過貫休所繪十八羅漢畫，並為之作贊，贊文參
見附錄 9，頁 336。〔宋〕蘇軾：《東坡全集》卷 95，收錄於〔清〕
紀昀等總纂：《景印文淵閣四庫全書》第 1108 冊集部四十七別集類，
頁 527～529。

〔註173〕 紫柏大師所作贊文，參見附錄 10，頁 339。〔明〕憨山德清閱：《紫
柏尊者全集》卷十八，收錄於《新編縮本乾隆大藏經》第 151 冊（台
北：新文豐出版公司，1991 年），頁 429。

第四章　《禪月集》之題材與思想分析

　　《禪月集》裡囊括多樣題材類型，舉凡政治、社會、邊塞、勸世、社交、詠懷、禪偈、詠物、懷古詠史等類詩作都遍見於其中，不但描述詩僧貫休的生活點滴，還深刻反映他砭刺世態、憂懷蒼生的入世精神，透過存世的這七百三十五首詩作，能夠一窺禪月大師的俗情與修爲，更能應證孫昌武先生所言唐代詩僧是「披著袈裟的詩人」之深意。有鑒於各類題材的內涵呈現互爲指涉的現象，如社會詩在反映人民苦難的同時，遙指政治動盪、官場腐化實爲肇因；邊塞詩飽含著反戰思想與人道主義精神，亦對當權者在施政方針上作出血諫；詠物詩託言寓志的作用以及詠史詩追慕前賢的作意，則能對詠懷詩作出補充，使貫休內在心靈的圖像更爲清晰；禪詩多數融入詠懷詩中，成爲貫休所思所感的一環，或以偈的方式呈現，類似勸世詩來詮說去除我執、捨妄歸眞、萬法皆空等佛理。因此，本章寫作策略將不侷限於主題類型的獨立論述，而是嘗試整併這些關係緊密的題材，拉攏具相關性思想的作品類型一併觀照，歸納出政治詩、交往詩、詠懷詩爲《禪月集》之三大題材類型，以下申論之並探討貫休的文學主張。

第一節　政治詩

　　孟子「窮則獨善其身，達則兼善天下」的呼籲，使中國士子在

修身之餘更胸懷濟世之志，因此對能一展長才、掌握權力資源的政治舞台多顯得躍躍欲試。貫休雖爲一介僧侶，但他「家傳儒素」〔註1〕、也自言「我本事蓑笠，幼知天子尊。學爲毛氏詩，亦多直致言。」〔註2〕，幼年的家學使他自小就濡染了儒家經世致用的思想，甚至對爲「士」的自我認同產生終身性的影響，「士不可不弘毅，任重而道遠」他懷抱著淑世情懷與希冀投身政治的志願，使得詩僧貫休的政治詩看來無異於凡常文士，甚至渴望受用的企圖心比起一般士人尤有過之。他曾向知交盧知猷透露「終期金鼎調羹日，再近尼丘日月光」〔註3〕的心願，也抒發過「男兒須展平生志，爲國輸忠合天地」〔註4〕的壯懷，顯見貫休懷抱著經世、求用的宏志並未因遁入佛門而抹滅，因而《禪月集》中時見的諷諫詩、頌詩和干謁詩成了一窺詩人胸懷淑世願景的最佳窗口。

一、諷諫詩

　　貫休的諷刺乃基於對世間不公不義的攻訐與希冀國治民安而作出的批判，屬社會詩範疇的關懷。此類騷雅詩風在《禪月集》裡爲數眾多，吳融作的〈序〉也以「頌美風刺」來概括貫休的創作宗旨，他提到：

> 夫詩之作，善善則頌美之，惡惡則風刺之。苟不能本此二道，雖甚美，猶土木偶不主於氣血，何所尚哉？……君子萌一意，出一言，亦當有益於事。矧極思屬詞，得不動關於教化。……上人之作多以理勝，復能創新意。其語往往得景物於混茫自然之際，然其旨歸必合於道。太白，白樂天既歿，可嗣其美者，非上人而誰？〔註5〕

吳融的這段〈序〉道出了貫休詩作美刺世道、規箴世態的特色。胡鳳

〔註1〕　陸永峰：《禪月集校注》〈禪月集後序〉，頁527。
〔註2〕　陸永峰：《禪月集校注》卷二〈古意九首・陽烏爍萬物〉，頁22。
〔註3〕　陸永峰：《禪月集校注》卷二十五〈別盧使君歸東陽二首〉之二，頁495。
〔註4〕　陸永峰：《禪月集校注》卷三〈塞上曲二首〉之二，頁56。
〔註5〕　陸永峰：《禪月集校注》〈序〉，頁3。

丹〈重刻禪月集序〉亦提到貫休的詩「一字一言，無非棒喝」〔註6〕，贊寧《宋高僧傳》也說貫休「所長者歌吟，諷刺微隱，存於教化。」〔註7〕這種寓教化於詩作的淑世用心，讓詩人的作品思想起到具警醒人心、豎立指標的高度。綜觀而言，他的美刺多數表現在諷喻世道人心以及針砭政治失道、權貴驕橫上，而這些部分的失衡或失序正是便於觀察一個社會良窳的風向球，因而詩人勇於揭發，希望朝政民風能夠歸正。

（一）諷權貴

作為一位深具批判意識的詩人，貫休以「為文攀諷諫，得道在毫釐」〔註8〕寄言創作己志，他觀察到世亂之源乃自上層社會始，因此批判的箭頭首先指向貴族階層的奢靡腐敗與在位者的不行仁義。〈富貴曲二首〉其二的控訴強烈震撼：

> 如神若仙，似蘭同雪。樂戒於極，胡不知輟？只欲更綴上落花？，恨不能把住明月。太山肉盡，東海酒竭。佳人醉唱，敲玉釵折。寧知耘田車水翁，日日日炙背欲裂？〔註9〕

此詩運用反襯的寫法，生動、沉痛的刻畫權貴荒淫、百姓耕作艱辛的社會階層巨大落差，同時亦隱含了權貴不知民生疾苦的批判，其「耘田車水翁，日日日炙背欲裂」的形象化描述，尤具含血控訴的悲憤力量。〈輕薄篇二首〉其一也是首刻畫王公子弟倨傲的詩作：

> 繡林錦野，春態相壓。誰家少年，馬蹄蹋蹋。鬥雞走狗夜不歸，一擲賭却如花妾。唯云不顛不狂，其名不彰。悲夫！〔註10〕

徹夜狂賭，賭掉了如花美妾，還視這種狂倨顛傲的行徑為彰名之道，

〔註6〕 胡丹鳳〈重刻禪月集序〉，收錄於《百部叢書集成95 金華叢書》第十二涵《禪月集》。

〔註7〕 〔宋〕贊寧撰，范祥雍點校：《宋高僧傳》卷三十，頁750。

〔註8〕 陸永峰：《禪月集校注》卷十〈寄馮使君〉，頁212。

〔註9〕 陸永峰：《禪月集校注》卷一〈富貴曲二首〉其二，頁19。

〔註10〕 陸永峰：《禪月集校注》卷一〈輕薄篇二首〉其一，頁16。

簡直全無廉恥，貫休直斥可悲！社會風氣的墮落往往上行下效，尤爲可嘆的是無辜的下層百姓常因爲上層權貴的荒淫墮落而遭殃。〈少年行三首〉之一、之二就寫出了顯宦貴族的輕逸放縱與欺民行徑：

> 錦衣鮮華手擘鶡，閒情氣貌多輕忽。
>
> 稼穡艱難總不知，五帝三皇是何物！（之一）
>
> 自拳五色毬，迸入他人宅。
>
> 却捉蒼頭奴，玉鞭打一百。（之二）〔註11〕

詩句描寫權貴子弟高傲目中無人的神態亦遑論知悉五帝三皇，並且其不知民間疾苦的行徑，擾民又欺民的惡劣態度，五色毬滾入他人宅第不知道歉，還毆打人家的奴僕，簡直成了地方惡霸，社會毒瘤。這些詩作在在都揭露了晚唐社會兩極分化的巨大階級差異，其珍貴處除了作意諷喻之外也達到了以詩存史的高度。

（二）諫君主

面對惡霸的權貴階層，貫休直言指責，而對在位者的進諫上，則多採以史爲鏡的手法規諫之。〈陳宮詞〉即是首以東漢荒淫王朝的滅亡爲借鏡之懷古諫詩：

> 緬想當時宮闕盛，荒宴椒房懷堯聖。
>
> 玉樹花歌百花裡，珊瑚窗中海日迸。
>
> 大臣來朝酒未醒，酒醒忠諫多不聽。
>
> 陳宮因此成野田，耕人犁破宮人鏡。〔註12〕

繁盛的朝代毀於執政者的糜爛，末兩句以陳宮如今成了野田，耕人犁田輾破了昔日雕琢華麗的妝鏡作結，這樣以史爲諫、藉古諷今的映襯筆法，不但帶著極大的諷刺，也給當政者上了一課歷史教訓。〈行路難四首〉之一也是以迷信煉丹的古帝王爲諫，勉君主奉行仁義：

> 不會當時作天地，剛有多般愚與智。
>
> 到頭還用眞宰心，何如上下皆清氣？

〔註11〕陸永峰：《禪月集校注》卷一〈少年行三首〉其一其二，頁14。

〔註12〕陸永峰：《禪月集校注》卷二〈陳宮詞〉，頁32。

大道冥冥不知處，那堪頓得羲和轡？

羲不羲分人不人，擬學長生更容易。

負心爲爐復爲火，緣木求魚應且止。

君不見燒金煉石古帝王，鬼火熒熒白楊裡。〔註13〕

沉迷於燒金煉石的古帝王，最終仍沒獲致長生之道，猶落得化身白楊裡的點點鬼火之下場，因此貫休認爲這種不行仁義擬學長生的行爲，對改善朝政來說簡直緣木求魚，應該立即停止。正所謂「政亂皆因亂，安人必籍仁」〔註14〕，奉行仁義、穩定政局的施政方針才能有效開展長治久安之世。

（三）斥酷吏、憫蒼生

據上述詩作的砭刺，可以想見在權貴逼仄下生存的晚唐百姓，其身心受創、苦悶無助的生活是如何難熬。貫休也從眼見耳聞與親身經歷的雙重視角，紀錄酷吏橫生進而官逼民反、寇賊四起的社會實況，字裡行間有不平的控訴，更飽含憐憫無辜蒼生與自身茫然無助之悲。〈偶作五首〉之一以養蠶婦的憂怨直指官吏貪酷造成生活悲劇：

誰信心火多，多能焚大國。誰信鬢上絲，莖莖出蠶腹。

嘗聞養蠶婦，未曉上桑樹。下樹畏蠶飢，兒啼亦不顧。

一春膏血盡，豈止應王賦！如何酷吏酷，盡爲搜將去！

蠶蛾爲蝶飛，偏葉空滿枝。冤梭與恨機，一見一霑衣。

〔註15〕

成天在樹上忙碌養蠶的婦人，連樹下孩子啼哭也無暇安撫，辛苦的勞作，收成時卻被酷吏全數搜括而去，看著織布機與穿梭其間的梭子，沒了收成的喜悅，盈滿胸臆的是無盡冤恨與盈眶淚水。又如〈酷吏詞〉〔註16〕也是首指控酷吏苛政的作品，其中「掠脂斡肉」的控訴、「蝗乎賊乎」的指罵都是苦難百姓受惡吏壓迫的憤慨呼聲。長期遊走各

〔註13〕陸永峰：《禪月集校注》卷四〈行路難四首〉之一，頁72。

〔註14〕陸永峰：《禪月集校注》卷十二〈送吏部劉相公除東川〉，頁256。

〔註15〕陸永峰：《禪月集校注》卷五〈偶作五首〉之一，頁115。

〔註16〕陸永峰：《禪月集校注》卷二〈酷吏詞〉，頁29。

地，民間因政治紛亂所受的苦痛，貫休都看在眼裡、感慨在心裡，他歸咎亂象之因在於「無人與奏吾皇去，致亂唯因酷吏來。刳剝生靈爲事業，巧通豪譖作梯媒。」〔註17〕，父母官巧取豪奪的貪婪，造成百姓日以繼夜的無邊痛苦，也障隔了人民呼救的聲音，使得下情難以上達天聽。有此種上下交相賊的濁劣官場，無怪乎貫休行腳各地，眼裡遍見苦難，憤而發出譏斥之詞。

如此的政治迫害威脅著百姓生存的空間，尤其亂政衍生的民變更讓整個晚唐社會塵埃四起、民不聊生，貫休也在這處處烽火的黃巢民變中成了流民，他親歷其間，也逃難於深山林野，許多詩作紀錄下這流亡的時刻。〈避寇上唐臺山〉：

> 蒼遑緣鳥道，峰脅見樓臺。檉桂香皆滴，煙霞濕不開。
> 僧高眉半白，山老石多摧。莫問塵中事，如今正可哀。
> 〔註18〕

首句「蒼遑緣鳥道」即道出逃難時流竄山間小路的緊迫與倉皇，末句更無奈的請隱居深山的老僧別問當今世局，因爲可悲的令人不忍形容。〈避寇上山作〉也是首紀錄百姓在世亂中枕戈待旦，惶恐度日的詩作：

> 山翠碧嵯峨，攀牽去者多。淺深俱得地，好惡未知他。
> 有草皆爲戶，無人不荷戈。相逢空悵望，更有好時麼？
> 〔註19〕

首聯道盡深山翠巒處竟人人欲往！這與「黃葉滿空宅，青山見俗人」〔註20〕有相同的感慨；頸聯「有草皆爲戶，無人不荷戈」更是對朝廷無法保障百姓免於恐懼而作出的諷刺。於是逃難山野的人們相逢時只能悵惘，大家還能期待國運再起嗎？像這樣對家國與自身未來茫然無

〔註17〕陸永峰：《禪月集校注》卷二十二〈東陽罹亂後懷王慥使君五首〉之五，頁442。
〔註18〕陸永峰：《禪月集校注》卷九〈避寇上唐臺山〉，頁198。
〔註19〕陸永峰：《禪月集校注》卷九〈避寇上山作〉，頁198。
〔註20〕陸永峰：《禪月集校注》卷十六〈經士馬中作〉，頁341。

措的心情，反應當世人心的實況，〈茫茫曲〉正是貫休形容普世的內心感受：

> 茫茫復茫茫，滿眼皆埃塵。莫言白髮多，莖莖是愁筋。
> 未達苦雕僞，及達多不仁。淺深與高低，盡能生荊榛。
> 茫茫四大愁殺人。〔註21〕

起首結尾一片「茫茫」，人心在動盪之際無所依歸的情緒表露無遺。相同的感受在這政亂民反的歷史時刻，貫休反覆書之「惆悵還惆悵，茫茫江海濱」〔註22〕、「不知今日後，吾道竟何之？」〔註23〕、「寇亂時時作，人愁處處同。猶逢好時否，孤坐雪濛濛」〔註24〕，政治帶給人民家破人亡的苦難與惶然不安的存活情緒，在這些爲數眾多的政治詩、社會詩、詠懷詩中一一揭露，不但重斥當政者，也透過文字爲廣大難民發聲。葉樹發曾點出「晚唐詩歌具有濃厚人情味特徵」〔註25〕，這人情味就是一種對「人」的關懷、重視「生命」的尊嚴、關心「全體人類共同的命運」，在晚唐動亂四起的社會裡，小人物的悲劇使得人性的悲憫益發湧動。

（四）反戰的人道諫言

在《禪月集》中還有一類邊塞題材的詩作〔註26〕反映出貫休主張民族和睦的政治思想，透過這些邊塞詩的淒苦描述與責問非難，讓人對唐代邊疆戰事的是非得失有所思考，也給在位者一席反戰的人道諫言。

貫休的邊塞詩含有多層面的戰事關懷，首先是戰爭造成的滿地血腥與社會經濟的重創，〈經古戰場〉：

〔註21〕陸永峰：《禪月集校注》卷二〈茫茫曲〉，頁41。
〔註22〕陸永峰：《禪月集校注》卷十六〈經士馬中作〉，頁341。
〔註23〕陸永峰：《禪月集校注》卷十六〈士馬後見赤松舒道士〉，頁341。
〔註24〕陸永峰：《禪月集校注》卷十二〈避寇白沙驛作〉，頁260。
〔註25〕葉樹發：〈試論晚唐詩歌的人情味〉，《廣東教育學院學報》（1995年第4期）。
〔註26〕據考貫休的生平行旅，深入過隴右、薊北邊地，因此貫休寫作的邊塞詩是有其生活基礎的。
　　　見胡大浚：〈貫休的邊塞詩作與晚唐邊塞詩〉，《河西學院學報》第23卷第6期（2007年）。

> 茫茫凶荒，迥如天設。駐馬四顧，氣候迂結。秋空崢嶸，
> 黃日將沒。多少行人，白日見物。莫道路高低，盡是戰骨。
> 莫見地碧赤，盡是征血。昔人昔人，既能忠盡於力，身糜
> 戈戟。脂其風，膏其域。今人何不繩其膝，植其食。而使
> 空曠年年，常貯愁煙。使我至此，不能無言。〔註27〕

整個戰場陰氣森森，空氣都爲之鬱結不開，四周遊盪著死不瞑目的
鬼魂，連生人都能肉眼看見。腳踩之地高低不平，竟是戰骨疊錯；
土地顏色呈現赤紅，竟是碧血染浸！古之戰場至今一片荒蕪，使原
本富庶之地形同鬼域，禍及後世社會經濟。〈蒿里曲〉〔註28〕也是
描寫被戰亂蹂躪後「蒿里墳出截截」，以往「氣凌雲天，龍騰鳳集」
的盛況不再，如今落得「盡爲風消土喫，狐掇蟻拾」的殘破，甚至
「時見牧童兒弄枯骨」的蒼涼可怖。像這樣對戰事慘烈的描述，在
貫休的邊塞詩中屢屢可見，「地角天涯外，人號鬼哭邊。大河流敗
卒，寒日下蒼煙」〔註29〕也十足震人心魄，令人想見浩浩湯湯的河
水中翻滾著一具具戰敗浮屍！因此，貫休不禁疾呼「誰爲天子前，
唱此邊城曲？」〔註30〕迫切希冀君王能體察邊戰造成的重大生命財
產創傷。

這些邊塞詩還反應戰士內心面臨生死交關的恐懼，如「堪嗟護塞
征戍兒，未戰已疑身是鬼」〔註31〕寫士兵置身兵火交鋒的前線，生存
感已因恐懼而蕩然無存，衝鋒陷陣的分秒都是與死神的搏鬥，「相逢
唯死鬪，豈易得生還？」〔註32〕道盡一旦兩兵相接要全身而退是多麼
不易之事。在這種「沒有明天」的恐懼下，人性思念家鄉的情緒更爲
翻湧，〈古塞下曲七首〉之四：

> 南北唯堪恨，東西實可嗟。常飛侵夏雪，何處有人家？

〔註27〕陸永峰：《禪月集校注》卷二〈經古戰場〉，頁33。
〔註28〕陸永峰：《禪月集校注》卷一〈蒿里曲〉，頁10。
〔註29〕陸永峰：《禪月集校注》卷十一〈古塞上曲七首〉之六，頁236。
〔註30〕陸永峰：《禪月集校注》卷四〈古塞下曲四首〉之二，頁81。
〔註31〕陸永峰：《禪月集校注》卷四〈邊上作三首〉之二，頁85。
〔註32〕陸永峰：《禪月集校注》卷十一〈古出塞曲三首〉之一，頁237。

風刮陰山薄，河推大岸斜。秪應寒夜夢，時見故園花。
〔註33〕

眼見遼闊無邊的塞外，四顧杳無人煙，只能於天寒地凍的夢境中與溫暖的故園相逢。那種望眼欲穿的思鄉情緒，貫休以「豈知塞上望鄉人，日日雙眸滴清血」〔註34〕的聳人描述來刻劃，分外感悲。這是從征人角度作出的關懷，征戍詩的另一端則是征婦的無邊擔憂，〈夜夜曲〉即描述戰爭帶給婦女的苦痛：

蟋蛄切切風騷騷，芙蓉噴香蟾蜍高。
孤燈耿耿征婦勞，更深撲落金錯刀。〔註35〕

徹夜爲夫縫製征衣，只怕「黃河冰已合，猶未送征衣」〔註36〕遠在前線作戰的夫君受寒受凍。對宣戰造成的夫妻兩端之苦，貫休體察細膩的於血腥邊塞詩中委婉訴出，這種人道關懷與反戰諫言，體現於僧人思想中還飽含著悲憫、救贖的佛家普濟精神，內涵深刻。

此外，貫休同情的眼光也投向長期征戰的將士身上，〈戰城南二首〉之一即寫師老兵疲之態：

萬里桑乾傍，茫茫古蕃壤。將軍貌憔悴，撫劍悲年長。
胡兵尚凌逼，久住亦非強。邯鄲少年輩，箇箇有伎倆。
拖槍半夜去，雪片大如掌。〔註37〕

將軍因長期的戰役而耗度青春、面容憔悴，然而邊疆政策一日不改，胡漢一日難以休兵。末聯亦感慨年輕慷慨的有志之士，在面對惡劣的邊地氣候，也僅剩「欲將輕騎逐，大雪滿弓刀」之悵恨。像這種長年面對沒有時程表的戰役，將士們「十載不封侯，茫茫向誰說？」〔註38〕的無奈表露無遺，可悲的更有「嫖姚頭半白，猶自看兵經」〔註39〕這類鞠躬盡

〔註33〕陸永峰：《禪月集校注》卷十一〈古塞下曲七首〉之四，頁234。
〔註34〕陸永峰：《禪月集校注》卷四〈古塞下曲四首〉之三，頁81。
〔註35〕陸永峰：《禪月集校注》卷一〈夜夜曲〉，頁11。
〔註36〕陸永峰：《禪月集校注》卷十一〈古塞下曲七首〉之三，頁234。
〔註37〕陸永峰：《禪月集校注》卷一〈戰城南二首〉之一，頁13。
〔註38〕陸永峰：《禪月集校注》卷一〈戰城南二首〉之二，頁13。
〔註39〕陸永峰：《禪月集校注》卷十一〈古塞上曲七首〉之三，頁236。

瘁無法安享晚年之憾，總括一句「征人心力盡」〔註40〕道盡駐守邊疆戰士的眞實心聲。

於是，貫休對邊戰的是非得失作出反省，〈胡無人〉即是首詰問邊戰趕盡殺絕之必要性，以及思考以德服人爲終極至道的作品：

> 霍嫖姚，趙充國，天子將之平朔漠。肉胡之肉，爐胡帳帳幄。千里萬里，唯留胡之空殼。邊風蕭蕭，榆葉初落。殺氣畫赤，枯骨夜哭。將軍既立殊勳，遂有胡無人曲。我聞之，天子富有四海，德被無垠。但令一物得所，八表來賓，亦何必令彼胡無人？〔註41〕

整首詩雖寫天子平胡得勝，但卻沒有絲毫的喜樂情緒，貫休以「胡之空殼」、「胡無人」直指君王雖勝但失仁心，末了他說天子應德被四海，令一物得所、八方順服，爲何一定要趕盡殺絕，使胡人走向滅族的慘境呢？可見，君王秉德持仁之涵養對他面對政治問題、下達決策足具關鍵影響性，也攸關黎民百姓的禍福。誠如孟子所言「先王有不忍人之心，斯有不忍人之政矣。」〔註42〕反戰的宣言在批判殺戮滅族的同時，一併上諫於君王。〈塞上曲二首〉之二也是首勸喻君王以德一統天下的作品「塞草萋萋兵士苦，胡虜如今勿胡虜。侯封十萬始無心，玉關凱入君看取。」〔註43〕，詩中明言戰爭的決策讓兵士處於爭戰的苦難當中，倘若君主能修德持仁，並以德順服胡虜，那麼德化天下的結果將使君王無所不入、無所不克，正所謂「聖威如遠被，狂虜不難收」〔註44〕、「義爲土地精靈伏，仁作金湯鐵石卑」〔註45〕，此處體現貫休對君王存仁愛、體眾生的敦促。

貫休的邊塞詩閃耀著關懷眾生的慈悲光輝，他以眼見身歷的感

〔註40〕陸永峰：《禪月集校注》卷十一〈古塞上曲七首〉之四，頁236。
〔註41〕陸永峰：《禪月集校注》卷一〈胡無人〉，頁7。
〔註42〕史次耘註譯：《孟子今註今譯》〈公孫丑〉（台北：台灣商務印書館，1984年1月），頁74。
〔註43〕陸永峰：《禪月集校注》卷三〈塞上曲二首〉之二，頁56。
〔註44〕陸永峰：《禪月集校注》卷十一〈古塞曲三首〉之二，頁232。
〔註45〕陸永峰：《禪月集校注》卷二十四〈賀鄭使君〉，頁477。

受，寫下篇篇邊陲的哀歌，不但傳遞人民反戰的呼聲，也鞭促在位者必須重新思考邊疆政策的得失。尤其提出以德服人、民族和睦的思想，具進步史觀，再輔以體現佛教慈悲為懷的救贖精神，使得這些邊塞詩映現貫休儒釋合轍的思想面貌，在貫休的政治詩中，邊塞的關懷成了足具特色的要項。

戴偉華以「疾世之意時見，憫民之情屢抒」〔註46〕來總括貫休詩作的思想感情，這使得諷諫詩成為《禪月集》最耀眼的一類作品，面對驕縱權貴、貪官污吏，他無畏的揭發；眼見百姓因政治受到迫害，他挺身而出，為人民發聲；他用心良苦，以史為鑑，敦促君王納諫；連邊陲的苦難也沒被忽略，甚至還苦口婆心的獻策。這些詩作勇於揭露社會矛盾且具社會寫實精神，在思想上取得了高度成就，讓貫休在後人評價裡被與李白、白居易之輩並舉，且教化諷刺、棒喝權貴的勇氣也永為史籍傳誦，如此評價誠不誣也。

二、干謁詩

覃召文觀察唐代以後的詩僧出現從早期「隱居求志」轉而「踐迹侯門」的作為，這類現象覃氏稱為「走出去」：

> 所謂「走出去」就是索性走出寺院、涉足俗內；或親登王侯公卿之門，以詩代名刺，以訟作問候，去換取那炙手可得的名利；或廣交文人墨客，酬酢唱答，趨雅助興，以求擴大自己的影響。在「走出去」這種方式之中，詩僧多以禪客身分出現，不再是賓中之主，而成了主中之賓，因此免不了多了幾成客套，少了幾分矜氣，人格上自然要做出一點犧牲。〔註47〕

詩僧為求名利或為展抱負而踐迹侯門成了「主中之賓」，也因有求於人所以犧牲人格、姿態放低，這類干謁之舉使詩僧招來負面歷史評

〔註46〕戴偉華：〈貫休行年考述〉，《揚州師院學報》社會科學版（1992 年第2 期）。

〔註47〕覃召文：《禪月詩魂——中國詩僧縱橫談》，頁 137。

價，胡震亨以重話批評：

> 轉啜壇名，竟營供奉，集講內殿，獻頌壽辰，如廣宣、栖
> 白、子蘭、可止之流，栖止京師，交結重臣，品格斯非，
> 詩教何取？〔註48〕

胡震亨將詩僧干謁權貴視為喪失品格之大過，品格既喪，詩作也再無可取之處。胡氏從人品的貶抑來看干謁一事，的確道出詩僧在踐迹侯門的過程中，委屈求全勢難避免，而這卻更顯出詩僧對政治的高度熱情。

其實「政治」是實踐理念最具效率與效力的途徑，這點詩僧們絕對明瞭，所以只要有志於功名利祿或猶有理想抱負者與王侯公卿接觸，幾乎是別有動機的。因此，滿腔抱負也希望展才的貫休亦不乏干謁之舉，《禪月集》裡多首干謁、毛遂自薦的詩作可以表明他對政治俗情難以忘懷，尤其他的山居詩直率無掩的透露渴求被薦舉之心，如此以退為進、把山居當成終南捷徑的方式，更令人難以對他的政治熱情與企圖等閒視之。詩僧雖為「僧」，但其本質裡的「儒」性卻是掩藏不住的，他們也多飽讀過儒家經典，因此與一般儒士一樣有見用、展才的渴望，當面臨家國興衰之際，心情感受亦如騷人墨客一般跌蕩迴旋，故稱其為「披著袈裟的詩人」是饒有深意的。以下分析貫休這類政治性干謁的詩作。

（一）標準的干謁之作

〈上雇大夫〉即是首標準的干謁之作：

> ……野人慕正化，來自海邊島。經傳髻裡珠，詩學池中藻。
> 閉門十餘載，庭杉共枯槁。今朝投至鑒，得不傾肝腦。斯
> 文如未精，歸山更探討。〔註49〕

貫休謙稱自己是個野人，傾慕雇大夫的莊正德化而遠從海邊來歸附。自覺對經傳和詩學都有良好的造詣，也閉門十餘年從事詩歌創作，今

〔註48〕〔明〕胡震亨：《唐音癸籤》卷八「評彙四」，收錄於吳文治主編：《明詩話全編》第七冊，頁6892。
〔註49〕陸永峰：《禪月集校注》卷五〈上雇大夫〉，頁102。

朝投鑑雇大夫的文章乃出自肝腦塗地的傾囊之作，如果認為我的文章還是未能精良，那麼也願意回到山林再琢磨檢討。正所謂「求人氣色沮」〔註50〕，這些詩句明顯感覺貫休為求干謁所表現出極其謙卑的低姿態。〈上裴大夫二首〉也有此意味：

> 我有一端綺，花彩鸞鳳群。
> 佳人金錯刀，何以裁此文？（之一）

> 我有白雪琴，樸斲天地精。俚耳不使聞，慮同眾樂聽。
> 指指法仙法，聲聲聖人聲。一彈四時和，再彈中古清。
> 庭前梧桐枝，颯颯南風生。還希師曠懷，見我心不輕。
>
> （之二）〔註51〕

這兩首言「綺文」和「白雪琴」的詩作是以物喻己的寄寓詩，貫休用不俗的文和琴來影射自己卓有才華，希望能得到裴大夫的見重。末兩句「還希師曠懷，見我心不輕」道盡這兩首詩的作意。貫休致力於寫詩的用意裡絕對少不了「干謁」這一項，他曾對即將赴舉的陳秀才有過提醒「主聖臣賢日，求名莫等閑。直須詩似玉，不用力如山。」〔註52〕短短四句明言作詩干謁的時風，因此貫休的干謁詩內容時見他以自豪的詩藝為梯。

此外，〈到蜀與鄭中丞相遇〉也是首希望能遇伯樂而展才的作品：

> 深隱猶為未死灰，遠尋知己遇三台。
> 如何麋鹿群中出，又見鴛鸞天上來。
> 劍閣霞粘殘雪在，錦江香甚百花開。
> 讓期王謝來相訪，不是支公出世才。〔註53〕

「深隱猶為未死灰」四句言自己並未因深隱而熄滅想一展抱負的心志，貫休遠涉蜀地找尋知己，正在這深隱與麋鹿同遊苦乏知音之時，卻見到天上飛來鴛鸞的消息。此處「鴛鸞」指的當是鄭中丞。「劍閣

〔註50〕牛僧孺〈句〉，見《全唐詩》卷466，頁5292。
〔註51〕陸永峰：《禪月集校注》卷三〈上裴大夫二首〉，頁51。
〔註52〕陸永峰：《禪月集校注》卷十三〈送陳秀才赴舉兼寄韓舍人〉，頁280。
〔註53〕陸永峰：《禪月集校注》卷十九〈到蜀與鄭中丞相遇〉，頁391。

霞粘殘雪在」四句以冬過春來的景致寫自己撥雲見日的心境，最後表示很希望有高門世族見到自己的才華而來聞問，自己絕非支遁那類出世善隱之才。整首詩流露對政治猶有抱負、不甘遁隱的心志，頗具意味。〈聞知聞赴成都辟請〉也是首向公卿自我引薦的干謁之作：

> 文翁還化蜀，帝幕列鴛鷥。飲水臨人易，燒山覓士難。
> 錦機花正合，梭草火初乾。知己相思否，如何借羽翰？
> 〔註54〕

聽聞知聞赴蜀辟聘賢士，貫休作詩自我引薦，他云盛逢如此好的時機，不需燒山覓士而良士自現（指自己），因此希望知聞能借己之才，「借羽翰」即自薦之詞，此詩看來顯然很希望能被知聞提拔受用。而貫休最著名的干謁詩要屬他入蜀投靠王建的那首〈陳情獻蜀皇帝〉：

> 河北江東處處災，唯聞全蜀勿塵埃。
> 一缾一鉢垂垂老，萬水千山得得來。
> 奈苑幽棲多勝境，巴歈陳貢愧非才。
> 自慚林藪龍鍾者，亦得親登郭隗臺。〔註55〕

聽聞蜀國安祥和平，於是拖著老邁的身軀也要跋山涉水來此投靠，頷聯一缾一鉢的垂老刻苦，與萬水千山的不辭辛勞，讓王建對這位風塵僕僕的老僧留下深刻印象，更給予禮遇，貫休也因此干謁成功，留在蜀國輔佐王建並安享晚年。

多首干謁之作標舉了貫休對政治的熱情與不甘寂寞之心，他曾上詩宋震表達山林生活作詩參禪的寂寞與清苦「禪坐吟行誰與同，杉松共在寂寥中。碧雲詩理終難到，白藕花經講始終。水疊山重擎草疏，砧清月苦立霜風。」〔註56〕禪隱的孤寂讓具奮進生命情調的貫休急欲跳脫，站上政治舞台一展抱負獲得名利才是他的人生追求，他為「士」的靈魂裝在一襲袈裟中，成了中晚唐以降詩僧的一類樣板，因此詩僧素來受有「佛門中的畸型人物」之評。

〔註54〕陸永峰：《禪月集校注》卷十四〈聞知聞赴成都辟請〉，頁300。
〔註55〕陸永峰：《禪月集校注》卷二十〈陳情獻蜀皇帝〉，頁406。
〔註56〕陸永峰：《禪月集校注》卷十九〈上新定宋使君〉，頁392。

（二）終南之隱

除了上述這些直言干謁之詩，貫休的〈山居詩二十四首〉也多次婉轉投遞了干謁的訊息，並思考過涉俗將招致的批評。該組詩直言「無人與向群儒說，巖桂枝高亦好攀」〔註57〕傳遞自己隱於山林卻渴望被引薦的訊息；再如：

> 鳥外塵中四十秋，亦曾高把漢諸侯。
>
> 如斯標致雖清拙，大丈夫兒合自由。〔註58〕

「鳥外」指世俗之外，貫休自言在俗世內外打滾了四十載，也曾涉足過官場中事，對握有軍政大權的地方長官也有過往來。「標致」指風格、「清拙」指與隱逸的高潔相衝突，後兩句說像這樣涉足官場、結交權貴的舉動雖然有違隱逸的高潔風格，但大丈夫不應拘束於此。可見貫休對旁人指責爲僧卻涉政治、干謁權貴並不以爲意，他認爲只要對得起良心，凡是合於正道，何天而不可飛？何事而不可爲？正是「從他人笑從他笑，地覆天翻也只寧」〔註59〕不在意外界的流言蜚語，自適自在就好。像這樣不畏他人對僧侶投刺的異樣眼光，顯見貫休在隱居的期間對之做過思考，且在干謁一事上做好強壯的心理建設。〈偶作五首〉也道出詩人在面對流言時的心曲：

> 孰云我輕薄，石頭如何喚作玉？孰云我是非，隨邪逐惡又爭得？古人終不事悠悠，一言道合死即休。豈不見大鵬點翼蓋十洲，是何之物鳴啾啾？〔註60〕

顯然，貫休並不以世間滔滔的非議而掛心，他反駁那些罵他輕薄、說他是非的人不明青紅皀白，也以古自勉，認爲處世不應事悠悠之口，只要合道即便一死也值得，並感慨多數人看不到他的鴻鵠大志，反而像個枝頭小雀般的對他鳴叫不已。可見貫休對「涉政」一事所持的態度確實在內心琢磨過而形成己身立場。這組山居詩還有懷念以前交往

〔註57〕陸永峰：《禪月集校注》卷二十三〈山居詩二十四首〉之一，頁453。

〔註58〕陸永峰：《禪月集校注》卷二十三〈山居詩二十四首〉之六，頁455。

〔註59〕陸永峰：《禪月集校注》卷二十三〈山居詩二十四首〉之十二，頁459。

〔註60〕陸永峰：《禪月集校注》卷五〈偶作五首〉之三，頁116。

的達官顯要之表現：

> 筠箒掃花驚睡鹿，地爐燒樹帶枯苔。
>
> 不行朝市多時也，許史金張安在哉？〔註61〕

「許史金張」指那些官場權貴，此詩自言山居的日子拿著掃帚掃地，生火燒著撿回的樹枝，然而心裡想的卻是自己離開塵世一段時間了，那些官場權貴是否還安在？〈懷二三朝友〉更自云「我昔讀詩書，如今盡拋也。只記得田叔孟溫舒，帝王滿口呼長者。」〔註62〕詩人拋卻往昔所讀詩書，如今滿腦子只記得那些在朝為官的朝友！諸如此類對政治難以忘懷的表現，不斷在《禪月集》裡反覆出現。他還說「應有世人來覓我，水重山疊幾曾迷。」〔註63〕甚至憂心自己居住在山裡，若有人要來尋覓我出仕，那麼這重山疊水的迢迢遠路如此隱僻，會不會使人迷路而找不著？如此熱衷政治的心曲的確值得玩味！更有甚者，他還表明了居山的原因乃在於「居山別有非山意，莫錯將余比宋纖。」〔註64〕，「宋纖」是位晉朝不應徵辟的高逸隱者，貫休說自己居住山林絕非有意歸隱，請大家不要將他錯比宋纖。這種青雲之志在〈歸故林別知己〉也曾藉知己之勉而自道出「愧勉青雲志，余懷非陸沈」〔註65〕，「陸沈」指陸地無水而沈，比喻隱居。若將這些話對比觀之，顯見他以退為進的意圖，把山居當成終南捷徑，可見詩人的心是面向世俗生活的。

湯貴仁對這些詩僧的言行有生動的描述「這些僧人雖然皈依佛教，站在清淨無為之地，口頭上也說幾句『非色非空非不空』之類的禪家語，但在實際上，他們的胸腔裡藏著一顆被功名利祿激盪著的心，他們的腦海裡翻騰著世俗人情的波瀾。」〔註66〕，要說他們是群言行不一

〔註61〕陸永峰：《禪月集校注》卷二十三〈山居詩二十四首〉之七，頁456。
〔註62〕陸永峰：《禪月集校注》卷六〈懷二三朝友〉，頁133。
〔註63〕陸永峰：《禪月集校注》卷二十三〈山居詩二十四首〉之二十一，頁465。
〔註64〕陸永峰：《禪月集校注》卷二十三〈山居詩二十四首〉之五，頁455。
〔註65〕陸永峰：《禪月集校注》卷八〈歸故林別知己〉，頁178。
〔註66〕湯貴仁：〈唐代僧人詩和唐代佛教世俗化〉，中國唐代文學學會、西北大學中文系主辦：《唐代文學論叢》總第七輯（西安：陝西人民出

的犯戒僧嗎？抑或不拘執於百納綻衣的外相，而將之視同濁骨凡胎的儒士、騷客，或許更能抓住「詩僧」在中晚唐以降的歷史嬗變。

三、頌　詩

誠如上述，干謁的舉動勢必連帶歌功頌德之舉，也因此被認爲詩僧親近權貴是一種人格上的貶抑扭曲。覃召文更認爲這種頌詩乃建立在逢迎拍馬的創作動機上，詩僧的名利之心與天子的威權迫誘使這種創作不具藝術平等與藝術自由可言，也認爲這些以「山呼萬歲」爲題的作品是貫休集子中的糟粕，毫無可取之處〔註67〕。覃氏道出頌詩想當然耳的束縛，對照貫休所寫的一系列頌詩，束縛有之，但更看到詩人力圖再現歷史盛世圖像，進而殷殷敦促君王圖治的用心。此種創作動機的高度使貫休的頌詩能夠跳脫歌功頌德，其價值進一步提升到建構層面，將詩人心中理想國之願景透過歷史場景的再現而圖構之、甚至勉君力行之。

這個論點在陝西師範大學的黃艷紅學位論文《貫休詩歌研究》〔註68〕裡曾被揭諸，黃艷紅指出現實的蜀國是貫休理想國建構的觸發之源，貫休的理想國是由皇帝主宰的聖哲打鑄的社會，因此這些頌詩在動亂不安的社會中具積極意義，一方面反映詩人對動亂現實的關注與對蒼生的深切同情，另一方面也反映亂世中人們渴望太平盛世的降臨。黃艷紅這番論點對貫休的頌詩作出正面意義的新詮，使這些詩被重新看待、賦予價值，而不再視爲是《禪月集》裡的糟粕，黃氏此說值得肯定。若再細究之，還能發現這些頌詩除了免不了的歌功頌德、承順逢迎，以及理想國的構築之外，它還囊括了褒揚、勉勵、祈請等豐富內涵，以下分析之。

版社，1986 年 1 月），頁 201。
〔註67〕覃召文：《禪月詩魂——中國詩僧縱橫談》，頁 66、頁 143。
〔註68〕黃艷紅：《貫休詩歌研究》（陝西師範大學中國古代文學碩士論文，2005 年），頁 27～28。

（一）歌功頌德、承順逢迎

由於受到王建的知遇，貫休在漂泊了大半輩子後終於葉落於偏安一隅的蜀地（時年約 72 歲），他對王建的禮遇與王建知人善任的治國方略感到欣慰、感念，於是一系列的頌詩大多是歌誦王建之賢〔註69〕，如〈大蜀高祖潛龍日獻陳情偈頌〉從自己下山歸順王建之緣由談起：

> 有叟有叟，居岳之室。忽振金錫，下彼巉崒。聞蜀風境，
> 地寧得一。富人王侯，旦奭摩詰。龍角日角，紫氣盤屈。
> 揭日月行，符湯禹出。天步孔艱，橫流犯蹕。穆穆蜀俗，
> 整整師律。髻髮垂雪，忠貞貫日。四人蘇活，方里豐謐。
> 無雨不膏，有露皆渧。有叟有叟，無實行實。一鈵一衲，
> 既樸且質。幸蒙顧盼，詞暖恩鬱。軒鏡光中，願如善吉。
>
> 〔註70〕

此詩盛讚亂世之中，蜀國的風俗紀律仍然嚴整，民生安定富足，實為難得，而這正是自己下山歸順之由，貫休也感念王建禮遇之情，讚揚王建君恩浩大。再如〈蜀王入大慈寺聽講〉：

> ……登樓喜色禾將熟，望國明誠首不迴。
> 駕馭英雄如赤子，雌黃賢哲貢瓊瑰。
> 六條消息心常苦，一劍晶熒敵盡摧。
> 木鐸聲中天降福，景星光裡地無災。
> 百千民擁聽經座，始見重天社稷才。〔註71〕

此詩推崇王建治國有道，不但能夠駕馭英雄豪傑，也能使德智兼備、術德兼修之人貢獻美好珍貴的治國方略與文章。貫休聲讚蜀地獲得天降的福報，因此在瑞星照耀之下遍地無災，王建受民愛戴簇擁來大慈寺聽經，他真是天遣的社稷之才！諸如此類推崇王建為天生的治才之詩還有〈大蜀皇帝潛龍日述聖德詩五首〉之四：

> 紫髯青眼代天才，韓白孫吳稍可陪。

〔註69〕《禪月集》裡的頌詩對象都是王建，只有一首〈上荊南府主三讓德政碑〉對象是成汭，內容不外乎對成汭歌功頌德。
〔註70〕陸永峰：《禪月集校注》卷五〈大蜀高祖潛龍日獻陳情偈頌〉，頁 98。
〔註71〕陸永峰：《禪月集校注》卷十九〈蜀王入大慈寺聽講〉，頁 384。

　　　祇見赤心堯日下，豈知真氣梵天來。

　　　聽經瑞雪時時落，登塔天花步步開。

　　　盡祝莊椿同壽考，人間歲月豈能催？〔註72〕

不但追捧王建有代天治理百姓之才，並把他的舉止與天降異象結合，聽經時天降瑞雪、登塔時步步天花開，追捧至極。這樣的賢君勢必受民愛戴，頌詩對王建出巡有此敘述「喜歡烝庶皆相逐，惆悵鑾輿尚未迴」〔註73〕，百姓簇擁萬民愛戴的盛況，在「惆悵鑾輿尚未迴」的情緒裡全然發酵！此外，還有山呼萬歲的臣民擁戴頌歌「聲教無為日，山呼萬歲聲。隆隆如谷響，合合似雷鳴。翠拔為天柱，根盤倚鳳城。恭惟千萬歲，歲歲致昇平。」〔註74〕；民間生活富裕平和進而歌誦善政「浩浩歌謠聞禁披，重重襦袴滿樵漁」〔註75〕；讚揚王建似齊桓公壯盛蜀國，蜀地百姓身此太平時節實為有福「扶持社稷似齊桓，百萬雄師實可觀。神智發中深莫測，貢輸天下學應難。威清蠻角山河壯，劍肅神龍草木寒。堪羨蜀民恒有福，太平時節一般般。」〔註76〕；還有肯定王建治績，遠人來歸、物產豐隆「遠人玉帛盡來歸，及物天慈物物肥」〔註77〕、「西逾昆岳東連海，誰不梯山賀聖明」〔註78〕。

　　像貫休這種孤傲耿介、不事逢迎的個性，會寫出這種對王建讚揚有加的頌詩，其寫作動機應該建立在「感恩」上頭。他曾多次提及王建的知遇之恩「釋子霑恩無以報，祇擎章句貢平津」〔註79〕、「林僧

〔註72〕陸永峰：《禪月集校注》卷二十〈大蜀皇帝潛龍日述聖德詩五首〉之四，頁403。

〔註73〕陸永峰：《禪月集校注》卷十九〈蜀王登福感寺塔三首〉之三，頁387。

〔註74〕陸永峰：《禪月集校注》卷十八〈壽春節進祝聖七首〉之七，頁370。

〔註75〕陸永峰：《禪月集校注》卷二十〈大蜀皇帝潛龍日述聖德詩五首〉之三，頁403。

〔註76〕陸永峰：《禪月集校注》卷二十〈大蜀皇帝潛龍日述聖德詩五首〉之二，頁403。

〔註77〕陸永峰：《禪月集校注》卷二十〈壽春節進大蜀皇帝五首〉之四，頁408。

〔註78〕陸永峰：《禪月集校注》卷二十〈壽春節進大蜀皇帝五首〉之三，頁408。

〔註79〕陸永峰：《禪月集校注》卷十九〈蜀王登福感寺塔三首〉之一，頁387。

歲月知何幸，還似支公見謝公」〔註80〕、「衣嚴黼黻皇恩重，劍拆芙蓉紫氣橫」〔註81〕，一生漂泊四海，終於在偏安的蜀地找到王建這位知音，能夠理解自己滿腔的理想與淑世願景，且能納諫知人善任，如此「能當濁世爲清世，始見君心是佛心」〔註82〕的王建，其憐憫蒼生的慈悲心腸與有志善政的抱負，當然讓遊歷各個區域政權卻四處碰壁的貫休感到窩心與感激，因而視王建爲知音，並大加追捧他的治績與修爲。動盪不安的晚唐五代之際，或許蜀國小小的安定對貫休來說即是大大的太平盛世吧！

（二）勉君見賢思齊、謀畫圖治方針

在一系列的頌詩中，貫休多次以歷史治世爲指標期勉王建見賢思齊，其中以堯舜、漢高祖、唐太宗爲謀國正鵠。〈大蜀皇帝壽春節進堯銘舜頌二首〉：

堯銘

金冊昭昭，列聖孤標。仲尼有言，巍巍帝堯。
承天眷命，罔厥矜驕。四德炎炎，階蓂不凋。
永孚於休，垂衣飄颻。吾皇則之，小心翼翼。
秉陽亭毒，不遑暇食。土階苔綠，茅茨雪滴。
君既天賦，相亦天錫。德輔金鏡，以聖繼聖。
漢高將將，太宗兵柄。吾皇則之，日新德盛。
朽索六馬，罔墜厥命。熙熙蓼蕭，塊潤風調。
舞擎干羽，圉入蓊菶。既玉其葉，亦金其枝。
葉葉枝枝，百工允釐。亨國如堯，不疑不疑。〔註83〕

「金冊昭昭」六句云上古帝堯功績顯著，德行優秀，偉大的帝堯呀！

〔註80〕陸永峰：《禪月集校注》卷十九〈蜀王登福感寺塔三首〉之二，頁387。
〔註81〕陸永峰：《禪月集校注》卷二十〈大蜀皇帝潛龍日述聖德詩五首〉之一，頁403。
〔註82〕陸永峰：《禪月集校注》卷二十〈壽春節進大蜀皇帝五首〉之五，頁408。
〔註83〕陸永峰：《禪月集校注》卷五〈大蜀皇帝壽春節進堯銘舜頌二首〉，頁94。

承奉天命但卻不驕矜，四德盛大而循環不息。帝堯他永遠符於美善，以無爲教化世間，行垂拱之治，希望吾皇（王建）要兢兢業業的效法之。「秉陽亭毒」六句云君主以陽和之氣化育邪惡禍害，忙得沒時間進食；臺階上的青苔綠了，茅草屋滴下雪水，冬去春來，國運回暖。君主之柄既然是上天賦予的，那麼上天也會賜與良相輔佐。君主德治教化就如同顯明的正道，是接續聖賢之道的。歷史上漢高祖劉邦善於駕馭將領，唐太宗李世民以不恥下問作爲經國理念並誠信掌握兵權，希望吾皇（王建）要效法前賢的德政與用兵之道，期許日新德澤。「朽索六馬」六句云治理天下要有奔車朽索般的憂患意識和謹慎態度，不可喪失應有的使命。君主的恩澤爲世間帶來和樂，萬物蒙潤風調雨順。還要廣布文德使遠人來歸，並且做到與民同樂，更要看重國家的每一份子，讓百官將之治理妥當。如此一來國家方能如帝堯般治理的順利亨通，這是不需懷疑的啊！

舜頌

　　高高歷山，有黍有粟。皇皇大舜，合堯玄德。
　　五典克從，四門伊穆。大道將行，天下爲公。
　　臨下有赫，選賢用能。吾皇則之，無戲無逸。
　　綏厥品彙，光光得一。千輻臨頂，十在隨蹕。
　　大哉大同，爲光爲龍。吾皇則之，聖謀隆隆。
　　納隍孜孜，孜孜切切。六宗是禋，五瑞斯列。
　　排麟環鳳，披香立雪。四夷納賮，九圍有截。
　　昔救世師，降生竺乾。壽春亦然，萬年萬年。〔註84〕

「高高歷山」六句云舜曾躬耕於歷山，因爲舜有大德，所以堯將王位禪讓給他。他能遵從五常之教，也能肅穆明堂。天地間的法理將運行，君位是傳賢不傳子，天下爲大家所共有共享的。舜以顯赫之德君臨天下，並且選賢與能，希望吾皇（王建）效法之，不要厭倦縱逸。「綏厥品彙」

〔註84〕陸永峰：《禪月集校注》卷五〈大蜀皇帝壽春節進堯銘舜頌二首〉，頁94。

六句云舜能安撫萬物，以顯赫威武之姿得天道，國力昌盛，文武百官隨侍在側做到四海大同，希望吾皇（王建）效法之，如此能顯君謀隆盛。「納隍孜孜」六句云治國要有救民於水火的迫切心情，敬天地鬼神，使諸侯依順，安置有才者並尊敬可師之人，如此則邊蠻民族遠來歸順，天下統一。往昔救世佛陀降生天竺，今大蜀皇帝王建誕辰亦然，萬歲萬歲！

以上兩首堯銘、舜頌是貫休以上古賢君堯舜為鏡，期勉王建能不辱天命，妥善治國。從這些期勉話語裡，可以感受貫休對王建殷切的期盼，他關懷君主懷德與否，也注重選賢與能的制度，還要求國君應以蒼生為念、拯救疾苦，更要求君王要有優異的領導統馭能力，且需廣布文德使遠人來歸。這些對在位者的期許字字都是苦心孤詣，沒有逢迎拍馬的意圖，而是提供君主有益的治國方針與施政建言，於此更能肯定貫休依附政權非全為名利，其進諫良策、淑世益民的用心不容抹煞。

再如〈壽春節進武成元年作〉〔註85〕勉王建奉行樸實儉德，常常懷想魏徵規諫太宗的十疏「儉德為全德，無思契十思」、「簡約逾前古，昇平美不疑」，也期許王建能重振上古軒轅、顓頊之賢君風範，以唐典治國，將大唐國祚延續至蜀地「軒頊風重振，皇唐鼎創移」；更期勉王建將擴展城池作為永續的任務，採納諫言直契德化政治，如此子子孫孫將永為天下主「納隍為永任，從諫契無為。子子環瀛主，孫孫日月旗」。

此外，〈壽春節進祝聖七首〉則為一組圖治方針，除了「千載降祥」、「山呼萬歲」是歌頌君恩浩大之作外，其餘五首都是一計治國方略，貫休趁壽春節進祝辭之際勉君之：

文有武備

　　武宿與文星，常如掌上擎。孫吳機不動，周邵事多行。
　　旰食爐煙細，宵衣隙月明。還聞慶進曲，吹出太階平。

〔註86〕

此詩主旨云君主應掌握良將與有文才者為國貢獻，並且勤於政事，如

〔註85〕陸永峰：《禪月集校注》卷十六〈壽春節進武成元年作〉，頁330。
〔註86〕陸永峰：《禪月集校注》卷十八〈壽春節進祝聖七首〉，頁369。

此朝廷則能吹出太平之曲。

從諫如流

及雷龍鱗動，君臣道義深。萬年軒后鏡，一片漢高心。
北狄皆輸款，南夷盡貢琛。從茲千萬歲，枝葉玉森森。

〔註87〕

此詩主旨云君臣關係應建立在道義之上，以道義行統治之舉，則外夷來歸，如能長此以往的執政下去，那麼國家的勢力將會開枝散葉，強壯茂盛。希望君主能有雅量，接受臣下的規諫。

搜揚草澤

俟時兼待價，垂棘出塵埃。仄席三旌切，移山萬里來。
煙霞衣上落，閶闔雪中開。壽酒今朝進，無非出世才。

〔註88〕

此詩主旨云民間有許多賢才正等待時間、待價而沽，美玉往往出自塵埃。如果朝廷三公有空出上座，以等待賢良的迫切之心，那麼遺落在民間的賢士將不遠千里來為朝廷獻才，屆時國君的臣子將會是一群擁有超脫俗世之才的賢者，希望國君能實踐野無遺賢的理想。

守在四夷

天將興大蜀，有道遂君臨。四塞同諸子，三邊共一心。
闍婆香似雪，迴鶻馬如林。曾讀前王傳，巍巍觀古今。

〔註89〕

此詩主旨云有道之君應視寰宇為子民，聚攏邊夷對中央的向心力，如此則不需擔憂邊境受到威脅侵擾，這些殷鑑在史冊中都曾記載，希望當今聖上能以古觀今。

大興三教

瞳瞳懸佛日，天俣動雲韶。縫掖諸生集，麟洲羽客朝。

〔註87〕陸永峰：《禪月集校注》卷十八〈壽春節進祝聖七首〉，頁369。
〔註88〕陸永峰：《禪月集校注》卷十八〈壽春節進祝聖七首〉，頁370。
〔註89〕陸永峰：《禪月集校注》卷十八〈壽春節進祝聖七首〉，頁370。

　　非煙生玉砌，御柳吐金條。擊壤翁知否，吾皇即帝堯。
〔註90〕

此詩主旨云君主應大興儒、釋、道三教，讓三教在各自專擅的領域爲國服務，如此將能催生太平盛世的到來。

　　上述五首祝聖詩是貫休勉君力行的治國方略，他期勉君主能掌握文官武將，打造太平盛世，也規勸君主奉行德、義領導方針，讓遠夷來歸，更需從民間搜羅賢能爲國服務，實現野無遺賢的願景，最後促成三教共同爲國服務，實踐理想中的太平盛世圖像。這樣的治世，貫休曾做出形容「山河方有截，野逸詔無遺。境靜銷鋒鏑，田香熟稻糜。夢中逢傅說，殿上見辛毗。金鏡懸千古，彤雲起四維。」〔註91〕，這是他一生心心念念想要一睹的盛世風景，在晚年入蜀後，蜀地於烽火環伺下猶能世清如水，做到「穆穆蜀俗，整整師律。鬖髮垂雪，忠貞貫日。四人蘇活，方里豐謐。無雨不膏，有露皆漙。」〔註92〕以及「家家錦繡香醪熟，處處笙歌乳燕飛。」、「九野黎民耕浩浩，百蠻朝騎日駸駸。」〔註93〕想必這帶給終年困頓、垂垂老矣的貫休極大感動，他曾自云畢生心願「龍鍾老病後，日望遇昇平」〔註94〕，如今遇到願意勵精圖治的王建，當然要把心中積藏已久的治國良策傾囊而出，提供給他做治國參考，可說詩人心中的理想國圖直指蜀地偏安的太平景象。

　　貫休的頌詩表現他俗情難拋、熱中政治、心繫家國的入世情懷，雖然詩僧的這類應制詩在後世評價上多視爲糟粕或逢迎拍馬的喪格之作，然透過上述分析卻能從中看到詩人對君主勵精圖治的勸勉，以及對催生大同社會做出的努力。在這些頌詩裡，貫休「儒化」的痕跡鮮明，他強調以仁義立國，遵行「爲政以德，譬如北辰，居其所而眾

〔註90〕陸永峰：《禪月集校注》卷十八〈壽春節進祝聖七首〉，頁370。
〔註91〕陸永峰：《禪月集校注》卷十六〈壽春節進武成元年作〉，頁331。
〔註92〕陸永峰：《禪月集校注》卷五〈大蜀高祖潛龍日獻陳情偈頌〉，頁98。
〔註93〕陸永峰：《禪月集校注》卷二十〈壽春節進大蜀皇帝五首〉之四、之五，頁408。
〔註94〕陸永峰：《禪月集校注》卷十六〈春日許徵君見訪〉，頁346。

星共之」〔註95〕的德化政治，秉持儒者「助人君順陰陽、明教化。游文於六經之中，留意於仁義之際，祖述堯、舜，憲章文武，宗師仲尼，以重其言，於道爲最高。」〔註96〕的教化思維對人君進諫，這正是儒家政治的特色；此外，頌詩裡指涉的「選賢與能，講信脩睦」〔註97〕以及「大德者必受命」〔註98〕的君權天授思想，都是出自儒家經典裡的規章。總括而言，這些頌詩提出的治國綱領與《中庸》言治國九經「修身、尊賢、親親、敬大臣、體群賢、子庶民、來百工、柔遠人、懷諸侯」〔註99〕實有高度呼應之處，這使得詩僧貫休儼然成了「披著袈裟的儒士」！

第二節　交往詩

　　《禪月集》收錄 735 首詩作，交往詩粗估約有 338 首，占半數之多。這些交往詩的內容多元，包含送別、傷悼、懷友、促賢出仕、慰勉後進、生活分享等要旨，表現詩人豐富的社交生活。而因應社會人際的交往需要，此類詩作基本上在酬贈的前提下寫就，因而多是有來有往、雙向互動的，故交往詩亦指交誼酬贈詩。

　　這類詩作的價值各有褒貶，胡遂曾指出由於酬贈詩的針對性很強，因此難免有些浮誇溢美之辭，王國維在《人間詞話》中曾云「人能於詩詞中不爲美刺投贈懷古詠史之篇，不使隸事之句，不用裝飾之字，則於此道已過半矣。」〔註100〕，此即言酬贈詩多言不由衷，故

〔註95〕毛子水註譯：《論語今註今譯》卷二〈爲政〉（台北：台灣商務印書館，1986 年），頁 13。

〔註96〕楊家駱主編：《新校漢書藝文志》〈諸子略〉（台北：世界書局，1963年），頁 25。

〔註97〕王夢鷗註譯：《禮記今註今譯》第九〈.禮運〉（台北：台灣商務印書館，1990 年），頁 362。

〔註98〕宋天正註譯：《中庸今註今譯》右第十六章（台北：台灣商務印書館，1994 年），頁 27。

〔註99〕宋天正註譯：《中庸今註今譯》右第十九章，頁 35。

〔註100〕〔清〕王國維原著、滕咸惠校注：《人間詞話新注》（台北：里仁書

價值不高。王國維之論確實道出酬贈詩基於應酬功用之下所會衍生的弊端，但胡遂更進一步從興、觀、群、怨的詩歌功能角度考察酬贈詩所承載的價值，並歸納出如下饒有意義的價值取向：

> 酬贈詩可看到親戚友朋之間在人生理想、人格操守等方面的互相肯定與勸勉；可看到作者本人及對方的人生經歷、人生遭際等種種具體處境；可看到人與人之間相濡以沫的關心、同情、體貼與慰藉；可看到詩作者與對方的才華性格、爲人情趣以及對生活、對社會、對政治等方面的理想與希望；可看到詩人們喜怒哀樂等各種人生情感的自然流露與眞實表現。〔註101〕

胡遂對酬贈詩的這番價值爬梳，使刻版印象中虛與委蛇的社交之作呈現了朗闊的可觀天地，尤其詩僧貫休大量寫作這類交誼酬贈詩，其濃重的俗情在百衲綻衣輝映下更顯出「爲僧難得不爲僧」〔註102〕之獨特。綜觀而言，《禪月集》裡約 338 首的交往詩作，其內涵可分爲敦促與關懷、世俗情態、生活與創作分享三大類，以下申論之。

一、敦促與關懷

　　據上述第三章第一節貫休生平行止考述來看，他的交遊圈很大一部分是中央與地方的官吏，也不乏有志仕進的後輩與當代的文人雅士。分析這些交往詩，首先可以感受詩人濃濃的政治關懷，貫休積極入世的人生態度已在前述政治詩的部分充分梳理，他不但自我期許達至淑世的願景，同時對友朋的鞭策砥礪也毫不怠忽，尤其那些身繫官職猶有作爲能力的仕宦之友，貫休與之的酬贈詩幾乎圍繞在政治關懷上，或勉勵勤政愛民、或惆悵世亂紛紛、或促賢出仕、或期許忠言進諫，總之，他熱中政治、憂國憂民的情緒同樣包圍了

　　　　　局，1994 年），頁 64。
〔註101〕　胡遂：《佛教與晚唐詩》（北京：東方出版社，2005 年），頁 261。
〔註102〕　杜荀鶴〈贈休禪和〉，收錄於李調元編：《全五代詩　附補遺》卷三（北京：中華書局，1985 年），頁 54。

這些交往詩，使得敦促關懷成為這338首酬贈詩作裡極為重要的焦點。

（一）對象為在位仕宦與才德之士

　　長期處於社會中下階層，貫休身為一介庶民，他對為官仕宦的首要期勉就是勤政愛民。這些交往詩有大量與使君、拾遺、舍人等酬贈之作，依唐制「使君」乃州郡長官，刺使也〔註103〕；「拾遺」乃唐代諫官，專責救補人主言行的缺失與提荐忠孝賢良〔註104〕；「舍人」則掌侍奉、進奏、參議、表章，亦即能參與朝令的制定與發佈，通常須有較高的文學才能〔註105〕。而貫休與之酬唱的內容即聚焦於憂懷民生、敦促仁政、救補人主缺失上頭，算是對其職責作出期勉。如〈上宋使君〉即為一首期勉刺使宋震善政無私之作：

　　　　折桂文如錦，分憂力若春。位高空倚命，詩妙古無人。

　　　　有感禾爭熟，無私吏盡貧。野人如有幸，應得見陶鈞。

　　　〔註106〕

想必宋震的文學造詣不差，貫休以文會友與之往來唱酬，他看著稻禾爭相成熟，又是個豐足的好年，官吏無私而清貧，換來百姓豐衣足食的太平時節，貫休自謙野人，希望倘若有幸，得以眼見得治的清明政治，「陶鈞」是製作陶器用的轉輪，此喻治理國家。再如〈秋寄李頻

〔註103〕　楊樹藩著：《唐代政制史》（台北：國立政治大學出版委員會出版、正中書局發行，1988年），頁225。

〔註104〕　左右補闕與左右拾遺，古無此官，武則天時始置。補闕與拾遺的品秩雖不高，但其諫諍的職任卻不輕，「掌供奉諷諫，扈從乘輿。凡發令舉事，有不便於時，不合於道，大則廷議，小則上封。若賢良之遺滯於下，忠孝之不聞於上，則條其事狀而荐言之。」白居易也曾說：「朝廷得失無不察，天下利病無不言，此國朝置拾遺之本意也。」見白鋼主編、俞鹿年著：《中國政治制度通史》第五卷，隋唐五代（北京：人民出版社，1996年），頁279。

〔註105〕　「舍人」掌侍進奏、參議表章，凡詔旨、勅制、璽書、冊命，皆起草，進畫既下，則署行。見楊樹藩著：《唐代政制史》，頁40。

〔註106〕　陸永峰：《禪月集校注》卷十〈上宋使君〉，頁215。

使君二首〉〔註107〕也言及地方官吏治績和風骨的重要：

> 爲郎須塞詔，當路亦驅驅。貴不因人得，清還似句無。燒
> 煙連野白，山藥拶階枯。想得徵黃詔，如今已在途。(之一)
>
> 務簡趣難陪，清吟坐綠苔。葉和秋蟻落，僧帶野香來。留
> 客朝嘗酒，憂民夜晝灰。終期冒風雪，江上見宗雷。(之二)

這「貴不因人得，清還似句無」讚揚李頻清峻的風骨，貫休云身爲政府
官員理當報答皇命、爲國驅馳，「塞詔」指回報皇命。「徵黃」一語則以
善治的西漢黃霸受徵爲京兆尹之典，賀良吏李頻受朝廷召升任京官。第
二首言李頻生活清簡，朝來招待訪客，入夜還憂心民情，對治理方略謀
慮甚深，「晝灰」指用棍在灰中撥動，引申爲沉思謀慮狀。李頻使君憂
國憂民有治績、生活清簡有風骨，故頗得貫休欣賞並予以勉勵。除此之
外，對馮岩能以蒼生爲念亦喜不自勝「因思太守憂民切，吟對瓊枝喜不
勝」〔註108〕，這些社交詩流露著濃濃的以民爲本精神，沒有爲謀私利
而曲意奉承之言，也無客套虛假的情感摻雜其中，貫休與這些地方官吏
的交往，除了詩文的藝術交流外，以這些作品來看，更有「爲民喉舌」
的使命，他眞是個富有社會責任感的僧侶，就連送別詩都能在期勉之餘
描繪出一幅理想朝政的願景，且看〈送崔尚書朝覲〉：

> 至理契穹昊，方生甫與申。一庵歌政正，三相賀仁人。
> 臣似盧懷愼，全如邵信臣。澄淳消宿蠹，煦愛劇陽春。
> 對客煙花拆，焚香渥澤新。徵黃還有自，挽鄧住無因。
> 峽水全輸潔，巫娥却訝神。宋均顏未老，劉寵骨應貧。
> 大醉辭王畷，含香望紫宸。三峰初有雪，萬里正無塵。
> 伊昔林中社，多招席上珍。終期仙掌下，香火一相親。

〔註109〕

該詩以周代名臣仲山甫和申伯、漢宣帝時善治的名臣邵信臣、晉元帝

〔註107〕 陸永峰：《禪月集校注》卷十四〈秋寄李頻使君二首〉，頁290。
〔註108〕 陸永峰：《禪月集校注》卷二十〈對雪寄新定馮使君二首〉之一，
　　　　　頁410。
〔註109〕 陸永峰：《禪月集校注》卷十四〈送崔尚書朝覲〉，頁308。

時清廉愛民的鄧攸、漢明帝時爲政清廉寬仁的宋均、以及漢恒帝、靈帝時的清官劉寵等歷史賢能官吏圖構理想朝政願景，在送行崔尙書朝見君主之際，給予望治的藍圖。

　　由是觀之，官吏對君主忠言進諫的作爲是貫休視爲下情上達天聽的門路，在這些與仕宦酬贈的交往詩亦屢屢可見詩人的用心良苦。如期勉張道古（任拾遺）爲社稷直言進諫「道之大道古太古，二字爲名爭莽鹵。社稷安危在直言，須歷堯階撾諫鼓。」〔註110〕、勉姚泊（任拾遺）做個抗顏直諫的忠臣「捧詔動征輪，分飛楚水濱。由來眞廟器，多作伏蒲人。」〔註111〕貫休云自古以來的社稷棟樑多是犯顏直諫之人，「伏蒲」即漢元帝時期史丹伏青蒲上泣諫莫廢太子之典，後指涉爲抗顏直諫。更有甚者，酬贈給栖白的詩亦言及端正教化之期待，〈寄栖白大師二首〉之二：

　　　蒼蒼龍闕晚，九陌雜香塵。方外無他事，僧中有近臣。
　　　青門玉露滴，紫閣錦霞新。莫話圭峰去，澆風正蕩淳。
　　〔註112〕

栖白是個足涉政治甚深的詩僧，任唐獻宗朝的內供奉并引駕，算是個貼近龍顏的大德高僧，貫休這首詩的末聯即勸栖白別入山歸隱去，因爲現今澆薄的世風正有待滌蕩歸於淳厚呢！詩人薦請栖白爲君主獻策，端正頹敗的社會風氣之用心朗朗可見。

　　另，對野之遺賢貫休也投予敦促的呼聲，如隱逸山野的陳陶處士就受到貫休接連的促賢出仕，〈贈鍾陵陳陶處士〉：

　　　否極方生社稷才，唯譚帝道鄙梯媒。
　　　高吟千首精怪動，長嘯一聲天地開。
　　　湖上獨居多草木，山前頻醉過風雷。
　　　吾皇反席求賢久，莫待徵書兩度來。〔註113〕

〔註110〕　陸永峰：《禪月集校注》卷四〈送張拾遺赴施州司戶〉，頁86。
〔註111〕　陸永峰：《禪月集校注》卷十三〈送姚泊拾遺自江陵幕赴京〉，頁276。
〔註112〕　陸永峰：《禪月集校注》卷十七〈寄栖白大師二首〉之二，頁361。
〔註113〕　陸永峰：《禪月集校注》卷二十一〈贈鍾陵陳陶處士〉，頁423。

末聯「吾皇仄席求賢久，莫待徵書兩度來」力勸陳陶應出仕為國獻才。
〈書陳處士屋壁二首〉之一也云「即應迎鶴書，肯羨於洞洪」〔註114〕，
勸進陳陶接下徵聘的召書，豈可仰羨那無實的虛空？諸如此類促賢出
仕的敦請，常見於貫休與在野賢者之社交詩中，如敦促西山胡汾「待
價欲要君，山前獨灌園」〔註115〕、上書盧知猷「恭聞聖天子，廊廟
猶虛位。應知黎庶心，只恐徵書至。」〔註116〕、寄言賈秦處士「吾
君方仄席，未可便懷安」〔註117〕、勸進楊發「終當歸補吾君袞，好
山好水那相容」〔註118〕，〈聞徵四處士〉更寫盡貫休對野賢受詔的歡
欣之情：

> 一詔群公起，移山四海聞。因知丈夫事，須佐聖明君。
> 白酒全傾甕，蒲輪半載雲。從茲居諫署，筆硯幾人焚。
> 〔註119〕

聽聞朝廷徵賢，有才者共襄盛舉讓詩人感到欣喜振奮，大丈夫的行徑
就是要輔佐君主、報效國家，因此欣逢此等美事理當要飲酒慶賀、以
蒲草裹輪來迎接賢士，希望這些賢者從今以後都能善諫，提供君主正
道的治國方針。

　　與這些在位仕宦與才德之士交往，貫休心心念念的就是希望他們
能善用職務上的優勢和滿腹的才華來福國利民，詩人極富社會責任
感，以為國舉賢為己任，以期勉仕宦廉正有持、愛民如子為正鵠，在
一系列的交誼酬贈詩中，我們看到了貫休真切的政治熱情與慈悲蒼生
的憂切之心。

（二）對象為後進舉子與仕途失意者

　　對後進舉子的及第與落第、對遭貶失意的仕宦友人，貫休展現溫

〔註114〕　陸永峰：《禪月集校注》卷三〈書陳處士屋壁二首〉之一，頁65。
〔註115〕　陸永峰：《禪月集校注》卷十〈寄西山胡汾〉，頁222。
〔註116〕　陸永峰：《禪月集校注》卷五〈上盧使君〉，頁107。
〔註117〕　陸永峰：《禪月集校注》卷十五〈寄烏龍山賈秦處士〉，頁318。
〔註118〕　陸永峰：《禪月集校注》卷五〈和楊使君遊赤松山〉，頁110。
〔註119〕　陸永峰：《禪月集校注》卷九〈聞徵四處士〉，頁189。

暖關懷給予慰藉鼓勵，同時也爲有才者屈沉鄉野無法爲國展才而抱屈。〈送葉蒙赴舉〉與〈聞葉蒙及第〉即是一組勉勵後進與欣聞得第之詩：

> 年年屈復屈，惆悵曲江湄。自古身榮者，多非年少時。
> 空囊投刺遠，大雪入關遲。來歲還公道，平人不用疑。
> 〔註120〕

> 憶昨送君詩，平人不用疑。吾徒若不得，天道即應私。
> 塵土茫茫曉，麟龍草草騎。相思不可見，又是落花時。
> 〔註121〕

依「吾徒」的稱呼判斷，葉蒙應該拜在貫休禪師的門下，對葉蒙這位有才之輩卻屢試不中久困場屋感到不捨，他以「自古身榮者，多非年少時」來勉勵葉蒙不要灰心失意，是塊璞玉就不會永遠被埋沒，他要葉蒙無須懷疑這個至理。果然，不久後就傳來及第的好消息，貫休欣聞之際云「吾徒葉蒙有才這是無須懷疑的，如果這樣的人才還不能及第爲國，那就太沒天理了！」顯然，對葉蒙才華得到顯露的機會，貫休很是欣慰，也慶幸野之遺賢又一人受到拔擢。〈送盧秀才赴舉〉則對遭逢世亂仍積極求用的舉子給予勉勵肯定：

> 幾載阻兵荒，一名終不忘。還衝猛風雪，如畫冷朝陽。
> 句好慵將出，囊空卻不忙。明年公道日，去去必穿楊。
> 〔註122〕

盧秀才不因天下兵亂而振衣濯足，反而致力功名的求取，希冀貢獻所長，如此胸懷抱負、積極用世的熱情態度，詩人給予肯定並認爲有才者必定會得到應有的對待。以葉蒙和盧秀才的例子來看，顯然貫休對世間仍存天理正道是徵而不疑的，正所謂「命通須有日，天未喪斯文」〔註123〕，他反覆強調「公道」尚存，希望這些「暫時」不遇的舉子沉潛以待時機。貫休以一位長者之姿，溫暖關懷這些懷才的後進，給

〔註120〕　陸永峰：《禪月集校注》卷十二〈送葉蒙赴舉〉，頁245。
〔註121〕　陸永峰：《禪月集校注》卷十二〈聞葉蒙及第〉，頁249。
〔註122〕　陸永峰：《禪月集校注》卷十三〈送盧秀才赴舉〉，頁283。
〔註123〕　陸永峰：《禪月集校注》卷十五〈海昏見羅鄴〉，頁313。

予打氣之餘也不忘作出期勉，〈送高九經赴舉〉〔註124〕云「回也曾言志，明君則事之。中興今若此，須去更何疑！」勉勵高九經赴舉報國，更以志列和忠言兩人為楷模，期許高氏心懷壯志、勉力進諫「志列秋霜好，忠言劇諫奇」，可見貫休肯定功名以及功名帶來的輔君佐政之能力。

此外，他對野有遺賢亦表憾恨，〈聞閔廷言周璉下第〉：

> 前牓年年見，高名日日聞。常因不平事，便欲見吾君。
> 兄弟居青鳥，園林生白雲。相思空悵望，庭葉赤紛紛。
>
> 〔註125〕

閔、周兩人富正義感，但這仗義直言的個性卻成了被打壓下第的理由，實在令人惋惜不已。這樣的情感在面對匡山隱者時亦然，「聞名多歲也，長恨不飛騰」〔註126〕道盡心裡滿溢的遺珠之憾！對謬獨一有才不見用也感到惋惜「未聞霑寸祿，此事亦堪哀」〔註127〕，面對這些流落在野的賢者，惜才愛才的貫休為國感到可惜，而這種情緒或許也是他自矜有才卻屢不見用的戚戚之情吧。

又，詩人的溫暖也投向失意貶者，對遭貶的仕宦友人進以寬慰之言，〈送薛侍郎貶峽州司馬〉：

> 得罪唯驚恩未酬，夷陵山水稱閑遊。
> 人如八凱須當國，猿到三聲不用愁。
> 花落扁舟香苒苒，草侵公署雨脩脩。
> 因人好寄新詩好，不獨江東有沃洲。〔註128〕

首聯與末聯前後呼應的道出薛侍郎因得罪聖上而遭貶，但貫休認為忠義之士何天而不可飛？他會做出這些寬慰之詞，顯然很符合前述第三章論及的貫休孤傲耿介、不攀不推之個性。詩人認為處世倘能心安理得，便

〔註124〕 陸永峰：《禪月集校注》卷十〈送高九經赴舉〉，頁218。
〔註125〕 陸永峰：《禪月集校注》卷十七〈聞閔廷言周璉下第〉，頁357。
〔註126〕 陸永峰：《禪月集校注》卷十三〈懷匡山山長二首〉之二，頁267。
〔註127〕 陸永峰：《禪月集校注》卷十四〈懷謬獨一〉，頁293。
〔註128〕 陸永峰：《禪月集校注》卷二十五〈送薛侍郎貶峽州司馬〉，頁491。

無須自我惆悵，應存的就僅有皇恩未酬之憾。再如〈送諫官南遷〉：

> 危行危言者，從天落海涯。如斯爲遠客，始是好男兒。
> 瘴雜交州雨，犀揩馬援碑。不知千萬里，誰復識辛毗？
> 〔註129〕

因諫被貶，貫休盛讚如此流貶遠方乃具「好男兒」之氣魄，末句更將諫官與剛正敢諫的三國曹魏名臣辛毗並舉，兼具勉勵與推崇。而貫休也有感世道顛躓、朝廷小人當道，亢直者被遠貶或許亦非壞事，對劉崇魯的遭貶即有此感懷「憤烈身先死，敷斁氣益眞」、「得罪鍾多故，投荒豈是迍？」〔註130〕，這些寬慰之言雖是貫休展現溫暖的表現，但卻也隱含著對世道多舛、有志之士困頓難伸之憾。

　　貫休的人際交遊網路有大量的在朝仕宦、在野賢士，與之交誼論及國是民情想必是慣常的話題，然而他卻能以忠言勸勉這些友朋善盡職責、共同爲國，不因求苟安而息事、不爲謀己利而虛僞，如此交誼反而顯出可貴的眞誠，也讓禪月大師以風骨正義耿介、胸懷悲憫蒼生、個性眞率坦然之形象傳世。

二、世俗情態

　　禪宗以「無」的智慧爲世間開展解脫妙法，《壇經》以「無念爲宗、無相爲體、無住爲本」作爲無的實踐。所謂「無念」即「無心」也，《壇經》云「於一切境上不染，名爲無念」〔註131〕，此即對外在客觀環境的變遷而不起愛憎激動之情；「無相」即不執著於事物的外相，《壇經》云「無相者，於相而離相」〔註132〕；「無住」即對諸法念念不住，《壇經》云「無住者，爲人本性，念念不住，前念、今念、後念，念念相續無有斷絕，名爲繫縛；於一切上，念念不住，即無縛

〔註129〕陸永峰：《禪月集校注》卷七〈送諫官南遷〉，頁149。

〔註130〕陸永峰：《禪月集校注》卷十一〈贈抱麻劉舍人〉，頁241。

〔註131〕〔唐〕慧能：《壇經校釋》十七（台北：文津出版社，1987年），頁32。

〔註132〕〔唐〕慧能：《壇經校釋》十七，頁32。

也」〔註133〕，此即對世間法無所住著於心，不使之成為心靈的束縛。習佛之人因這「無」的智慧，而從貪嗔痴的俗情中得到解脫，進而保持心靈的自由。詩僧貫休自幼入空門終生未還俗，對佛教義理的濡涉時間很長，《宋高僧傳》記載了他與佛教的淵源：

> 釋貫休，字德隱，俗姓姜氏，金華蘭溪登高人也。七歲，父母雅愛之，投本縣和安寺圓貞禪師出家為童侍。日誦《法華經》一千字耳。所蹔聞不忘於心。……受具之後，詩名聲動於時，乃往豫章，傳《法華經》、《起信論》，皆精奧義，講訓且勤。〔註134〕

可知貫休對佛經義理的體悟有其深刻性與獨到處，雖然中國佛教強調人不應遠離世間，應在塵世裡行種種宗教上的修行與實踐，尤其中唐以降興盛的禪宗，對世間採取積極入世的態度，不捨棄現象界但也主張不住著，對「無住」的實踐與否便是佛教徒與世間凡常人等之區辨所在。

　　雖然禪師貫休也有「修心未到無心地，萬種千般逐水流」、「有念盡為煩惱錫，無機方稱水精宮」〔註135〕等禪理感悟，但在他眾多懷友、別情、傷悼的詩作裡仍掩藏不住真性情，世俗情態盡現其中。孫昌武先生提示我們必須將詩僧視為「詩人」，「披著袈裟的詩人」一語的深意就是詩僧只是徒有披著袈裟的外表，骨子裡卻湧動著詩人感性浪漫的情緒，既然詩僧選擇以「詩」作為表現心靈的載體，那麼就逃脫不了緣情言志的詩歌傳統，然而依佛教「滅諦」〔註136〕之宗旨，

〔註133〕　〔唐〕慧能：《壇經校釋》十七，頁32。
〔註134〕　〔宋〕贊寧撰，范祥雍點校：《宋高僧傳》，頁749。
〔註135〕　陸永峰：《禪月集校注》卷二十三〈山居詩二十四首〉之二、之二十四，頁453、467。
〔註136〕　四聖諦：苦集滅道。苦諦是五蘊無法離開無常，時受無常壓迫。集諦是苦的因，舉凡無明、行、業、愛、取都是苦的因緣。滅諦是無取法、無漏法、無為法，因為沒有緣所以沒有苦，乃涅槃也。道諦是正八道，即正見、正思維、正語、正業、正命、正精進、正念、正定，此八道能通於涅盤，是悟之因。「苦集」為流轉之因果，又稱世間因果；「滅道」為還滅之因果，又稱出世間因。因此佛教

直取離開輪迴之緣的涅槃至境，因此詩僧作詩大多有「以道性爲本，以詩情爲末，主張以道制欲，以性節情」〔註137〕的意識，然而詩僧終究難離人性七情六慾的羅網，而趨向緣情綺靡的言志方向，背離了「情忘道合」〔註138〕的禪子創作宗旨。此論點在貫休數量眾多的交往詩中可一一印證，不論懷友、別情或傷悼，詩人濃厚的俗情流露在這些社交詩作的字裡行間，讓人不禁忘卻貫休的身分乃當時一介著名高僧！以下針對這些表露世俗情態甚深的詩作申論之。

（一）懷　友

孤傲寡合的個性使貫休縱使交遊廣闊，但知音卻僅寥寥幾人，詩人頗有自覺的說「氣與非常合，常人爭得知。」〔註139〕、「聖威無遠近，吾道太孤標。」〔註140〕、「高吟多忤俗，此貌若爲肌。」〔註141〕、「高奇章句無人愛，淡泊身心舉世嫌。」〔註142〕，像這些「氣非常合、吾道孤標、高吟忤俗、不合當世」的自我了解，都使貫休在人際上倍感孤寂，他曾直率的說「媚世非吾道」〔註143〕，如此一來，他只能渴求那少之又少的知音，像〈別盧使君歸東陽二首〉云「雨氣濛濛草滿庭，式微吟劇更誰聽？」〔註144〕就看見了他頓失知音之悲！因此，這些懷友詩常見貫休對知己的懷念。如〈懷智體道人〉：

的滅諦學說乃主張滅除苦集二諦，通至涅槃。見性空法師：《四聖諦與修行的關係——《轉法輪經》講記》（嘉義：財團法人安慧學苑文教基金會附設香光書鄉出版社，2003年）。

〔註137〕　覃召文：《禪月詩魂——中國詩僧縱橫談》，頁168。

〔註138〕　僧保暹的《處囊訣》在處理詩情與道性時，主張「情忘道合」，即節制情欲，服務道情，也就是「見性忘情」。見王秀林：《晚唐五代詩僧群體研究》第五節「晚唐五代詩僧的詩歌理論著作」，頁367。

〔註139〕　陸永峰：《禪月集校注》卷八〈秋居寄王相公三首〉之三，頁185。

〔註140〕　陸永峰：《禪月集校注》卷十四〈避地毗陵上王恃使君〉，頁306。

〔註141〕　陸永峰：《禪月集校注》卷十五〈避地寄高蟾〉，頁321。

〔註142〕　陸永峰：《禪月集校注》卷二十三〈山居詩二十四首〉之五，頁455。

〔註143〕　陸永峰：《禪月集校注》卷十七〈故林偶作〉，頁360。

〔註144〕　陸永峰：《禪月集校注》卷二十五〈別盧使君歸東陽二首〉之一，頁495。

柄筆思吾友，庭鶯百囀時。唯應一處住，方得不相思。

雪水淹門閫，春雷在樹枝。平生無限事，不獨白雲知。

〔註 145〕

此詩言在庭鶯巧囀聲中提筆思友，如何能夠不相思呢？應該只有同住才能化解相思之苦吧。頸聯述說自己在冬末初春的時節裡懷念智體道人，末聯慶幸還有智體這位知音，心中的萬般想法不獨白雲知曉而已。該詩真可謂句句思念，情感濃郁至極。再如〈懷高貞動二首〉之一云「知爾今何處，孤高獨不群。論詩唯許我，窮易到無文。」顯見高貞動孤高不群的個性與貫休聲氣相通，因此作詩只給貫休看，因為同為孤傲寡合之人能夠彼此理解、相互取暖，有這樣脾性相近的友人，難怪一向倨傲的貫休作詩懷念。武昌僧人栖一也是個孤介之人，貫休與其亦能感通「常憶能吟一，房連古帝壚。無端多忓物，唯我獨知渠。」〔註 146〕，栖一能詩又個性傲違與常人寡合，尤其他秉佛家心法修為得句，進而以詩明禪、詩含悟境，無奈卻落得「得句先呈佛，無人知此心」〔註 147〕的窘境，這種種心情在同樣作為詩僧、亦有「秖將清靜酬恩德，敢信文章有性靈」〔註 148〕之禪悟入詩經驗、且又個性倨傲的貫休最能體會，因此知遇為友。〈避地寄高蟾〉則是一首感懷世亂和知音難覓之作：

荒寺雨微微，空堂獨掩扉。高吟多忓俗，此貌若為肌。

旅夢遭鴻喚，家山被賊圍。空餘老萊子，相見獨依依。

〔註 149〕

流徙他鄉，避寇於微微細雨中的荒山野寺，不禁感慨起自己與世道之難合，鬱滯的情緒常孤寂的獨自承擔，沒有知音能分享交流，貫休將此心曲寄予高蟾，宣洩內心被理解被接受的需求。

〔註 145〕 陸永峰：《禪月集校注》卷十六〈懷智體道人〉，頁 343。

〔註 146〕 陸永峰：《禪月集校注》卷九〈懷武昌栖一二首〉之一，頁 194。

〔註 147〕 陸永峰：《禪月集校注》卷九〈懷武昌栖一二首〉之二，頁 194。

〔註 148〕 陸永峰：《禪月集校注》卷二十五〈寄匡山大願和尚〉，頁 494。

〔註 149〕 陸永峰：《禪月集校注》卷十五〈避地寄高蟾〉，頁 321。

　　特殊的性格使貫休與幾位聲氣相通的友人結爲知音，彼此成爲這世間難得能夠互訴懷抱、相互慰藉的對象。除此之外，晚唐動盪不安的社會也讓人在困頓傷感之中時時興起懷鄉懷友的情緒，尤其友人又爲善吏者。〈東陽罹亂後懷王慥使君〉〔註150〕即是一組典型的代表作：

> 只報精兵過大河，東西南北煞人多。
> 可憐白日渾如此，來似蝗蟲爭奈何。
> 天意豈應容版亂，人心都改太凋訛。
> 不勝惆悵還惆悵，一曲東風月袴歌。
>
> 爲郡無如王使君，一家清冷似雲根。
> 貨財不入崔洪口，俎豆長聞夫子言。
> 鬢髮坐成三載雪，黎甿空負二天恩。
> 不堪西望西風起，縱火崐崙誰爲論？
>
> 魄慄魂飛骨亦燋，此魂此魄亦難招。
> 黃金白玉家家盡，繡閣雕甍處處燒。
> 驚動乾坤常黯慘，深藏山岳亦傾搖。
> 恭聞國有英雄將，擬把何心答聖朝？
>
> 不是龔黃覆育才，即須清苦遠塵埃。
> 無人與奏吾皇去，致亂唯因酷吏來。
> 刲剝生靈爲事業，巧通豪譜做梯媒。
> 令人轉憶王夫子，一片眞風去不迴。

這些詩紀錄了貫休眼見江河受黃巢寇亂肆虐、大地生靈塗炭，轉而思念起曾任家鄉婺州刺史的善吏王慥。第一首云社會動盪，人心衰替訛亂，詩人惆悵不堪，只能低吟一曲袴襦歌追憶王慥的善政，「月袴歌」即「袴襦歌」指官吏善政。第二首懷念王慥清廉有持的治績，尤其在黃巢大肆燒殺擄掠，原本循禮有序的社會爲之變調後，更讓人懷念王慥治理下那貨財不入清官之口（「崔洪」爲晉武帝時的清廉御史治書，此借代爲「清官」）、祭祀長聞孔夫子遺訓的美好社會，而如今寇賊縱

〔註150〕　陸永峰：《禪月集校注》卷二十二〈東陽罹亂後懷王慥使君五首〉之二三四五，頁441～442。

火又有誰敢出面指責呢？第三首描寫黃巢濫殺無辜的慘況，屍骨遭焚早已魂飛魄散家屬難以招魂、家家戶戶的財產都被搜括一空、錦繡門牆與雕鏤屋脊均被焚燒殆盡，如此慘烈的民亂彷彿置身無政府狀態，讓人更加懷念以往王愷治理下的婺州。第四首指責黃巢致亂之因乃由於酷吏造成的官逼民反以及上下交相賊的結果，這令人轉憶王愷，他淳真的風骨將一去不回難以再見了。諸如此類因動盪而懷友的作品還有〈懷四明亮公〉「豈覺塵埃裡，干戈已十年」〔註151〕以及〈秋夜玩月懷玉霄道士〉：

> 光異磨礱出，輪非雕斲成。今宵剛道別，舉世勿人爭。
> 征婦砧添怨，詩人哭到明。唯宜華頂叟，笙磬有餘聲。

〔註152〕

首聯讚嘆秋月的光芒與圓滿的月形非人為雕刻磨礪能得，頸聯望月感懷，以征婦擣衣為征夫置辦寒裝多生哀怨，以及詩人因世亂感懷而徹夜悲哭，寫人世間烽火難停、亂象紛紛之悲。末聯則懷念起華頂峰的玉霄道士，出塵世間的生活猶有笙磬餘響。這頸聯與末聯產生對比感懷，紛擾人間與平和超塵的隱逸生活形成強烈對比，貫休身處磟磟紅塵倍覺懷念祥和有餘的玉霄道士。

除了世亂懷友之外，詩人對於和自己有同樣創作和求知態度的友人也常懷之。如〈寄匡山紀公〉：

> 錦繡谷中人，相思入夢頻。寄言無別事，琢句似終身。
> 書卷須求旨，鬚根易得銀。斯言如不惑，千里亦相親。

〔註153〕

貫休云紀公常入夢中，或許是日有所思夜有所夢吧。寫這首詩沒別的事，只是有感紀公與自己那癖吟的嗜好、求知不倦的態度相仿，即使相距千里之遙，有這樣共同的興趣理念也會倍感親切而不覺遙遠了。對新定桂雍貫休亦感懷念「句須人未道，君此事偏能。……相思不可

〔註151〕 陸永峰：《禪月集校注》卷七〈懷四明亮公〉，頁165。
〔註152〕 陸永峰：《禪月集校注》卷九〈秋夜玩月懷玉霄道士〉，頁200。
〔註153〕 陸永峰：《禪月集校注》卷九〈寄匡山紀公〉，頁190。

見，江上立騰騰」〔註154〕，在創作上苦吟鍛句力求推陳出新，這事桂雍也執著於其中，其實貫休自己也嗜苦吟鍊句「詩雖清到後，人更瘦於前」〔註155〕、「因知好句勝金玉，心極神勞特地無」〔註156〕都是他於創作時的情態描述，因此在創作上想必桂雍是貫休志同道合之友，故佇立江邊悠然懷念這位友人。這類懷友情態較為傳神而深刻的有懷陳陶「搔首復搔首，孤懷草萋萋。春光已滿目，君在西山西。」〔註157〕，一再搔首的動作傳達了詩人內心波動難平的懷念，心懷因見蔓生的春草而更感孤獨，縱使滿目春色，陳陶你卻仍在遙遠的西山那頭，無法共同徜徉，真令人遺憾又思念！以及懷赤松道士「仙觀在雲端，相思星斗闌。常憐呼鶴易，卻恨見君難。」〔註158〕，詩人思念遠在山頂雲端仙觀裡的赤松道士，感嘆見君萬萬難，連招鶴乘歸都比見赤松道士一面要容易的多。懷友的情態透過這些動作和比喻分外傳神，讓人深感貫休滿腔的熱情不獨對政治，於友人亦然。

透過這類懷友詩內涵的分析，呈現貫休一生多樣的遇合，每一份交情他都以真摯的態度投入其中，不論脾性相投的知交或因亂懷念的摯友，甚至創作理念志趣相投者，他都寫下篇篇詩作酬贈表達懷念，病中更阻止不了渴求知己、懷念友朋的心情「身中多病在，湖上住年深。……近來心更苦，誰復是知音？」〔註159〕、「如今憔悴頭成雪，空想嵯峨羨故人」〔註160〕。重視人際知合使這些懷友作品透露濃濃俗情，他嘗言「孤懷久不勝」〔註161〕，懷既感孤且孤極而不勝，那麼肯定「情」必也濃郁的充塞其間，依此來看，貫休的孤懷非靠參透「捨妄去執」能予

〔註154〕　陸永峰：《禪月集校注》卷十五〈寄新定桂雍〉，頁311。
〔註155〕　陸永峰：《禪月集校注》卷八〈歸故林後寄二三知己〉，頁168。
〔註156〕　陸永峰：《禪月集校注》卷二十二〈苦吟〉，頁450。
〔註157〕　陸永峰：《禪月集校注》卷八〈春寄西山陳陶〉，頁169。
〔註158〕　陸永峰：《禪月集校注》卷十二〈秋懷赤松道士〉，頁252。
〔註159〕　陸永峰：《禪月集校注》卷十五〈湖上作〉，頁328。
〔註160〕　陸永峰：《禪月集校注》卷二十二〈秋夜懷嵩少因寄洛中舊知〉，頁444。
〔註161〕　陸永峰：《禪月集校注》卷七〈懷白閣道侶〉，頁164。

疏通，或許這些知交朋友給予的濃情盛意才是治孤良方吧。

（二）別　情

蘇軾嘗云：「人有悲歡離合，月有陰晴圓缺，此事古難全。」〔註162〕悲歡離合自古難全卻又強求全，這正是陷於執著而產生痛苦的淵藪。騷人墨客的心靈之所以多愁善感，正因無法超克對情的執著，而詩僧亦因有情遂入凡塵，拈筆為詩、吟詠胸懷更與騷客無異，因此「黯然銷魂者，唯別而已矣！」〔註163〕的感受也發生在詩僧貫休身上。端看這些別情詩，詩人身陷俗情羅網中，表現得難捨難離、情感摯烈，這些詩看不見為僧習佛應得出的「破執」、「忘情」，反而看見詩人被離別愁緒糾纏，苦海浮沉。貫休對離情別緒有很深的體會，〈擬古離別〉即道盡古往今來纏綿不休的傷人離愁：

> 離恨如旨酒，古今飲皆醉。只恐長江水，盡是兒女淚。
> 伊余非此輩，送人空把臂。他日再相逢，清風動天地。
>
> 〔註164〕

他把離恨以美酒比之，說古往今來飲此離別之酒無不醉者。還以滾滾長江水作喻，動人心魄的陳述那盡是離愁兒女的眼淚。短短四句竟能準確深刻的將離情訴盡，這非有銘心之體會而不能也。後四句貫休瀟灑的說自己非此兒女之輩，送別朋友也只是空徒相互握住手臂道別，因為待日後重逢，情誼依然會如清風吹拂世間一般的溫煦宜人。此詩中的貫休似乎能把別離看得處之泰然，無難捨牽掛之情，然而細究其他的別情詩，卻不能同樣看見這種瀟脫坦然的心境。〈將入匡山別芳晝二公二首〉之二即有感而發的道出有情世間翻如苦海，進而興起不如歸去之情：

> 紅豆樹間滴紅雨，戀師不得依師往。

〔註162〕 蘇軾〈水調歌頭〉，胡云翼選注：《宋詞選》（上海：上海古籍出版社，1999 年），頁 58。
〔註163〕 〔南朝梁〕江淹：《江文通集》卷一「賦」〈別賦〉（台北：台灣商務印書館，1965 年），頁 7。
〔註164〕 陸永峰：《禪月集校注》卷一〈擬古離別〉，頁 12。

　　世情世界愁殺人，錦繡谷中歸舍去。〔註165〕

離別會感到痛苦是因為「有情」，貫休深有所感的慨嘆「世情世界愁殺人」，不如歸去。俗情的羈絆讓他飽嚐苦楚，除了以紅豆這種象徵濃郁相思之物作喻，還用「戀」這樣眷眷不捨的強烈字眼，可見告別芳晝二公對貫休來說有銘心刻骨的不捨，他感嘆有情世界總常愁上心頭，因而興起不如歸去之嘆。試問，倘能灑脫坦然的面對離別，參透「花發多風雨，人生是別離」〔註166〕的不易之道，進而捨去內心對情感的固著，又何需歸捨去？

　　尚有幾首詩能得見貫休的離別俗情，如〈送劉逖赴閩辟〉云「路入閩山熱，江浮瘴雨肥。何須折楊柳，相送已依依。」〔註167〕在提醒劉逖路況之餘，最終仍湧上依依不捨之情。〈別東林僧〉云「徘徊不能去，房在好峯頭」〔註168〕更看見詩人步步回望的不捨之情。〈別盧使君歸東陽二首〉之一「雨氣濛濛草滿庭，式微吟劇更誰聽？」則發揮一切景語皆情語的起興手法，借景寫情的抒發與盧使君告別內心陰雨濛濛的情態，更激動的說今後人生幽微將訴與誰聽！？此一相別使得貫休頓失知音，因此他的情緒顯得起伏。〈春送僧〉則生動的寫出詩人真誠無偽的送別情感：

　　蜀魄關關花雨深，送師衝雨到江潯。

　　不能更折江頭柳，自有青青松柏心。〔註169〕

「蜀魄關關」以杜鵑啼血之典形容別離令人哀傷至極，貫休冒雨送僧人到江邊，此舉之情感在「衝雨」二字襯托下顯得真摯誠懇。折柳已然不能盡表相送之情，唯有那常青松柏或可表彰這段歷久彌新的情誼。對照〈送劉逖赴閩辟〉一詩的「何須折楊柳，相送已依依」來看，

〔註165〕　陸永峰：《禪月集校注》卷六〈將入匡山別芳晝二公二首〉之二，頁120。
〔註166〕　于武陵〈勸酒〉，見《全唐詩》卷595，頁6895。
〔註167〕　陸永峰：《禪月集校注》卷十二〈送劉逖赴閩辟〉，頁253。
〔註168〕　陸永峰：《禪月集校注》卷十五〈別東林僧〉，頁321。
〔註169〕　陸永峰：《禪月集校注》卷二十四〈春送僧〉，頁487。

兩詩都運用了折柳送別的傳統表達方式，但對比之下卻使用得饒富意趣，張海曾對此進行詮釋：「『何須折』、『不能折』這一正一反、一靜一動，使得傳統折柳相送翻出新意，創造出新穎意境，產生強烈藝術效果，使讀者更加深刻體會詩人與友人的依依惜別之情。」〔註170〕，張海此詮頗得要領，在楊柳的折與不折之間，盡現詩人「相逢方一笑，相送還成泣」〔註171〕的難捨離情，亦凸顯貫休語言運用的感染力與靈活性。

以「紅豆、楊柳、杜鵑啼血」之喻，言離情別緒之依依難捨與傷痛之情，貫休雖參透世俗情感磨人的苦痛，卻仍眷眷情深於人際之間，騷人臨別總如江淹所云「有別必怨，有怨必盈」〔註172〕，別怨盈臆發而為詩乃有大量的別情詩作（送別或告別），貫休的別情詩估計約有九十一首之多，其內涵也多有涉及政治關懷者（此部分於前述已論），而最終之離情乃盡顯他難捨的俗緣。創作了九十幾首別情詩，顯見人際交誼在貫休生命中的重要性，這也說明晚唐世局已然失去讓人奮進的理想空間，致使詩人生活視野轉向身旁瑣事、關切人際遇合，若對比晚唐窮士詩人群體觀之，貫休社交詩吐露的種種世俗情態，多表現悲嘆知音之不遇、感慨賢良之埋沒、不捨人際之聚散等幽怨情感，與晚唐大量的窮士詩表達懷才不遇、貧寒困頓的愁苦情緒相仿。整個末世氛圍亦能於貫休大量的懷友、別情之交往詩作裡感受到，詩僧在晚唐的極度世俗化發展，使其與社會脈動吐納同息。

（三）傷　悼

貫休寫有多首傷悼友人亡逝之詩，整併觀之別有一番風景，表現出與傳統悼亡詩截然不同的內涵，在真摯濃烈的情感底下，除了呈現一位詩僧未能超脫的俗情，還寄寓對家國、對理想的情懷。回溯悼亡

〔註170〕　張海：《貫休研究》（四川師範大學中國古典文獻學碩士論文，2001年），頁75。
〔註171〕　王維〈齊州送祖三〉，見《全唐詩》卷125，頁1242。
〔註172〕　江淹〈別賦〉，《江文通集》卷一「賦」，頁8。

詩的發展源起，悼亡詩萌芽於先秦兩漢時期，只是數量很少，以《詩經》〈邶風·綠衣〉〈唐風·葛生〉以及漢武帝的〈李夫人〉爲代表，主題爲夫妻間喪偶後的傷悼，開啓了悼亡詩寫作的先例。繼之魏晉南北朝時期出現潘岳、沈約、江淹等多位寫有悼亡詩之文人，尤其悼亡詩名家潘岳的〈悼亡詩〉三首更起到了「名篇定格」之作用，從此悼亡詩在文人間成了傷悼亡妻的專稱，而這三首詩運用的「賭物傷懷」、「即景生情」的手法，對歷代悼亡詩寫作產生巨大影響。隋唐五代宋時期悼亡詩出現繁榮的發展，許多當代有名的詩人都作有此類詩，如元稹、李商隱、孟郊、李煜、蘇軾等人，及至南宋李清照之悼亡詩擴及故國情懷，甚有可觀。到了明清又有一波高峰，徐渭、顧炎武、納蘭性德都寫有悼亡與愛國情懷交融的作品，使悼亡詩融入了民族大義的節操〔註 173〕。展開悼亡詩的發展歷程，再回觀貫休的悼亡詩，能發現其實貫休早已將傷悼情感與家國情懷鎔鑄於詩，而且他一改悼亡詩傳統寫夫妻喪偶的悲緒，擴展到友誼、理想、國家乃至對佛教果報、無常的困惑思索，如此一來，悼亡詩在貫休筆下內涵更爲豐富、思想也更爲深刻，這一揭露將使得貫休這幾首傷悼之作在悼亡詩傳統裡有了可觀之處，以下試論之。

　　貫休作詩傷悼的對象有赤松舒道士、王慥、大願和尚、李頻、馮岩、張道古與交好的友生，貫休與之都有多首詩作往來，從中可見他們密切而深厚的交情，在這些知交過世之後，身爲佛徒的貫休也難掩傷悲，作詩慟悼，無法以佛教視死亡爲「離眾苦、歸寂滅」的態度面對。且看〈聞赤松舒道士下世東陽未亂前相別〉：

　　　　地變賢人喪，瘡痍不可觀。一聞消息苦，千種破除難。
　　　　陰騭那虛擲，深山近始安。玄關評兔角，玉器琢難冠。
　　　　傲野高難狎，融怡美不殫。冀迎新渥澤，遽逐逝波瀾。
　　　　蛻殼埋金隧，飛精駕錦鸞。傾摧千仞壁，枯歇一株蘭。

〔註173〕　此悼亡詩的緣起與發展，參考崔劍煒：〈中國古代悼亡詩初探〉，《西藏民族學院學報》社會科學版（1999 年第 1 期）。

仙廟詩雖繼，苔墻篆必鞔。煙霞成片黯，松桂著行乾。
影挂溪流咽，堂扃隙月寒。寂寥遺藥犬，縹緲想瓊竿。
伊昔相尋遠，留連幾盡歡。論詩花作席，炙菌葉爲盤。
彭伉心相似，承禎趨一般。琴彈溪月側，棋次硲雲殘。
倏忽成千古，飄零見百端。荊襄春浩浩，吳越浪漫漫。
已矣紅霞子，空留白石壇。無弦亦須絕，回首一長嘆。
〔註 174〕

貫休影射赤松道士的卒逝就如道教仙人赤松子蛻殼仙逝名列仙班
〔註 175〕，即便如此，前四句還是表現出極度震驚、無法接受、難以捨
下的心情，出家人對死亡應有超然的態度，視死爲「離苦」則滅斷煩
惱、得到解脫應該以正面看待，但詩人顯然難捨對赤松舒道士的感情，
內心哀傷的情緒仍然漫過修持佛道的理性。他追悼與赤松舒道士的過
往，道士傲野難狎的個性雖少人欣賞，但與自己的相處卻十分投契和
樂，且才剛受徵召新承渥澤，卻遽然驟逝，這更讓貫休無法面對。回
憶往昔兩人總是不辭路遠彼此相尋，每次聚首不論是論詩、飲酌、彈
琴或下棋總是盡情歡樂，但赤松舒道士卻無預警的過世，使詩人心裡
頓生萬般無依感受，道士的生命已隨浪逝去，貫休以無弦的琴亦須斷
絕來表達萬般無奈，末句的一聲長嘆使詩人不捨之情濃到化不開。「悼
亡詩的寫作很大部分是憑著『個人的記憶』進行」〔註 176〕，詩人憑藉

〔註 174〕　陸永峰：《禪月集校注》卷十一〈聞赤松舒道士下世東陽未亂前相
　　　　　別〉，頁 239。

〔註 175〕　有關道教仙人赤松子的傳說於《列仙傳》、《抱朴子》、《神仙傳》等
　　　　　有載：〔漢〕劉向《列仙傳》〈赤松子〉載「赤松子者，神農時雨師
　　　　　也。服水玉以教神農，能入火自燒，往往至崑崙山上，常止西王母
　　　　　石室中，隨風雨上下。炎帝少女追之，亦得仙俱去。至高辛時復爲
　　　　　雨師，今之雨師本是焉。」；〔晉〕葛洪《抱朴子》內篇佚文「火芝
　　　　　常以夏採之，葉上赤，下莖青。赤松子服之，常在西王母前，隨風
　　　　　上下，往來東西。」；〔晉〕葛洪《神仙傳》〈皇初平〉云皇初平易
　　　　　姓爲赤松子。參見〔漢〕劉向等撰：《神仙傳　疑仙傳　列仙傳》（台
　　　　　北：廣文書局，1989 年）、〔晉〕葛洪：《抱朴子內篇校釋》（台北：
　　　　　里仁書局，1981 年）。

〔註 176〕　林祐伊：〈山河變色　人事已非——從悼亡詩看明清鼎革之際的悼

回憶的過程悼祭逝去的感情，這種抒發能夠安撫激動心情，作爲一種自療的方式。因此，可看到貫休從一開始的「地變賢人喪、千種破除難」之震驚悲痛，歷經回憶與道士的種種往事之後，情緒到末了轉爲「無弦亦須絕，回首一長嘆」的感慨無奈不捨，這傷悼之作讓人看見貫休聞喪的心情起伏，一個習佛之人尚且無法看開，乃由於在對方身上投注太多情感，貫休有許多詩紀錄他與赤松舒道士的交往〈苦熱寄赤松道者〉、〈寄赤松舒道士二首〉、〈秋懷赤松道士〉、〈士馬後見赤松舒道士〉等，不論是天氣炎熱、秋夜寄懷或戰亂流離都有兩人互相關懷慰藉的交流，這樣的至交情誼殞落對重情重義的貫休來說實爲無法承受之重，他又寫了〈懷赤松故舒道士〉：

> 可惜復可惜，如今何所之？信來堪大慟，余復用生爲？
> 亂世今交鬪，玄宮玉柱隳。春風五陵道，迴首不勝悲。

〔註177〕

此詩盡顯道士死後，貫休頓失情感依靠，茫然苦痛之際，竟興起「余復用生爲？」不想活了的念頭！面對紛紛亂世，又頓失好友，這即景所生之情讓人悲甚。

　　悼亡詩的表現手法常以「睹物傷懷」與「即景生情」來寄託哀思，像〈經友生墳〉即是首典型之作：

> 多君墳在此，令我過悲涼。可惜爲人好，剛須被數將。
> 白雲從塚出，秋草爲誰荒？不覺頻迴首，西風滿白楊。

〔註178〕

過墳悲涼，見景傷情，西風白楊，蕭颯淒冷，尤其「可惜爲人好，剛須被數將」道出好人也難逃命運支配的無奈，使得整體詩境呈現濃厚的悲嘆氣息。又，〈聞大願和尚順世三首〉之一「王室今如燬，仍聞喪我師」〔註179〕也是以即景感懷的方式呈現對恩師順世的傷痛，貫

亡現象〉，《史匯》第十二期（2008年9月），頁88。
〔註177〕　陸永峰：《禪月集校注》卷十六〈懷赤松故舒道士〉，頁345。
〔註178〕　陸永峰：《禪月集校注》卷十七〈經友生墳〉，頁364。
〔註179〕　陸永峰：《禪月集校注》卷十二〈聞大願和尚順世三首〉之一，頁

休約於咸通八年左右在廬山（即匡山）師從大願和尚三年，〈寄大願和尚〉追敘了兩人這段師徒之緣「微人昔爲門下人，扣玄佩惠無邊垠。自憐亦是師子子，未逾三載能嚬伸。江西三載，誦《法華經》。一從散席歸寧後，溪寺更有誰相親？青山古木入白浪，赤松道士爲東鄰。焚香西望情何極，不及曇詵淚空滴。」〔註180〕這段敘事詩說明了貫休與大願和尚師從的緣分，還透露他與赤松道士爲鄰結緣，繼而發展成上述相知相惜的難得友誼。他還有〈寄廬山大願和尚〉、〈寄匡山大願和尚〉等詩，紀錄師徒兩人在禪修、以詩明禪方面的交流，想必在廬山的這段時日，貫休應該在佛法的修習與情感的共鳴上得到精進與寄託，否則對廬山上的這段人生遇合（赤松舒道士、大願和尚）與後來的相繼聞喪，也不會表現得如此悲痛、頻頻回首了。

　　而貫休的交遊還包括眾多政治人物，尤其清廉自持、勤政愛民、正義敢諫的官吏友人更是他樂於結交的對象，而當這些善吏過世，貫休的哀傷不捨也表露無遺。〈聞王慥常侍卒三首〉：〔註181〕

　　世亂君巡狩，清賢又告亡。星辰皆有角，日月略無光。金柱連天折，瑤階被賊荒。令人轉惆悵，無路問蒼蒼。（之一）

　　宗社運微衰，山摧甘井枯。不知千載後，更有此人無？政入龔黃甲，詩輕沈宋徒。受恩酬未得，不覺秪長吁。（之二）

　　儻在扶天步，重興古國風。還如齊晏子，再見狄梁公。棠樹梅溪北，佳城舜廟東。誰修循吏傳，對此莫捴捴。（之三）

王慥乾符三年任婺州刺史，是位守法循理的地方官，貫休的〈循吏曲上王使君〉、〈聞前王使君在澤潞居〉等詩都曾讚譽他是難得一見的良吏，也因此兩人的交情在貫休爲婺州人、王慥任婺州刺史的這層關係上有了良好互動，王慥也多方器重貫休。〈東陽罹亂後懷王慥使君〉、〈寄拄杖上王使君〉、〈秋望寄王使君〉、〈懷薛尚書兼呈東陽王使君〉、

〔註180〕　陸永峰：《禪月集校注》卷五〈寄大願和尚〉，頁100。
〔註181〕　陸永峰：《禪月集校注》卷十二〈聞王慥常侍卒三首〉，頁245。

〈避地毗陵寒月上孫徽使君兼寄東陽王使君三首〉、〈賀雨上王使君二首〉都是貫休與王慥的交誼詩，可見交情篤厚。當聽聞王慥過世的消息，貫休的心情有如晴天霹靂「世亂君巡狩，清賢又告亡。星辰皆有角，日月略無光。金柱連天折，瑤階被賊荒。」天下正值紛亂、亂賊四處縱橫、天子被迫走避成都，在此宗社喪亂、國運衰頹之際竟又遭逢賢良的善吏王慥逝世，對貫休來說真是山河變色、日月無光的慘事啊！原本還寄望著國家的賢良能輔佐天子重興盛世「儻在扶天步，重興古國風」，但如今理想又遭無常的命運給摧滅，他感到「惆悵」，只能「無語問蒼天」的「長吁」，對國家喪賢表現出無比的沉痛。

　　再如馮岩也是個勤政愛民的善吏，於咸通十二年任睦州刺使時與貫休相識，並彼此欣賞繼而支助貫休寓居桐江邊。貫休的〈對雪寄新定馮使君〉云「因思太守憂民切，吟對瓊枝喜不勝」〔註182〕道出馮岩憂懷民生疾苦的仁心仁政，〈早秋即事寄馮使君〉與〈秋末寄上桐江馮使君〉亦對馮岩的善政與清高廉正的品格予以讚賞。因此當馮岩過世之際，貫休的感嘆良深，〈追憶馮少常〉：

　　盛德方清貴，旋聞逐逝波。令人翻不會，積善合如何？
　　直道登朝晚，分憂及物多。至今新定郡，猶詠袴襦歌。
〔註183〕

如此有德之良吏竟忽聞卒逝，宗教勉人善有善報，但如今馮岩之死真令人對此真理感到困惑。馮岩勤政愛民的治績至今都還在新定郡（睦州）受人民歌詠愛戴呢。面對馮岩的死，貫休除了感到良吏殞逝的不捨，也體會到生命無常之悲，更對果報充滿困惑，在這傷悲的時刻他已然無法以「諸法皆空」的佛理來參透事物本質為空，進而以此來平撫聞喪的心情，極度的情感波動使得貫休對蒼天有些埋怨、對普世認為的至理有些懷疑，即便是個出家人，他終究仍是個有愛恨情緒的血肉之軀，看到又一賢才殞落繼而想到國運頹敗、人民苦難，慈悲又憂

〔註182〕 陸永峰：《禪月集校注》卷二十〈對雪寄新定馮使君〉，頁410。
〔註183〕 陸永峰：《禪月集校注》卷十七〈追憶馮少常〉，頁356。

國的貫休也難掩失落之情。

　　李頻也是位清峻有骨氣的良吏，他是姚合的女婿，在乾符二年任建州刺史，貫休曾作詩讚揚李頻的風骨與愛民的仁心「貴不因人得，清還似句無」、「務簡趣難陪……留客朝嘗酒，憂民夜畫灰」〔註184〕，如此風骨清雅、憂懷民情的好官卒逝，讓貫休油然興起無語問蒼天的感慨，〈聞李頻員外卒〉：

　　　　蒼蒼難可問，問答亦難聞。落葉平津岸，愁人李使君。
　　　　文章應力竭，茅土始天分。又逐東流去，迢迢隔嶺雲。
　　　〔註185〕

此詩以仰天呼求卻難得回應寫盡詩人聞喪之慟，李頻的創作亦為苦吟一派，與貫休必有詩作上的往來討論，他懷念李頻主張的「文章應力竭，茅土始天分」，這與自己「詩雖清到後，人更瘦於前」〔註186〕的創作執著有相似之精神，因此喪失了一位能言創作、卓有風骨的友人，貫休內心的惆悵難以筆墨形容。張道古也是位因直諫而被貶蜀中至死的拾遺，〈悼張道古〉一詩以「惆悵斯人又如此，一聲蠻笛滿江風」〔註187〕悼念清遠有節、敢言直諫的友人，末句那一聲笛響或許正代表了貫休對張道古的哀鳴吧。

　　貫休的傷悼詩透過上述分析可見其豐富而深刻的內涵，他不僅只無端的悲歌哀哭，對友誼的殞逝、對家國未來的憂切、對淑世理想的挫折、對無常的無助以及對普世認定的果報興起困惑，這些都是貫休透過傷悼的情緒還能夠傳遞的內涵，他的傷悼作品在悼亡詩傳統裡有其獨特價值，值得關注。再者，以貫休一介佛徒身分寫下這些難捨難了的作品，「諸法皆空」顯然開悟不了他的俗心，致使他仍受縛於世俗情感無法「自由自在」，誠如覃召文先生所云「詩僧畢竟不是神佛，

〔註184〕　陸永峰：《禪月集校注》卷十四〈秋季李頻使君二首〉，頁290。
〔註185〕　陸永峰：《禪月集校注》卷十二〈聞李頻員外卒〉，頁261。
〔註186〕　陸永峰：《禪月集校注》卷八〈歸故林後寄二三知己〉，頁168。
〔註187〕　陸永峰：《禪月集校注》卷二十六〈悼張道古昭宗時，道古官拾遺，以直諫貶蜀中死〉，頁504。

何必以神佛之性去衡量他們，要求他們的作品都具有神的靈光，披上佛的金裝呢？」〔註188〕這些俗緣未了的傷悼詩正是詩僧們「人性」的一面，覃召文又云「詩僧的心靈是由道性和詩情鑄成的雙重人格，一半在彼岸的淨界，一半在此岸的人間，是顆既超越又迷惘的『破碎的心』」〔註189〕，而以貫休這些傷悼詩來看，他是個更趨於詩情性格的詩僧，對彼岸的超越難以企及，對人間的俗情足涉甚深，他的浪漫狂狷與重情重義沖淡了他的道性，遂使貫休成了一位有情的詩僧。

三、生活與創作分享

既爲交往詩，免不了與朋友分享生活點滴與心情，貫休這些交誼酬贈之作除了表達政治關懷與盡顯世俗情態之外，還透露了以入世爲出世的懷抱，以及老病不遇的感嘆，亦分享作詩參禪的生活與對詩作的態度。這些生活分享之詩內容雖然瑣碎，甚至時有自嘲、自憐之情，但在看似絮絮叨叨的枝節裡，我們卻能從他最素樸的生活透露，進一步貼近詩人幽微的心靈。以下分析貫休的交往詩在生活與創作上的分享及其內涵。

（一）感慨不遇與老病

「不遇」是貫休長期以來苦悶之一環，「老病」則更因不遇而加重心理與生理的沉痾，這困頓的生活情態在詩人的交往詩作裡偶有透露。〈鄂渚贈祥公〉即是首透過自嘲而向友人自剖心境之作：

> 寂寥堆積者，自爲是高僧。客遠何人識，吟多冷病增。
> 松煙青透壁，雪氣細吹燈。猶賴師於我，依依非面朋。
>
> 〔註190〕

首聯即自我調侃，云自識甚高，而實際生活卻是寂寞寥落的。頷聯更感嘆知音難覓，詩吟再多也只是徒增孤寂之病。頸聯以透壁青煙和雪氣吹

〔註188〕 覃召文：《禪月詩魂——中國詩僧縱橫談》，頁192。
〔註189〕 覃召文：《禪月詩魂——中國詩僧縱橫談》，頁193。
〔註190〕 陸永峰：《禪月集校注》卷九〈鄂渚贈祥公〉，頁193。

燈的清冷意象傳達內心感受，末聯慶幸祥公罕爲眞誠相交之友，「面朋」
乃朋而不心也。全詩透過自嘲向祥公吐露知音難覓的苦悶，詩人內心的
抑鬱藉由「寂寥、自爲是、何人識、冷病增、青煙、雪氣」等慨嘆與意
象全然抒發，傾訴他鬱鬱寡歡的心靈與生活。〈感懷寄盧給事二首〉之
二亦慨「孤峰已住六七處，萬事無成三十年。」「如今憔悴荊枝盡，一
諷來書一愴然。」〔註191〕對友感嘆一事無成甚至憔悴失友的困窘生命。
多舛的際遇讓貫休反省過自我人格特質，於是在與胡進士往來的詩作裡
生發出「道在誰爲上，吾衰自有因。秖應江海上，還作狎鷗人。」〔註
192〕這類與世寡合、合應歸隱弄霞玩鷗之念頭，「道在誰爲上，吾衰自
有因」亦語含自我解嘲的無奈透過此詩對友哀嘆。

　　而歲月的流逝使長期不遇的貫休感到心慌，前述論及過貫休的生
命情調乃屬積極奮進類型，而滿懷追求功名、輔政淑世願景的他卻屢
屢困挫而坐視歲月無情流逝，再加以健康不再，這扼殺凌雲壯志的兩
大殺手「年老」與「疾病」紛紛纏身，使他的嘆息更深了，他多次對
友嘆訴欲振乏力的困頓心情「白頭爲遠客常憶白雲間。秖覺老轉老，
不知閑是閑。」〔註193〕、「金脈火初微，開門竹杖隨。此身全是病，
今日更嗔誰？」〔註194〕、「靜住黔城北，離仁半歲彊。……多病如何
好，無心去始長。」〔註195〕，老病纏身即便有再多的理想、衝勁也
如「欲將輕騎逐，大雪滿弓刀」一般令人扼腕，詩人向友吐露這無奈
的幽微心境，也間接自訴他乏困的生活。

（二）表達以入世為出世之懷抱

　　除了感嘆不遇與老病，禪師貫休也透過這些交往詩表達了他以入
世爲出世的懷抱。「佛主出世，儒主入世」〔註196〕此觀念於中國化的

〔註191〕　陸永峰：《禪月集校注》卷二十四〈感懷寄盧給事二首〉之二，頁476。
〔註192〕　陸永峰：《禪月集校注》卷十二〈胡進士北齋避暑〉，頁251。
〔註193〕　陸永峰：《禪月集校注》卷十二〈晚春寄吳融于兢二侍郎〉，頁251。
〔註194〕　陸永峰：《禪月集校注》卷十〈早秋即事寄馮使君〉，頁220。
〔註195〕　陸永峰：《禪月集校注》卷十一〈秋末寄張侍郎〉，頁231。
〔註196〕　漢譯佛典並無「入世」概念出現，所謂「入世」概念是佛教傳入中

佛教——禪宗身上得到調和，作爲禪宗大興之下的產物，詩僧內儒外佛的生命樣態成爲佛教中國化最鮮明的典型性表徵，又本色爲「士」的詩僧〔註197〕再加以濡涉了「視心見性，自成佛道」的即心即佛禪宗心法〔註198〕、「行亦禪，坐亦禪，語默動靜體安然」的佛非定相觀〔註199〕以及「解道者，行住坐臥，無非是道。悟法者，縱橫自在，無非是法」的平常心是道思想〔註200〕，遂使得詩僧的生命在萬法盡在自性中展開，禪宗此拋卻坐禪、不重經典的方便法門一開，其符合人性之作法遂廣爲中國文化接受，也促成僧侶走出佛寺步入世間，詩

國後，在與儒家思想的交涉中，逐漸形成的。它最早的理論型態，見於《理惑論》第十一章：「堯舜周孔，修世事也；佛與老子，無爲志也。」以及南朝顧歡所謂「孔老治世爲本，釋氏出世爲宗」。後來才演變成「佛主出世，儒主入世」的形式。這種是以儒家爲入世，以與佛教的出世相對應的形式，長期佔據著中國思想界的主導地位。周學農：〈入世、出世與契理契機〉，收錄於佛光山文教基金會總編輯：《中國佛教學術論典8》（高雄縣大樹鄉：佛光山文教基金會出版，2001年），頁104。

〔註197〕 儀平策云：「詩僧的本色就是『士』，先士後僧。」，見儀平策：〈中國詩僧現象的文化解讀〉，《山東大學學報》哲學社會科學版（1994年第2期），頁46。

〔註198〕 慧能云：「無念、無憶、無著，莫起誑妄，即是眞如性。用智慧觀照，於一切法不取不捨，即見性成佛道。」〔唐〕慧能：《壇經校釋》二十七，頁53。

〔註199〕 「行亦禪，坐亦禪，語默動靜體安然」爲玄覺〈永嘉證道歌〉。「佛非定相」乃指佛不是某種固定的形象，而是自由自在的境界，因此修行成佛，參禪悟道也不應當拘執於某種固定形式。參見刑東風：〈南宗禪學研究〉，收錄於佛光山文教基金會總編輯：《中國佛教學術論典27》，頁125。

〔註200〕 馬祖道一承六祖慧能一路，主張「即心是佛」，更進一步認爲修禪者應將人的一切心念、行爲，不論善惡、苦樂都視爲佛性的表現，而非抽象的講眞心、清淨心，故提出「平常心是道」的命題，「只如今行住坐臥應機接物盡是道」，進一步將禪宗世俗化、通俗化，此乃建立在「即心即佛、萬法性空、三界唯心」的哲理基礎上。大珠慧海爲馬祖道一法嗣，以「解道者，行住坐臥，無非是道。悟法者，縱橫自在，無非是法」坐實了「平常心是道」。顧宏義注譯：《新譯景德傳燈錄》（上）卷六「江西道一禪師」、「越州大珠慧海禪師」（台北：三民書局，2005年），頁341～360。

僧即是貫徹此轉型之佛教教義的作手。端視貫休交往詩裡表達的「以入世爲出世」之懷抱，即演繹了佛教在中國世俗化的轉型與實踐。〈寄栖一上人〉道出心隱而非身隱之志：

> 花塹接滄洲，陰雲閑楚丘。雨聲雖到夜，吟味不如秋。
> 古屋藏花鴿，荒園聚亂流。無機心便是，何用話歸休？

〔註201〕

此詩由詮說〈大乘起信論〉一心開二門之理致切入「一心有二種門：所謂心眞如門，心生滅門。此二種門各攝一切法，以此輾轉不相離故。」〔註202〕，因此貫休以「古屋、荒園」比譬心之本體，以「花鴿、亂流」影射世間緣起，「心眞如者，即是一法界大總相法門體，以心本性不生不滅相。一切諸法皆由妄念而有差別。若離妄念，則無境界差別之相。」〔註203〕，禪宗承〈起信論〉強調「心」的作用，以處染常淨爲悟入之道，標舉「無念爲宗」進一步演繹到「不即不離，不住不著，縱橫自在，無非道場」〔註204〕遂有貫休「無機心便是，何用話歸休？」這樣修心捨妄何需身隱之論。貫休還有「至竟道心方始是，空耽山色亦無端」〔註205〕的詩句證成觀心之禪法，這種在出世與入世之間採取不即不離的態度，於〈上盧使君〉一詩明確言詮：

> 一別旌旗已一年，二林眞子勸安禪。
> 常思雙戟華堂裡，還似孤峰峭壁前。
> 步出林泉多吉夢，帆侵分野入祥煙。
> 自憐酷似隨陽雁，霜打風飄到日邊。〔註206〕

此詩語含奮進之志，縱然友朋苦勸貫休安坐修習禪法，以得禪定和解

〔註201〕 陸永峰：《禪月集校注》卷十一〈寄栖一上人〉，頁230。

〔註202〕 杜繼文譯注：《大乘起信論全譯》（四川：巴蜀書社，1992年），頁139。

〔註203〕 杜繼文譯注：《大乘起信論全譯》，頁140。

〔註204〕 此爲黃檗禪師之語，轉引自龔雋：《《大乘起信論》與佛教中國化》（台北：文津出版社，1995年），頁170。

〔註205〕 陸永峰：《禪月集校注》卷二十五〈溪寺閑眺因寄宋使君〉，頁496。

〔註206〕 陸永峰：《禪月集校注》卷二十五〈上盧使君〉，頁493。

脫之道，但在他心裡卻認爲遁入塵世亦能修行，禪修不必然青燈古佛，處身廊廟亦能如面對孤峰峭壁，只要心能離妄、無所掛礙則能自由自在。誠如貫休自云的「三界無家是出家」〔註207〕，禪宗「三界唯心」的心性說在貫休手中將之演繹於世間法中，他認爲行住坐臥合道與否端在一心，是以即心即佛，以入世爲出世。

大抵禪宗在中晚唐以降秉「見性成佛、平常心是道」而走向世俗化的發展，這使詩僧得以有「理論」的依據與支持而廣泛的參與社會，在體察民情、洞察惡政之後，悲憫之情進一步推動淑世思想，遂與政治的糾葛越來越深、心也離自在清淨越來越遠，難以不即不離、不住不著，再加以內儒外佛的「士」之本色，詩僧的發展在出世情調裡透著難掩的入世熱情，上述貫休的交往詩流露之情懷就是絕佳的觀察基模。

（三）創作生活點滴

再者，唱酬不輟的交誼詩作也免不了創作上的心得分享與文學觀的交流。晚唐窮士詩人眾多，苦吟之風席捲當代，幾乎大小詩人都有刻苦爲詩之舉以及哀吟貧苦困頓之作，業師李建崑先生的《中晚唐苦吟詩人研究》即歸納了「苦吟」的四種涵義：殫精竭慮之創作態度、耽思冥搜之創造歷程、貧寒哀苦之詩歌內容、耽溺詩詠之詩人典型〔註208〕，以此對照貫休與友人的唱酬內容亦現此四種苦吟之態，他不但發出生活困頓之悲鳴，也耽溺詩詠之中，肯定鍛字鍊句，還對詩歌的社會性作出表詮，這些細節都指向貫休的創作生活貼合著整體晚唐苦吟的氛圍，成了苦吟詩人群的一員。

〈夜對雪作寄友生〉即是首含括多種苦吟情態之作：

皓彩中宵合，開門失所蹤。何年今夜意，共子在孤峰。
氣射燈花落，光侵壁蟀濃。唯君心似我，吟到五更鐘。

〔註207〕「無家」指心無掛礙。陸永峰：《禪月集校注》卷十九〈酬周相公見寄〉，頁398。

〔註208〕李師建崑：《中晚唐苦吟詩人研究》，頁2～8。

〔註209〕

深夜孤寒苦吟，遙念遠方友人，友人想必也似貫休嗜吟成趣，徹夜不寐耽於吟詠。全詩造境清冷，「氣射燈花落」予人寒氣逼人的感受、「光侵壁罅濃」也傳達冷光清寒凍骨之凌冽，冷峭的意象、寒苦的生活、耽詠的生命，交織出詩人苦悶低迴的生活，貫休將之寄予友人分享近況。寫給摯友王慎之詩亦自陳「無端求句苦，永日壑風吹。秖應劉越石，清嘯正相宜。」〔註210〕分享終日苦吟覓句、清曠悲慨的生活心境。

　　長期不遇使貫休的心曲常表露寂寥之情，作詩參禪成了世亂紛紛中的生活自遣，〈春晚寄盧使君〉即向盧知猷吐露近況與心境：

　　　　滿郭春如畫，空堂心自澄。禪拋金鼎藥，詩和玉壺冰。
　　　　白雨飄花盡，晴霞向閣凝。寂寥還得句，因寄柳吳興。

〔註211〕

滿園春色但內心卻是清明空澄的，平日參禪持修，悟空之餘何需丹藥擬求長生，也寫詩寄託高潔冰清的心志，寂靜冷清的日子吟詠得句，遂寄予時相往來的盧使君。諸如此類作詩參禪的寂寞生活寫真亦見於與宋震往來的詩作中「禪坐吟行誰與同，杉松共在寂寥中。碧雲詩理終難到，白藕花經講始終。」〔註212〕，「禪坐吟行」、「寂寥」描述了詩人的生活重心與心情，困頓的生活再加上耽溺吟詠且情懷低迴沉鬱，貫休與友人分享的創作生活乃為「苦澀」基調，他同眾多苦吟詩人一般以寫詩來排遣生活辛酸，也尋求佛禪的解脫之道撫慰困頓，從這些生活點滴可將之歸於苦吟詩人而不謬也。

　　而執著的創作態度與詩務經綸之儒家政教文學觀點，亦是這些分享創作生活的交往詩所能融攝的內涵。他讚賞桂雍「句須人未道，君此事偏能」〔註213〕、也與張格分享「騷雅歡擎九轉金」〔註214〕的創作心

〔註209〕　陸永峰：《禪月集校注》卷八〈夜對雪作寄友生〉，頁182。
〔註210〕　陸永峰：《禪月集校注》卷十五〈秋望寄王使君〉，頁316。
〔註211〕　陸永峰：《禪月集校注》卷十五〈春晚寄盧使君〉，頁320。
〔註212〕　陸永峰：《禪月集校注》卷十九〈上新定宋使君〉，頁392。
〔註213〕　陸永峰：《禪月集校注》卷十五〈寄新定桂雍〉，頁311。

路歷程，道盡貫休對創作需投以鍛字鍊句之竭力精神的肯定，推敲琢磨、勉力爲詩的創作歷程與態度，成爲詩人們談詩論藝的重點話題。此外，貫休也常與友人分享他「禪補時闕」的實用文學觀，「文章國器盡琅玕」〔註215〕、「詩業務經綸」〔註216〕、「爲文攀諷諫」〔註217〕都是他勉勵鄭騫、李釗與對馮岩自剖的文學觀，承繼了元白「補察時政、洩導人情」的儒家政教文學傳統。

　　三百三十八首爲數眾多的交往詩體現了貫休的俗情、關懷、生活與一部分的創作觀，詩人豐富的社交生活透過這三百多首詩一覽無遺，其中許多瑣碎至極的生活感受均入詩作，其內涵雖屬詠懷詩，但考量到酬贈對象爲友人，寫作動機爲「分享」生活情懷，故將之歸入交往詩中觀照。總體來說，這些社交之作格局不大，卻能透過生活細節使我們對貫休的人際關懷、情感狀態、生活處境得到了解，這些喜怒哀樂讓人看見詩僧亦爲有情人，衲衣下的心靈亦因滾滾紅塵事而悸動不已。

第三節　詠懷詩

　　詩歌乃緣情言志之心靈載體，換句話說，詩歌的本質就是詠懷。《文鏡祕府論》云：「詠懷，詠其懷抱之事也。」〔註218〕，有情世間必起興感，發而爲詩而呈萬端之態，或懷古緬史崇賢諫邪、或詠物興寄抒發幽微、或見聞感懷自剖心志、或省思領會發而爲勸，這些都是常見的詠懷詩主題，歸納整理《禪月集》之作，能夠觀察到貫休多情的心靈亦透過這些直接或曲隱的方式，淋漓盡致的自剖胸懷、訴說他對人生的領會並作出規勸，以下分析之。

〔註214〕　陸永峰：《禪月集校注》卷十九〈酬張相公見寄〉，頁395。

〔註215〕　陸永峰：《禪月集校注》卷二十五〈送鄭侍郎騫赴闕〉，頁492。

〔註216〕　陸永峰：《禪月集校注》卷十七〈送李釗赴舉〉，頁365。

〔註217〕　陸永峰：《禪月集校注》卷十〈寄馮使君〉，頁212。

〔註218〕　弘法大師：《文鏡祕府論》南卷（台北：河洛出版社，1976年），頁135。

一、自剖與願景

貫休有多首自剖之作，以自陳的方式直抒懷抱，是透視掌握詩人心志、解讀其自詡自期的快捷門徑；而另一種曲隱的表達方式則以詠物和懷古詠史來托言喻志，這類即物達情的比興之法、撫今追昔的沉鬱之情亦足體究詩人的幽微底蘊。林麗娟曾從《詩經》、《楚辭》、《古詩十九首》到阮籍的詠懷之作統觀詠懷詩的歷史，釐析該類詩寄寓的主題有懷鄉愛國之情、生離死別之感、曠世不遇之悲與憂思傷心之懷，及至杜甫始將詠懷範圍超越自己而擴及民胞物與之人倫精神〔註219〕。貫休承此詠懷詩發展傳統，除了自剖心志、自陳處世態度還表達對君王、美政的期待。

（一）自剖、自詡與自期

自剖詩的「直陳」特色讓詩作呈現自傳風貌，〈古意九首・陽烏爍萬物〉即是首典型之作：

> 陽烏爍萬物，草木懷春恩。茫茫塵土飛，培壅名利根。
> 我本事蓑笠，幼知天子尊。學為毛氏詩，亦多直致言。
> 不慕需臑類，附勢同崩奔。唯尋桃李蹊，去去長者門。
> 〔註220〕

詩人自云本是鄉野之人，自幼知道天子德尊望重的地位，學習《詩經》，亦承詩多直致，語少切對〔註221〕的質樸率真風格。不慕羨那些附勢趨利的小人，亦絕不與之同沉淪。我只追尋為人真誠篤實之輩，企踵「桃李不言，下自成蹊」之德風。全詩自詡心志抗潔，稟承溫柔敦厚之詩教，對詩歌美刺之教化功能也有一定程度的體認，簡言之，貫休自剖為一大雅君子也。〈古意九首・乾坤有清氣〉更言詩人品格上的使命：

〔註219〕 林麗娟：《杜甫詠懷詩學研究》（高雄：高雄文化出版社，1991年），頁80〜90。
〔註220〕 陸永峰：《禪月集校注》卷二〈古意九首・陽烏爍萬物〉，頁22。
〔註221〕 《河嶽英靈集・序》：「至如曹劉，詩多直語，少切對。」見〔唐〕殷璠：《河嶽英靈集》（上海：上海商務印書館，1965年），頁1。

乾坤有清氣，散入詩人脾。聖賢遺清風，不在惡木枝。

千人萬人中，一人兩人知。憶在東溪日，花開葉落時。

幾擬以黃金，鑄作鍾子期。〔註222〕

「清」一直是儒家對人格高潔美的形容，如孟子讚伯夷「聖之清者」〔註223〕、孔子許陳文子「清矣」之評〔註224〕、王逸註《離騷》稱許屈原「清高」〔註225〕，貫休以「清」許身詩人，其實就是在人格上的自許，他曾云「從來相狎輩，盡不是知音」〔註226〕、「媚世非吾道，良圖有白雲」〔註227〕，這些直抒胸臆之言讓人看見貫休在節操持守上的自詡，但世態濁劣讓他也不免發出「有時作章句，氣概還鮮逸。茫茫世情世，誰人愛貞實？」〔註228〕的興嘆。又，世濁知音寡，這種穆如清風的人格奉持卻鮮少得到認同，因此貫休突發奇想，擬以黃金鑄一個如鍾子期般的知音常伴左右。

〈別杜將軍〉亦是首典型的自剖詩：

伊余本是胡為者，採蕡鋤茶在窮野。偶拋簑笠事空王，餘力為文擬何謝？少年心在青雲端，知音動地皆龍鸞。遽逢

〔註222〕　陸永峰：《禪月集校注》卷二〈古意九首・乾坤有清氣〉，頁24。

〔註223〕　《孟子・萬章》：「伯夷目不視惡色，耳不聽惡聲。非其君不事，非其民不使。治則進，亂則退。橫政之所出，橫民之所止，不忍居也。思與鄉人處，如以朝衣朝冠，坐於塗炭也。當紂之時，居北海之濱，以待天之下清也。故聞伯夷之風者，頑夫廉，懦夫有立志。……孟子曰：『伯夷、聖之清者也。』」史次耘註譯：《孟子今註今譯》，頁260。

〔註224〕　《論語・公冶長》：「子張問曰：崔子弒齊君，陳文子有馬十乘，棄而違之；至於他邦，則曰：『猶吾大夫崔子也！』違之：之一邦，則又曰，『猶吾大夫崔子也！』違之：何如？子曰，『清矣！』」，孔子以齊國大夫陳文子「棄而違之」之舉讚他是個潔身自好的人。毛子水註譯：《論語今註今譯》，頁68。

〔註225〕　〔漢〕王逸：「凡百君子莫不慕其清高，嘉其文采，哀其不遇而愍其志焉。」見〔宋〕洪興祖：《楚辭補註》卷一〈離騷經章句第一〉（台北：藝文印書館，1968年），頁12。

〔註226〕　陸永峰：《禪月集校注》卷十二〈送智先禪伯〉，頁257。

〔註227〕　陸永峰：《禪月集校注》卷十七〈故林偶作〉，頁360。

〔註228〕　陸永峰：《禪月集校注》卷三〈寄杜使君〉，頁63。

天步艱難日，深藏溪谷空長歎。偶出重圍遇英哲，留我江
樓經歲月。身隈玉帳香滿衣，夢歷金盆金華山最高處雨和雪。
東風來兮歌式微，深雲道人召來歸。燕辭大廈兮將何爲？
濛濛花雨兮鶯鶯飛，一汀楊柳兮同依依。〔註229〕

全詩自陳出身窮野，因機緣而事空王，卻仍餘力爲文。然而年少之心
有青雲之志，知音亦皆爲龍鸞才秀之輩，奈何遽逢國運艱難而徒然藏
身溪谷空自長嘆。人生際遇偶逢杜將軍賞識，貫休感懷在心，在別離
的時刻作詩一表依依之情。由此詩前半段可一窺詩人的心路歷程與迭
起的際遇，這「少年心在青雲端」、「深藏溪谷空長歎」的剖白掩藏不
住貫休壯志未酬的感慨失落，「知音動地皆龍鸞」也讓人看見貫休自
詡自期的人格操持，是首帶有自傳風貌之作。

　　詩人的感慨與發想，讓人體察到他清高自期卻又異常孤獨的懷
抱，歷史上清介之人總是寂寞，屈原堪爲表率，貫休也曾作詩歌詠這
位他心中的「古賢知音」，容後於懷古詠史的段落再行申論。

（二）政治願景

　　詩人的懷抱也從人格操守的自持推及到政治上的美善願景。〈古
意九首・美人如遊龍〉即以喻托手法寫對君主的期待：

美人如遊龍，被服金鴛鴦。手把古刀尺，在彼白玉堂。
文章深掣曳，珂佩鳴丁當。好風吹桃花，片片落銀床。
何妨學羽翰，遠逐朱鳥翔。〔註230〕

此詩承屈原借「美人」暗喻政治處境或理想期待〔註231〕，王逸〈離

〔註229〕　陸永峰：《禪月集校注》卷六〈別杜將軍〉，頁123。
〔註230〕　陸永峰：《禪月集校注》卷二〈古意九首・美人如遊龍〉，頁23。
〔註231〕　〔宋〕洪興祖《楚辭補註》於〈思美人〉章下云「此章言己思念其
　　　　　君不能自達，然反觀初志不可變易，益自脩飭死而後已也。」揭示
　　　　　美人乃喻君主也。吳旻旻在《香草美人文學傳統》一書亦指出楚辭
　　　　　中的「美人」意象暗喻臣子的政治失落感，屈原借「美人」傳達之
　　　　　情屬士大夫階層抒發自身不遇之慨。參見〔宋〕洪興祖：《楚辭補
　　　　　註》卷四〈九章章句第四〉，頁247；吳旻旻：《香草美人文學傳統》
　　　　　（台北：里仁書局，2006年），頁36～41。

騷經章句〉云：「離騷之文，依詩取興，引類譬喻，故善鳥香草以配忠貞，惡禽臭物以比讒佞，靈修美人以媲於君，宓妃佚女以譬賢臣，虯龍鸞鳳以託君子，飄風雲霓以爲小人！」〔註232〕觀貫休在此對美人的托喻即屬《楚辭》引類譬喻對君王的期許，詩云美人（君主）就好比遨遊之龍，穿著繡有金鴛鴦的衣服，手持法柄端坐華堂，服飾上紋路牽扯，腰際佩飾叮噹作響，春風吹拂著桃花，片片飄落在積雪未融的銀色大地，美人（君主）啊！何不學那揚舉的翅膀，追逐鸞鳳而遠翔。全詩寄喻君主應有尊貴的權相，並具奮起凌揚之志，貫休如此喻托其實是有感於晚唐國君權柄旁落、意志衰頹而寄以「美人」傾訴內心對君權奮振的理想期待。〈善哉行古曲傷無知音〉〔註233〕亦是一首承屈原借「美人」暗喻不遇知音明主的傷懷，末句「久不見之兮，湘水茫茫」總括詩人對政治懷抱願景卻又難遇伯樂君主的失落心情。

又，〈擬君子有所思二首〉之二云「安得龍猛筆，點石爲黃金。散爲酷吏家，使無貪殘心。」〔註234〕則深懷悲憫，憂切酷吏剝削蒼生，希望能得西岳龍猛大士點筆成金之能，滿足酷吏的貪婪之心而使百姓免去被壓榨之苦。這些都是貫休內心對美政的殷殷期待，不論是化作婉曲的美人或抗激的希冀，詩人對政治的憂懷與願景藉由這些詠懷之作傾洩而出。

二、詠物與懷古詠史

前述以自陳的方式直抒懷抱，或娓娓道來清慨的心曲，或激昂直切的表達政治願景，都是貫休直述不曲的詠懷之貌。而另一種曲隱的表達方式，則是藉詠物和懷古詠史來托言喻志，在婉轉的詠嘆中塊壘自現。

（一）詠物寓志

林師淑貞在《中國詠物詩「託物言志」析論》一書中以「詠物本

〔註232〕 〔宋〕洪興祖：《楚辭補註》卷一〈離騷經章句第一〉，頁 12。
〔註233〕 陸永峰：《禪月集校注》卷一〈善哉行古曲傷無知音〉，頁 1
〔註234〕 陸永峰：《禪月集校注》卷四〈擬君子有所思二首〉之二，頁 79。

質在抒情言志，並且借物象來諷誡，如此曲隱方式，可謂得《詩三百》之遺風。」〔註235〕來詮解詠物詩上承《詩經》比興、詠懷言志之深蘊。王夫之《薑齋詩話》以「即物達情」〔註236〕統攝盛唐以降詠物詩由客觀趨向主觀的「寄寓」特質。王秀林更進一步指出唐末五代詩僧的詠物詩開宋詩描寫細緻入微之風，他們著意經營，苦心孤詣，在對物象細節忠實而精細的描繪刻畫中，表達了禪機、詩趣、情調、思緒和感受〔註237〕。貫休的詠物詩即體現了上述託物言志、即物達情、刻畫入微的題材旨趣。

綜觀《禪月集》裡的詠物詩，歌詠內容豐富多元，舉凡鏡、花、鳥、硯、壺、筆、棋、泉、蟬、月、琴、雲、苔、寺祠、珓子、數珠等，都入貫休的詩詠之中，在描寫物相入微之餘也不可免的寄託心志懷抱。如對水精數珠的描摹便達絲絲入扣之境：

> 磨琢春冰一樣成，更將紅線貫珠纓。
> 似垂秋露連連滴，不濕禪衣點點清。
> 棄拋乍看簾外雨，散罷如睹霧中星。
> 要知奉福明王處，常念觀音水月明。〔註238〕

此詠物詩對水精數珠晶瑩剔透的外貌、冰澈透心的觸感、紅線貫串的組合方式都作細緻的描繪，連遠拋散射呈現如簾外雨、霧中星的視覺感受都以詩的美感想像加以形容，掌握了物（數珠）之動靜情態。再如〈新蟬〉「尋常看不見，花落樹多苔。忽向高枝發，又從何處來？風清聲更揭，月苦意彌哀。多少求名者，年年被爾催。」〔註239〕全詩不著一句蟬貌，單以蟬鳴結合年復一年的時不我與之感來抒懷。此外，〈黃鶯〉「一種為春禽，花中開羽翼。如何此鳥身，便作黃金色？黃金色，

〔註235〕 林師淑貞：《中國詠物詩「託物言志」析論》（台北：萬卷樓圖書有限公司，2002年），頁223。
〔註236〕 王夫之：《薑齋詩話》卷下，收錄於丁仲祜編訂：《清詩話》上，頁12。
〔註237〕 王秀林：《晚唐五代詩僧群體研究》，頁314。
〔註238〕 陸永峰：《禪月集校注》卷二十六〈禪月大師懸水精念珠詩〉，頁518。
〔註239〕 陸永峰：《禪月集校注》卷十七〈新蟬〉，頁355。

若逢竹實終不食。」〔註240〕則有王秀林指出的「詩僧詠物詩容易淪爲攝影機式的拍照，而忽視了對詩味、詩境等的追求」〔註241〕之弊，然而，這僅爲貫休詠物詩極少數無寄託之詩例。

在寫實之餘，禪機的透露，如「爲潤知何極，無邊始自由」〔註242〕借流泉啓示自由自在無所拘束的禪理至境；託物表彰節操，如詠橘「不緣松樹稱君子，肯便甘人喚木奴」〔註243〕、詠孤雲「清風相引去更遠，皎潔孤高奈爾何」〔註244〕的寓志之作，都是貫休詠物託懷的具體呈現。除此之外，這些詠物詩反覆詠「鏡」值得探討詩人在其中的喻託，〈古鏡詞上劉侍郎〉：

> 至寶不自寶，照古還照今。仙人手脈脈，寥泬秋沉沉。
> 不是十二面，不是百鍊金。若非八彩眉，不可輒照臨。
> 即歸玉案頭，爲君整冠簪。即居吾君手，照出天下心。
> 恭聞太宗朝，此鏡當宸襟。六合懸清光，萬里無塵侵。
> 此鏡今又出，天地還得一。〔註245〕

此詩援唐太宗在魏徵死後的慨言「以銅爲鑑，可正衣冠；以古爲鑑，可知興替；以人爲鑑，可明得失」〔註246〕表興感，將古鏡寄寓以照古照今照出天下心之「史鑑」的功能。〈古鏡詞〉「我有一面鏡，新磨似秋月。上唯金膏香，下狀驪龍窟。等閑不欲開，醜者多不悅。或問幾千年，軒轅手中物。」〔註247〕則以鏡照醜惡無所遁形，賦與古鏡正義的象徵；貫休還提過「客從遠方來，遺我古銅鏡。挂之玉堂上，如對軒轅聖。」〔註248〕，可知貫休的詠鏡詩所託喻的內涵大致與鑑

〔註240〕陸永峰：《禪月集校注》卷六〈黃鶯〉，頁143。
〔註241〕王秀林：《晚唐五代詩僧群體研究》，頁316。
〔註242〕陸永峰：《禪月集校注》卷十〈東西二林寺流泉〉，頁219。
〔註243〕陸永峰：《禪月集校注》卷二十二〈庭橘〉，頁448。
〔註244〕陸永峰：《禪月集校注》卷二十二〈孤雲〉，頁449。
〔註245〕陸永峰：《禪月集校注》卷二〈古鏡詞上劉侍郎〉，頁42。
〔註246〕〔宋〕歐陽修、宋祁合撰，楊家駱主編：《新校本新唐書》卷九十七列傳第二十二〈魏徵〉（台北：鼎文書局，1976年），頁3880。
〔註247〕陸永峰：《禪月集校注》卷三〈古鏡詞〉，頁47。
〔註248〕陸永峰：《禪月集校注》卷三〈古意代友人投所知〉，頁50。

照興亡、或擬軒轅鏡能辨真假來寄託己身對政治的關懷。

又，貫休還歌詠了許多日常小物，並託以奮進自勉的情懷，如〈水壺子〉「不應嫌器小，還有濟人功」〔註249〕、〈筆〉「何妨成五色，永願助風騷」〔註250〕、〈東西二林寺流泉〉「好歸滄海裏，長負濟川舟」〔註251〕、〈詠竹根珓子〉「但令筋力在，永愿報時昌」〔註252〕、〈硯瓦〉「儻然仁不棄，還可比琅玗」〔註253〕，這些小物雖身分低微，但詩人期許它們胸懷大志獻身家國，要有濟人之功、匡助風騷之能、負舟之擔當、報國之宏願以及美玉之德操，若對照貫休曾表露的「釋子霑恩無以報，秪擎章句貢平津」〔註254〕、「釋子霑恩無以報，只將菩菲賀階墀」〔註255〕之卑身仍貢的情感來看，這些小物其實也是貫休的自託，他對小物的期許亦即對自我的期勉。

貫休詠物詩還有「以物詠史」進而得到警策與教化之寓的託寄，如〈棋〉：

> 棋信無聲樂，偏宜境寂寥。著高圖暗合，勢王氣彌驕。
> 人事掀天盡，光陰動地銷。因知韋氏論，不獨為吳朝。
> 〔註256〕

從棋局靜謐寂寥的氛圍起興，在你來我往的攻掠過程中一覷歷史縱深，能力智謀高人一等者，仍須圖偶然遇合始能成就勝場；強勢的一方，霸氣將益加驕盈，在天時地利人和的聚攏下，霸業方成。這些如麻的世間事盡沒於歷史的洪流裡，光陰在流轉中亦耗竭銷融。終於明白韋昭（公元 204～273，東吳第一史家）所編之吳史不僅言吳，更

〔註249〕 陸永峰：《禪月集校注》卷八〈水壺子〉，頁180。

〔註250〕 陸永峰：《禪月集校注》卷八〈筆〉，頁181。

〔註251〕 陸永峰：《禪月集校注》卷十〈東西二林寺流泉〉，頁219。

〔註252〕 陸永峰：《禪月集校注》卷八〈詠竹根珓子〉，頁179。

〔註253〕 陸永峰：《禪月集校注》卷八〈硯瓦〉，頁180。

〔註254〕 陸永峰：《禪月集校注》卷十九〈蜀王登福感寺塔三首〉之一，頁387。

〔註255〕 陸永峰：《禪月集校注》卷二十四〈賀鄭使君〉，頁477。

〔註256〕 陸永峰：《禪月集校注》卷八〈棋〉，頁182。

具照鑑歷史通則之能。詩人在棋局裡領會歷史興亡，借詠棋而言盛衰治亂之氣運。再如〈山茶花〉：

> 風栽日染開仙圃，百花色死猩血謬，
> 今朝一朵墮階前，應有看人怨孫秀。〔註257〕

此詩以山茶花艷紅如血般的色澤起興，墮於階前的下場則讓詩人興感於西晉時期豪奢的石崇因寵幸綠珠而得罪孫秀，綠珠為報恩遂忠貞墜樓殉節的史諫，貫休以艷麗至極的山茶花比喻美艷的綠珠，花的墮階猶如綠珠的墜樓，全詩在詠花之餘寄寓了財色引禍的歷史教訓，深具警策。其實《禪月集》裡還有兩首詠史懷古之作（〈洛陽塵〉、〈偶作五首〉之五）以石崇豪奢招禍之史實借古鑑今，這部分將於「詠嘆古史」的段落裡再行申論。

（二）詠嘆古史

　　不只詠物詩抒發了詩人的心志情思，詠史懷古之作更讓貫休追慕古賢、審時傷勢之曠懷在反省中得到發抒。綜觀詠史懷古的發展源流，兩者早期各有不同的偏向與重心，賴玉樹《晚唐五代詠史詩之美學意識》一書針對歷來各方對詠史詩與懷古詩的定義作過歸納分析，並觀察到兩者的後續發展呈現重疊交織、曖昧不明的灰色地帶。賴玉樹指出在晚唐五代時期，許多詠史詩作品裡已經滲透懷古的情緒，可以稱之為「懷古式」的詠史詩，因而取劉學鍇的說法「懷古詩多因景生情，撫迹寄慨，所抒者多為今昔盛衰、人事滄桑之慨；而詠史詩多因事興感，撫事寄慨，所寓者多為對歷史人事的見解態度或歷史鑒戒。」視為較中肯完備的定義〔註258〕。賴氏之論為詠史懷古提供了良好的觀察路徑，撫迹連代撫事的人之常情遂使詠史懷古圈合一體，這在貫休此類思古幽情之作裡亦能印證，因此本段落以「詠嘆古史」為標題進行探討。

〔註257〕陸永峰：《禪月集校注》卷三〈山茶花〉，頁67。
〔註258〕賴玉樹：《晚唐五代詠史詩之美學意識》（台北：秀威資訊科技股份有限公司出版，2005年），頁50。

再者，許鋼與胡遂都曾以哲理揭示歷來對懷古詠史之認識與讀解，許鋼云：

> 詠史詩最基本的『認識模式』是道德規範，而被應用於此
> 的道德範疇，則是以那些儒家思想的基本概念來表示的，
> 如仁、義、禮、智、信、忠、孝、節、勇等等。〔註259〕

這種賦與歷史以道德化的眼光，洵為儒家重美善人格、教化旨歸之認識架構。又以時代精神而言「唐末五代的文人基本上以儒家積極入世精神為基礎，他們以自身的政治理想期望改造不安現實，對時代衰敗的痛感要求借前代誤國的事實作為反省、警戒的借鏡」〔註260〕，任元彬此論亦切合以「士」自居的貫休思想。胡遂則就懷古詩的發展歷程，揭示晚唐人的懷古已經開始具有一種從事物的本質、本性出發來體察宇宙人生現象背後的根本實質之明確意識，因而觀照禪宗發展導出晚唐的懷古詠史思潮體現了佛禪空觀：

> 晚唐不少懷古詠史詩都是通過對前朝風流繁華今日盡化為
> 塵土這一現象來揭示「諸法性空」之理。〔註261〕

今昔對照映襯無常人事變遷，白頭宮女所話的當年轉眼成空，是非得失、成敗榮枯其實看在佛家眼裡，本質並無不同。這也是晚唐人在面對歷史浩劫之後，終於「悟空」的心理歷程。這點佛徒貫休的體認不會少於那些感時傷勢的騷人墨客，再加以他的入世性格，遂讓貫休的懷古詠史詩鎔鑄了儒釋兩家的情懷，不但透澈了究竟，還具警策之用心。以下對貫休的詠嘆古史之作進行分析。

首先，道德追崇、風骨標榜是這些詠史懷古詩為貫休所詮釋歌誦的主軸。且看他兼具藝術性與思想性的著名詠史之作〈讀離騷經〉：

> 湘江濱，湘江濱，蘭紅芷白波如銀。終須一去呼湘君，問

〔註259〕 許鋼：《詠史詩與中國泛歷史主義》（台北：水牛圖書出版事業有限公司，1997年），頁66。

〔註260〕 任元彬：〈唐末五代的詠史詩〉，《中國人民大學學報》（2000年第1期）。

〔註261〕 胡遂：《佛教禪宗與唐代詩風之發展演變》（北京：中華書局，2007年），頁229。

> 湘神，雲中君，不知何以交靈均？我恐湘江之魚兮，死後
> 盡爲人。曾食靈均之肉兮，箇箇爲忠臣。又想靈均之骨兮，
> 終不曲。千年波底色如玉，誰能入水少取得？香沐函題貢
> 上國。貢上國，即全勝和璞懸黎，垂棘結綠。〔註262〕

詩人閱讀屈原愛國而憂思難任遂寫下的《離騷》，不禁幻想起那些吃
了屈原肉身的江底之魚，死後盡化爲人，且箇箇如同屈原忠肝義膽，
成爲國之棟樑。他又設想屈原之骨必定耿直不曲的尚沉於湘江波底，
歷經千年想必色澤如玉，有誰能入水取得一二？將之洗沐整潔、裝箱
簽題進貢聖朝。若將之進貢聖朝，這忠義之物的價值必定勝過和氏璧
之類的純正美玉。全詩充滿奇崛的想像，延續屈原所殉之身到那些食
肉之魚的來世，以及屈原的忠骨竟能歷經千年色澤青綠如玉的靜臥江
底，貫休以藝術的美感包裝深刻的思想，更加深他對愛國詩人屈原的
標舉，同時亦對其高蹈聖潔的理想與風骨作出跨越千年的推崇。〈讀
唐史〉則崇李景伯之忠良：

> 我愛李景伯，內宴執良規。君臣道昭彰，天顏終熙怡。
> 大簇怡清風，粃糠遼亂飛。洪爐烹五金，黃金終自奇。
> 大哉爲忠臣，捨此何所之？〔註263〕

李景伯乃唐中宗、睿宗時的善諫臣子，他謹守君臣份際，非常清廉自
持，貫休詠其忠良。其他如商代的正考甫、西漢的揚雄、漢成帝時正
直耿介的朱雲、以及因屢諫紂王而遭剖心的比干，都成爲貫休追崇標
榜的詠嘆對象：〈擬君子有所思〉「我愛正考甫，思賢作商頌。我愛揚
子雲，理亂皆如鳳。」〔註264〕、〈陽春曲〉「爲手須似朱雲輩，折檻
英風至今在。」〔註265〕、〈比干傳〉「昏王亡國豈堪陳，只見明誠不
見身。」〔註266〕，這些先烈之「賢能」、「英風」、「明誠」成爲後世

〔註262〕 陸永峰：《禪月集校注》卷一〈讀離騷經〉，頁2。
〔註263〕 陸永峰：《禪月集校注》卷六〈讀唐史〉，頁145。
〔註264〕 陸永峰：《禪月集校注》卷四〈擬君子有所思二首〉之一，頁79。
〔註265〕 陸永峰：《禪月集校注》卷一〈陽春曲〉，頁4。
〔註266〕 陸永峰：《禪月集校注》卷二十四〈比干傳〉，頁485。

的學習標竿，亦爲道德人格之楷模。

其次，以史爲鑑是懷古詠史詩於道德標舉之外，另一個以警策戒鑒爲目的的詠誦原因。累朝興亡往往成爲後世引以爲戒的歷史教訓，亦蘊含著歷史智慧，在撫今追昔的過程中，一幕幕前車之鑑累積了後世進步的智慧，歷史於是在層層疊疊的回顧與展望中匍伏前進。〈經吳宮〉即是首以吳王夫差昏庸致亡爲借鏡的詠嘆古史之作：

> 夫差昏暗霸圖傾，千古淒涼地不靈。
> 妖艷恩餘宮露濁，忠臣心苦海山青。
> 蕭條陵隴侵寒水，髣髴樓臺出杳冥。
> 此是前車況非遠，六朝何更不星星？〔註267〕

首句即直指夫差淪落到霸圖傾的下場乃因「昏暗」所致，他貪圖美色使宮中朝儀溷濁，忠臣欲振乏力之心苦不堪言。如此落得蕭條淒涼之境，這眞是不遠的前車之鑑啊，繼後的六朝爲何不更清醒的汲取教訓呢？全詩在反省吳王夫差亡國史實之餘感慨六朝沒能及時警訊而終致覆滅，貫休亦借史之議論給予當政者一記諷諫。

〈讀玄宗幸蜀記〉則是詩人以不久前玄宗昏昧遂致安史之亂，後被迫離開長安遠赴成都之當朝史事爲詠慨：

> 宋璟姚崇死，中庸遂變移。如何遊萬里，秖爲一胡兒？
> 泣涇乾坤色，飄零日月旗。火從龍闕起，淚向馬嵬垂。
> 始憶張丞相，全師郭子儀。百官皆剽劫，九廟盡崩騰。
> 塵撲銀輅暗，雷奔棧閣危。倖臣方賜死，野老不勝悲。
> 時有群叟遮，道泣見于上。及雷飄淪日，行宮寂寞時。
> 人心雖未厭，天意亦難知。聖雨歸丹禁，承乾動四夷。
> 因知納諫爭，始是太平基。〔註268〕

首句感懷宋璟姚崇兩位名相過世之後，大唐中正不偏的執政之道遂悄然改變。玄宗被迫遠赴成都之因，竟是爲了一位胡兒亂賊！禍亂之火從宮闕燒起，到馬嵬坡不得不賜死楊貴妃，這場變亂讓人回憶起賢相

〔註267〕 陸永峰：《禪月集校注》卷二十五〈經吳宮〉，頁490。
〔註268〕 陸永峰：《禪月集校注》卷八〈讀玄宗幸蜀記〉，頁185。

張九齡「祿山狼子野心，有逆相，宜即事誅之，以絕後患」〔註269〕
之諫，以及郭子儀平定安史之亂的重大功勳，想當時朝廷百官劫亂紛
紛，帝王宗廟也盡被破壞崩隳，情勢緊迫遂使聖駕逃難在即，到了馬
嵬坡玄宗賜死佞臣楊國忠，並受到百姓攔道悲哭乞留太子討賊。雖然
亂事暫平後玄、肅二宗也歸回紫禁城繼續承奉天道，但自此國運開始
如屋簷之水飄零，帝王行在轉趨落寞孤寂。是以後來當政者須知道納
諫的重要，唯有如此才能永保太平基業。以上兩首以前代與當朝爲史
鑑的詠嘆古史之作，貫休在末了紛紛道出「此是前車況非遠，六朝何
更不星星？」、「因知納諫爭，始是太平基」的感嘆，具「融理於情」
精練警策之功，其託諷當世之用心值得肯定。

　　除此之外，還有〈讀吳越春秋〉「猶來吳越盡須慚，背德違盟又
信讒。……今日雄圖又何在，野花香逕鳥喃喃。」〔註270〕因執政者
背德違盟又信讒，導致昔日雄圖霸業今日盡爲塵埃，原址今存野花香
逕鳥喃喃的景致而已了。〈洛陽塵〉則以洛陽城的繁華落盡起興，喻
石崇榮敗的一生「昔時昔時洛城人，今作茫茫洛城塵。我聞富有石季
倫，樓臺五色干星辰。……蒼茫金谷園，牛羊齕荊榛。飛鳥好羽毛，
疑是綠珠身。」〔註271〕結尾四句以原本歌樓酒榭的金谷園如今換成
滿地牛羊吃草的景況，詩人看見披有美麗羽毛的飛鳥遂疑想是否爲墜
樓殉節的綠珠化身，貫休透過今昔對比讓歷史教訓更爲深沉。正所謂
「君不見金陵鳳臺月榭煙霞光，如今十里五里野火燒茫茫。君不見西
施綠珠顏色可傾國，樂極悲來留不得。」〔註272〕今昔映襯、樂極生
悲的沉痛過往，在殘存的遺跡弔緬之際，使人更興警惕。

　　最後，還能觀察到貫休有多首頌詠李杜、姚賈等作家及崇其詩藝
之作，從當中的評價可一窺貫休在文風上的推崇傾向。〈常思謝康樂〉

〔註269〕〔宋〕歐陽修、宋祁撰：《新唐書》卷126〈列傳第五十一〉張九齡
　　　　　（北京：中華書局，1995年），頁4430。
〔註270〕陸永峰：《禪月集校注》卷二十〈讀吳越春秋〉，頁415。
〔註271〕陸永峰：《禪月集校注》卷一〈洛陽塵〉，頁18。
〔註272〕陸永峰：《禪月集校注》卷五〈偶作五首〉之五，頁116。

「常思謝康樂，文章有神力。是何清風清，凜然似相識。」〔註273〕、
〈覽姚合極玄集〉「好鳥挨花落，清風出院遲。」〔註274〕、〈覽皎然
渠南鄉集〉「學力不相敵，清還髣髴同。」〔註275〕，謝靈運的山水詩
句天然渾成，模山範水之際盡現其豐富學養，「清而新、清而麗，從
而達到秀逸脫俗的境地」〔註276〕是謝詩最爲人稱道處；而《極玄集》
乃姚合所編詩歌選集，共選錄盛、中唐間詩人二十一家，「清奇雅淡」
是這些詩人的共通創作風格〔註277〕，依姚合的擇取標準，其推崇的
風格與欣賞的眼光已隱喻其中；皎然詩「清淡、清曠」的空寂色調使
其具清和之氣，印上僧詩風調〔註278〕。貫休詠謝靈運、姚合與皎然
三位之「清新」、「清雅」、「清和」，顯然自己也推崇此類詩風。

　　而對李白的氣度才華之盛讚「常思李太白，仙筆驅造化」〔註279〕、
「日角浮紫氣，凜然塵外清」、「誰氏自子丹青，毫端曲有靈」〔註280〕；
對杜甫承古遺風、道喪氣概在之追慕「造化拾無遺，唯應杜甫詩」、「甫
也道亦喪，孤舟出蜀城。彩毫終不撅，白雪更能輕」〔註281〕；以及對
孟郊、賈區、賈島戮力苦吟得清遠高妙之句的創作投契「清剗霜雪髓，
吟動鬼神司」〔註282〕、「冷格俱無敵，貧根亦似愚」〔註283〕，從這些
詩集的讀後，我們可以掌握貫休追崇的人格類型、詩風特色，詩人的好
惡透過其對古史的擇取亦能掌握。

〔註273〕　陸永峰：《禪月集校注》卷二〈古意九首・常思謝康樂〉，頁26。
〔註274〕　陸永峰：《禪月集校注》卷十六〈覽姚合極玄集〉，頁349。
〔註275〕　陸永峰：《禪月集校注》卷十六〈覽皎然渠南鄉集〉，頁348。
〔註276〕　蔣寅：《大曆詩人研究》上編，頁364。
〔註277〕　吳彩娥：〈「極玄集」的選錄標準試探〉，收錄於中國古典文學研究會
　　　　　主編：《古典文學》第六集（台北：臺灣學生書局，1984年），頁270。
〔註278〕　王家琪：《皎然詩研究》（台中：國立中興大學中國文學系碩士論文，
　　　　　1999年），頁197
〔註279〕　陸永峰：《禪月集校注》卷二〈古意九首・常思李太白〉，頁27。
〔註280〕　陸永峰：《禪月集校注》卷七〈觀李翰林眞二首〉，頁150。
〔註281〕　陸永峰：《禪月集校注》卷七〈讀杜工部集二首〉，頁152。
〔註282〕　陸永峰：《禪月集校注》卷七〈讀孟郊集〉，頁165。
〔註283〕　陸永峰：《禪月集校注》卷十七〈讀賈區賈島集〉，頁358。

三、領會與規勸

　　作爲佛門子弟，面對無常變遷進而思考佛法啓示領會人生究竟，乃貫休詠懷詩所能體現之一環，又詩人知識域具歷史縱深，在對照古往今來時移世易的更變下，更添法空之證悟。此外，對世間惡行的觀察興發感嘆、對人間榮辱是非進行反思，貫休一秉憂懷發而爲勸，在教化失序人心的同時也敲響了警世洪鐘。

（一）「覺」的智慧

　　由世態的反省徵驗過往的盛衰，從而滌盪出禪悟的智慧，此乃「覺」的層次。貫休由無常體苦悟空，以拂撥客塵煩惱復歸自性清淨心爲修持之務，雖然他強烈的入世情懷終究難以悟入而煩惱依舊，但詩人透過古今對比映襯進而了悟人生究竟，亦作出不少醒覺的證悟〔註284〕，尤其在乾符辛丑年間避寇於山寺之際修改完成的〈山居詩二十四首〉，經過沉澱反省、感慨無常，是整個《禪月集》裡最密集表現了悟佛理的一組作品〔註285〕。

　　再者，〈山居詩二十四首〉的原創時期與貫休傳道宣講《法華經》、《起信論》的時間點疊合〔註286〕，若要探討〈山居詩二十四首〉表

〔註284〕　依聖嚴法師的開示「佛是一悟永悟，而且是徹悟；一般的禪修者可能要悟了又悟。禪師們大有『大悟三十多回，小悟不計其數』的體驗，可見禪宗的悟並不等於一悟就是解脫，或者一悟就成佛。」雖然貫休強烈的入世情懷終究使他難致徹悟，但他透過古今盛衰的反省，亦提出不少親驗佛法根本原理的證悟。見聖嚴法師：《禪與悟》（台北：法鼓文化事業股份有限公司，1999年），頁23。

〔註285〕　本文第四章第一節第二點「干謁詩」探討過貫休的〈山居詩二十四首〉乃表現出以退爲進、把山居當成終南捷徑的方式，除此心志之外，這些詩亦寫出了詩人深隱山林之際，對世事無常的反省與對一切法空無須執著的證悟。可說這組詩作的思想內涵豐富多貌，有進取之志亦有沉澱反思之悟。

〔註286〕　據本文第三章第一節「貫休生平行止考述」針對他於唐懿宗咸通初年（860年）三十歲左右，在洪州開元寺聽《法華經》精研佛學，隨後於該寺開講《法華經》、《起信論》這段經歷，對照《宋高僧傳》的記載再考《新唐書》，確認「鍾陵」在唐代乃屬洪州豫章郡；又〈山居詩二十四首·序〉云在咸通四、五年（西元863～864年）

現出的禪思、禪悟，則不能忽略這兩部經典對其在思想上的影響。綜合來說，貫休的禪理、禪悟詩乃發於面對無常的變遷、人心的執著而產生無明苦痛，因而覺悟佛理「觀心」的作用以及「不執著世間法」的空觀要義，他的禪詩首先揭示了心體對個體產生影響之領會。

　　《大乘起信論》最主要的義理就是「一心開二門」的提出，「真如門」和「生滅門」的差異就在於因無明的擾動而使心真如產生「相」的起滅，就如大海水因風波動（無明風動），使如來藏自性清淨心起了「念」，然而當風止動滅，大海水的濕性依然不壞，正如如來藏自性清淨心的本質恆常不變。這種重視心體變化對個體產生影響的義理，明顯在貫休詩中反覆宣說，〈山居詩二十四首〉之二即是一首言「心」對個體有決定性影響之作：

　　　　難是言休便即休，清吟孤坐碧溪頭。
　　　　三間茅屋無人到，十里松門獨自遊。
　　　　明月清風宗炳社，夕陽秋色庾公樓。
　　　　修心未到無心地，萬種千般逐水流。〔註287〕

起首四句言要頓休頓悟是很困難的，我獨自坐在碧溪頭吟詠。整日裡無人造訪眼前的三間茅屋，這段十里路的松門行我也獨自行遊。「宗炳社」指宗炳與慧遠等所結的白蓮社，「庾公樓」指庾信吟詠的樓閣。「明月」以下四句言這樣的美景真像是社結白蓮的東林寺，又像夕陽秋色下的庾公樓。如果無法修持自性清淨心達到捨妄離念的地步，那麼這萬種千般的執著都將像追逐逝水般的使心性無法回頭。此詩的觀念正如《大乘起信論》所言「一切諸法以心為主，從妄念起。」〔註288〕貫休說「未到無心地」也就是妄心仍存，不覺起念，然而這些俗念對個體而言都是煩惱礙，到頭來仍為一場空，因此他以逐水流作喻，體悟

　　　作於鍾陵山居之時，以貫休生於唐文宗大和六年（西元832年）推
　　　算，他寫作這組詩的年紀應為32、33歲，故可說貫休寫這〈山居
　　　詩二十四首〉和他宣講《法華經》、《起信論》的時間大約疊合。
〔註287〕陸永峰：《禪月集校注》卷二十三〈山居詩二十四首〉之二，頁453。
〔註288〕杜繼文譯注：《大乘起信論全譯》，頁143。

捨妄歸眞才能回歸眞如無染的自在。

此外，這組山居詩尚有「有念盡爲煩惱錫，無機方稱水精宮」〔註289〕這樣的宣說，《法華經》記載「吾從成佛以來，種種因緣，種種譬喻，廣演言教，無數方便，引導眾生，令離諸著。」〔註290〕世尊成佛至今，運用種種因緣和譬喻來宣教，也用無數的方便法門來引導眾生，目的就是要使眾生離開住著。「住著」就是有念，亦即煩惱的根源，《大乘起信論》云「心生則種種法生，心滅則種種法滅。」〔註291〕可知一切法本來一心，因妄而生滅心起，唯有滅除無明，才能顯現法身智慧，重返如水精宮的清淨本心。這種重視心體的主張，也見於貫休稱美伉禪師的詩句中「舉世遭心使，吾師獨使心。萬緣冥目盡，一句不言深。」〔註292〕舉世之人都遭妄心的驅使，只有伉禪師能夠卓然的驅使心念，不爲無明所擾。世間千萬的緣起都將因個體的冥目而滅盡，正如那表達佛法究竟之語（即一句子）也難以言詮它的深意。

「機忘室亦空，靜與沃洲同」〔註293〕上述詩作在思索爲心所役而起萬千煩惱後，證悟心體對個體的作用，誠如《壇經》所云：「佛向性中作，莫向身外求」，貫休也發出「但令心似蓮華潔，何必身將槁木齊？」〔註294〕之感悟，這套修持清淨之學是詩人超克世間萬法起滅的方便法門。

再者，「不執著世間法」的體悟也是貫休自無常中領會之佛法究竟，不論心識如何起滅，終究風止動滅回歸永恆的眞如，因此世間法

〔註289〕　陸永峰：《禪月集校注》卷二十三〈山居詩二十四首〉之二十四，頁467。
〔註290〕　李江春櫻編譯：《南無妙法蓮華經》方便品第二（台北：文笙書局，1991年），頁69。
〔註291〕　杜繼文譯注：《大乘起信論全譯》，頁143。
〔註292〕　陸永峰：《禪月集校注》卷十三〈寄山中伉禪師〉，頁266。
〔註293〕　陸永峰：《禪月集校注》卷七〈題簡禪師院〉，頁153。
〔註294〕　陸永峰：《禪月集校注》卷二十三〈山居詩二十四首〉之十九，頁464。

不可執著。《大乘起信論》云：

> 為令眾生從心生滅門入真如門故，令觀色等相皆不成就。
> 云何不成就？謂分析麤色漸至微塵，復以方分析此微塵，
> 是故若麤若細一切諸色，唯是妄心分別，影像實無所有，
> 推求餘蘊，漸至剎那相，別非一無為之法，亦復如是，離
> 於法界終不可得，如是十方一切諸法應知悉然，猶如迷人，
> 謂東為西，方實不轉。眾生亦爾，無明迷故，謂心為動而
> 實不動。若知動心即不生滅，即得入於真如之門。〔註295〕

世人認為實在之物（如微塵）其實推究來看都是妄心所起的分別，畢
竟真如心是不生不滅的，倘若能知心體無念，隨即得入真如之門。這
段義旨透露世間法之不可執的重要性。又《法華經》開示了「一切法
空」的理念：

> 觀一切法空，如實相，不顛倒，不動，不退，不轉，如虛
> 空，無所有性。〔註296〕

一切法空，這實相是即空即有之相，因為不會偏空或偏有，因此名為不
顛倒，空相既是如實之相，那麼便如如不動，既不動，就不會退、不會
轉，就像虛空一樣的寂滅而無所有性的歸屬〔註297〕。既然一切法空，
且世間法都是妄心所起，因此貫休在今昔的省思中證悟了空觀至理：

> 〈山居詩二十四首〉之四：萬境忘機是道華，碧芙蓉裏日
> 空斜。……君看江上英雄塚，只有松根與柏槎。

> 〈山居詩二十四首〉之十四：舉世只知嗟逝水，無人微解
> 悟空花。可憐擾擾塵埃裏，雙鬢如銀事似麻。

> 〈山居詩二十四首〉之十八：業薪心火日燒煎，浪死虛生
> 自古然。陸氏稱龍終妄矣，漢家得鹿更空焉。

> 〈山居詩二十四首〉之二十二：自古浮華能幾幾，逝波終
> 日去滔滔。漢王廢苑生秋草，吳主荒宮入夜濤。

〔註295〕 杜繼文譯注：《大乘起信論全譯》，頁150。
〔註296〕 李江春櫻編譯：《南無妙法蓮華經》安樂行品第十四，頁143。
〔註297〕 這段對佛經的翻譯，參考證嚴法師：《絕妙說法——法華經講要》，
　　　　　頁209。

〈偶作因懷山中道侶〉：是是非非竟不眞，落花流水送青春。姓劉姓項今何在？爭利爭名愁煞人。

〈道情偈三首〉之一：崆峒老人專一一，黃梅眞叟卻無無。

〈道情偈三首〉之二：非色非空非不空，空中眞色不玲瓏

〈道情偈三首〉之三：優鉢羅花萬劫春，頗梨田地絕纖塵。

「舉世嗟逝水、逝波滔滔、是非竟不眞」等詩句，言妄心所起；「悟空花、自古浮華能幾、捨棄觀念執著的『無無』、即空悟道的『空中眞色』、如水晶般絕塵的心地」等詩句，言對一切法空、無執自在的體悟。貫休以古／今為對比，引歷史上稱雄一時的霸主如今何在？來證悟佛法言「一切竟是空」的道理，在託懷之餘亦有警世意味。

此外，像「無角鐵牛眠少室，生兒石女老黃梅」[註298] 指須擺脫「牛都有角、石女不能生育」的既定語言觀念束縛；「長憶南泉好言語，如斯癡鈍者還稀」[註299] 言無須執迷於語言文字障，渾沌無別反而更貼近佛性的道理；「草木亦有性，與我將不別」[註300] 則言萬物本性相同，區別的產生乃因執著於世間法的分別心使然，《起信論》有云「一切分別即分別自心」這就是妄心執著的結果，而這兩句詩亦是佛教主張眾生平等的佳證。再者，他也認為如果不能跳出塵世，那麼終究會受無明所染「不能更出塵中也，百練剛為繞指柔」[註301] 就算意志再堅強的人，經歷挫折之後也將轉為隨波逐流的人，這是凡俗的弱點，因此要跳出六塵境界，向佛保持自性清淨，方能解脫一切身心之苦。此乃貫休對不執著世間法的體悟，捨觀念執著才能現眞如本心，基於此可說貫休的禪悟詩終究主張以「一心」為依歸來對治世間擾攘。

最後，對於悟境貫休以「禪客相逢祇彈指，此心能有幾人知？」

[註298] 陸永峰：《禪月集校注》卷二十三〈山居詩二十四首〉之九，頁457。

[註299] 陸永峰：《禪月集校注》卷二十三〈山居詩二十四首〉之十五，頁461。

[註300] 陸永峰：《禪月集校注》卷六〈道情偈〉，頁133。

[註301] 陸永峰：《禪月集校注》卷二十三〈山居詩二十四首〉之十七，頁463。

〔註302〕以表言詮，「根機悟性」〔註303〕乃禪悟之基礎，悟不能言傳，悟境是「如人飲水，冷暖自知」的，詩人對悟的體察有如斯之領會。

禪宗主張「但貴無心而爲極妙」，貫休在歷經「坐看樓閣成丘墟，莫話桑田變成海」〔註304〕的無常與感慨後，反省累朝更迭之慣性和人心偏執形成的苦痛，遂產生「覺」的智慧幫助心靈超越無明煩惱。但如劉炳辰所言：「（貫休的思想）源自儒家的入世思想與佛家的出世思想的矛盾對立」〔註305〕，他無法拋卻俗情的人生抉擇，讓這些禪悟經驗終究不能引領他捨妄歸眞，得到解脫智慧。

（二）警世箴言

貫休的詠懷詩除了反省無常苦業之外，還表現出更爲積極的淑世願景，他對人間榮辱進行反思，指出世道人心淪喪的革變，於是進一步發出警語教化風俗。而或許是受到「家傳儒素」的幼年教育薰陶，儒家首重的倫常秩序成了貫休最掛懷的撥亂返正要務，誠如《論語》〈學而〉提到的：

> 有子曰：「其爲人也孝悌而好犯上者，鮮矣；不好犯上而好作亂者，未之有也。君子務本：本立而道生。孝悌也者，其爲仁之本與！」〔註306〕

儒家肯定孝悌之於社會綱紀穩定的重要性，於此表露無遺，〈行路難四首〉其四即是一首貫休警惕世人行孝悌之道的作品：

> 君不見道傍樹有寄生枝，青青鬱鬱同榮衰。無情之物尚如此，爲人不及還堪悲。父歸墳兮未朝夕，已分黃金爭田宅。高堂老母頭似霜，心作數支淚常滴。我聞忽如負芒刺，不

〔註302〕陸永峰：《禪月集校注》卷二十一〈書石壁禪居屋壁〉，頁438。
〔註303〕「禪師們所注重的不是詩偈語句本身，而是語外之意，所強調的不是經說言教，而是根機悟性」。見賴永海：《佛道詩禪——中國佛教文化論》（北京：中國青年出版社，1990年），頁160。
〔註304〕陸永峰：《禪月集校注》卷五〈偶作五首〉之五，頁116。
〔註305〕劉炳辰：〈貫休詩的世俗化特征〉，《南都學壇》人文社會科學學報，第27卷第3期（2007年5月）。
〔註306〕毛子水註譯：《論語今註今譯》〈學而〉，頁2。

　　獨爲君空嘆息。古人尺布猶可縫，潯陽義犬令人憶。寄言
　　世上爲人子，孝義團圓莫如此。若如此，不遄死兮更何俟？
　　〔註307〕

首先詩人先以道旁樹上的寄生枝條同衰榮起興，提到無情之物尚且如此，做人若不及寄生枝，甚悲矣。接著以令人搖頭嘆息的父死手足爭產來諷世，並且苦口婆心的勸喻世上人子應行孝義，末了更以激切語詞對不行孝悌之人做「不遄死兮更何俟」的嚴厲批判。〈上留田〉亦針砭淪喪的倫理秩序，進而提出心中願景：

　　父不父，兄不兄。上留田，蝥螫生。徒陟崗，淚崢嶸。我
　　欲使諸凡鳥雀，盡變爲鶺鴒。我欲使諸凡草木，盡變爲田
　　荊。鄰人歌，鄰人歌，古風清，清風生。〔註308〕

首句以「父不父，兄不兄」因此「蝥螫生」提出觀察，倫理秩序的紊亂看在貫休眼裡是造成危害社稷之人叢生的肇因！接著，詩中連用「我欲」，突顯貫休希冀撥正世局，良善人間的願景，末句則希望世間能再現清明古風。孟子有言：「人人親其親，長其長，而天下平。」〔註309〕，上述詩例顯示貫休企圖告誡世人端正倫常對社會秩序的規正具指標性意義。

　　針對人心的淪喪，貫休也在今昔映照中發出嘆息。〈對月作〉對比了今昔人心的易變：

　　今人看此月，古人看此月。如何古人心，難向今人說。古
　　人求祿以及親。及親如之何？忠孝爲朱輪。今人求祿唯庇
　　身。庇身如之何？惡木多斜文。斜文復斜文，顛窒何紛紛！
　　〔註310〕

此詩藉今昔對比「求祿」的動機，昔爲忠孝光宗顯祖，今爲庇身隱惡，足具諷刺，發人深省。〈古意九首·古交如眞金〉則感嘆以往美好的

〔註307〕　陸永峰：《禪月集校注》卷四〈行路難四首〉其四，頁75。
〔註308〕　陸永峰：《禪月集校注》卷一〈上留田〉，頁6。
〔註309〕　史次耘註譯：《孟子今註今譯》〈離婁〉，頁179。
〔註310〕　陸永峰：《禪月集校注》卷三〈對月作〉，頁66。

金玉之盟因人心變易而不復存在：

> 古交如眞金，百練色不回。今交如暴流，倏忽生塵埃。
>
> 我願君子氣，散爲青松栽。我恐荊棘花，只爲小人開。
>
> 傷心復傷心，吟上高高臺。〔註311〕

古交如眞金，眞金不怕火鍊因此百鍊色不回；今交則如狂暴的河流，轉眼間竟時移事遷蒙覆埃塵，變化莫測。詩人因而懷念起往昔那如松柏長青的君子之交，傷心現今世態小人當道，而登上高臺悲吟不已。如此觀察世道、體察人心的詩作，顯現貫休心中那憂思難任的家國情懷，因此在對榮／辱的思索後，他發出許多警語：「爲善無近名，竊名者得聲不如心，誠哉是言也！」〔註312〕、「人生非日月，光輝豈長在！一榮與一辱，今古常相對。」〔註313〕、「君子稱一善，馨香遍九垓。小人妬一善，處處生嫌猜。」〔註314〕、「高樹風多，吹爾巢落。深菁葉暖，宜爾衣薄。莫近鴉類，蛛網亦惡。」〔註315〕，不因目的而爲善，世間榮辱自古總是相對，多積口德則舉世擁有馨香氛圍，要體會高處不勝寒的至理，且須嚴秉操守莫近匪類以免毀身壞名。這些都是貫休在體察世風之後，作出「警策未悟，貽厥將來」〔註316〕的告喻警語，宋朝嘉熙年間的祖聞作《禪月集・跋》即注意到貫休詩的此類特色，因而發出「其辭美如稻粱，甘如井泉」〔註317〕的讚語，徐琰的《禪月集・跋》亦云貫休詩「晤之者可以頓獲清涼，覬之者可以開明心地。」〔註318〕兩人之評價誠不謬也；《五代詩話》「僧貫休條」更記載「舉世只知嗟逝水，何人微解悟空花」爲後人策勵之端〔註319〕，宋朝《宣和

〔註311〕 陸永峰：《禪月集校注》卷二〈古意九首・古交如眞金〉，頁25。

〔註312〕 陸永峰：《禪月集校注》卷五〈聞前王使君在澤潞居〉，頁118。

〔註313〕 陸永峰：《禪月集校注》卷二〈古意九首・莫輕白雲白〉，頁25。

〔註314〕 陸永峰：《禪月集校注》卷六〈偶作〉，頁134。

〔註315〕 陸永峰：《禪月集校注》卷一〈野田黃雀行〉，頁7。

〔註316〕 陸永峰：《禪月集校注》卷四〈續姚梁公座右銘幷序〉，頁89。

〔註317〕 陸永峰：《禪月集校注》〈跋〉（三），頁533。

〔註318〕 陸永峰：《禪月集校注》〈跋〉（七），頁534。

〔註319〕 〔清〕王士禛原編、鄭方坤刪補、〔美〕李珍華點校：《五代詩話》

書譜》亦直指貫休「工爲歌詩，多警句，膾炙人口」〔註320〕，是以警世的規勸爲貫休詩歌苦心孤詣的一環特色。

　　生當唐之衰世，鼎革的動盪讓社會失序、人心道德淪喪，他的詠懷詩在詠出心底之憂的同時亦寄言欲對世間發出的告誡，就如《宋高僧傳》云貫休「所長者歌吟，諷刺微隱，存於教化。」〔註321〕，也像胡鳳丹對貫休詩的評價「一字一言，無非棒喝」〔註322〕，此類關懷若以儒家角度觀之，稱爲積極善世的教化，而以佛家角度觀之，則爲悲天憫人的度化。

第四節　詩歌所反映的文學主張

　　由於詩僧對詩歌藝術的傾心，多部詩學著作就此催生，如齊己《風騷旨格》、虛中《流類手鑒》、神彧《詩格》、保暹《處囊訣》等，這些詩學理論的產生見證了詩僧對「詩」的熱中深探，更創「詩業」〔註323〕一詞將詩歌當成一門值得經營的事業，其於藝術求索上投注之心力與孜孜爲文之士毫無二致。貫休沒有談詩論藝的詩歌理論著作，但統觀《禪月集》的七百三十五首詩作，還是能觀察出貫休的文學主張，現階段主要被提點的是儒釋互滲與承襲諷刺傳統兩項，尤其詩歌教化之社會功能爲貫休所宗，此於吳融的〈西岳集序〉裡首先揭示，之後貫休詩受人矚目的文學主張乃聚焦於此。近年來陸續有幾位學者針對貫休的詩論進行爬梳，如《隋唐五代文學

八卷，頁297。

〔註320〕　佚名：《宣和書譜》卷十九，頁431。

〔註321〕　〔宋〕贊寧撰，范祥雍點校：《宋高僧傳》（台北：文津出版社，1991年8月），頁750。

〔註322〕　《百部叢書集成95　金華叢書》第十二函《禪月集》（台北：藝文印書館，1968年）。

〔註323〕　貫休〈別李常侍〉「道情雖擬攀孤鶴，詩業那堪遠至公」、齊己〈送朱秀才歸閩〉「努力成詩業，無謀謁至公」、尚顏〈送劉必先〉「力進凭詩業，心焦關問安」。

批評史》介紹過貫休的詩論〔註 324〕、朱學東〈"賢聖無他術　圓融只在吾"——唐末五代詩僧貫休詩論探微〉〔註 325〕以詩學術語剖析之、胡玉蘭的博士論文《唐代詩僧文學批評研究》第三章探討了貫休與齊己的詩論〔註 326〕等，這些研究指陳了貫休詩所能言說的文論，本節擬觀照當今研究成果，梳理《禪月集》的各式題材，以歸納貫休的文學主張。

一、尊詩與肯定苦吟

　　晚唐苦吟之習風起雲湧，大批詩僧也追慕賈島、姚合等苦吟宗主，對詩歌高度推崇、對刻苦爲詩的態度予以肯定和學習。貫休自幼學詩，那些淳厚清和的古風歌謠以及質樸率眞的詩歌語言，都讓他對詩的本質有深刻認識，他曾云「鄰人歌，鄰人歌，古風清，清風生。」〔註327〕、也自言「學爲毛氏詩，亦多直致言」〔註328〕，對詩歌的標舉還因家傳儒素遂使興觀群怨的詩教功能爲貫休所肯定。他有一首〈詩〉，能觀察貫休對詩的看法與態度：

〔註324〕　該文點明貫休稱道李白詩豪邁縱放的風格、杜甫詩包羅萬象的內容、孟郊賈島詩峭直清冷的特色，以及推崇姚合所選《極玄集》可見貫休的評詩旨趣相近：七絕〈苦吟〉則表現了他所嚮往的詩歌境界和風格，有助於理解他何以喜愛皎然、孟郊、賈島等脫俗詩人的詩篇。王運熙、楊明：《隋唐五代文學批評史》（上海：上海古籍出版社，1994 年），頁 661。

〔註325〕　該文從貫休詩中抽繹出「文行、騷雅、性靈、苦吟、詩魔、格力、匠化、詩境」八個具有特色的詩學術語，對貫休的詩學理論進行探討。本文爲當今爬梳貫休詩論的一篇重要論述。朱學東：〈"賢聖無他術　圓融只在吾"——唐末五代詩僧貫休詩論探微〉，《運城高等專科學校學報》第 20 卷第 4 期（2002 年 8 月）。

〔註326〕　該文提及貫休的詩歌觀念：作詩與參禪並不相妨礙、對詩歌有高調的尊詩態度、懂得追求知音，展現作家批評自覺意識、提倡思想自然流露，反對矯情與刻意雕琢、閱讀——模擬——苦吟——清奇的審美追求是一條貫串在《禪月集》中的詩學系統。胡玉蘭：《唐代詩僧文學批評研究》（浙江大學中國古代文學博士論文，2006 年），頁 127～141。

〔註327〕　陸永峰：《禪月集校注》卷一〈上留田〉，頁 6。

〔註328〕　陸永峰：《禪月集校注》卷二〈古意九首・陽鳥爍萬物〉，頁 22。

　　　經天緯地物，動必計天才。幾處覓不得，有時能自來。

　　　眞風含素髮，秋色入靈臺。吟向霜蟾下，終須神鬼哀。

〔註329〕

簡短八句，道盡貫休理解的詩之功能、詩之創作要件與歷程，還吐露他肯定鍛字鍊句刻苦用力的創作態度。首句「經天緯地物」即把詩之地位提高到治國謀畫的位階，他云「詩務業經綸」〔註330〕、「文章國器盡琅玕」〔註331〕、「爲文能廢興」〔註332〕，可見在貫休心中詩乃關乎國運興衰，正所謂「文章乃經國之大業，不朽之盛事」其尊詩的態度不言可喻。接著，貫休認爲作詩須計量才情，才情的高下關乎文章的力量氣勢，朱學東先生以「格力」統攝之，認爲貫休的格力之格既有風格、格調之意，也與人的學力、才力密切相關〔註333〕，而這才情除了先天具備外，還能靠後天努力而來，他云「文章應力竭，茅土始天分」〔註334〕，竭力而行的創作態度正是苦吟派詩人秉持的基調。苦思冥搜的過程往往能有「幾處覓不得，有時能自來」的感受，後世遂以「失貓」之喻〔註335〕評作詩歷程。詩語道情，此情終有驚天地泣鬼神之力量。

　　　對詩的推尊除了經國之務，還源於自身的體會，「秖將清淨酬恩德，敢信文章有性靈」〔註336〕、「有時作章句，氣概還鮮逸」〔註337〕，

〔註329〕　陸永峰：《禪月集校注》卷十六〈詩〉，頁350。

〔註330〕　陸永峰：《禪月集校注》卷十七〈送李釖赴舉〉，頁365。

〔註331〕　陸永峰：《禪月集校注》卷二十五〈送鄭侍郎騫赴闕〉，頁429。

〔註332〕　陸永峰：《禪月集校注》卷三〈擬齊梁體寄馮使君三首・大道貴無心〉，頁59。

〔註333〕　朱學東：〈"賢聖無他術　圓融只在吾"——唐末五代詩僧貫休詩論探微〉，《運城高等專科學校學報》第20卷第4期（2002年8月），頁55。

〔註334〕　陸永峰：《禪月集校注》卷十二〈聞李頻員外卒〉，頁261。

〔註335〕　方回云：貫休爲詩有極奇處，亦有太粗處。「盡日覓不得，有時還自來」爲人嘲作失貓詩，此類是也。見〔元〕方回選評，李慶甲集評校點：《瀛奎律髓彙評》（上）卷12「秋日類」（上海：上海古籍出版社，2005年），頁436。

〔註336〕　陸永峰：《禪月集校注》卷二十五〈寄匡山大願和尚〉，頁494。

文章載性靈而顯力量，詩文氣概鮮逸乃透露作者不卑之志，換句話說，詩乃人格的具象，因此詩人視詩如生命。據此衍伸，「吟詩」遂成了濁世以託言慰藉的心靈抒發方式，廚川白村曾言「文學是苦悶的象徵」，用創作來治療心靈於人世所受的創傷，用吟詩來撫慰困頓疲乏的精神，這類的歌吟可視爲一種文學治療，余丰提出如下的觀點：

> 文學在治療中對個體心理可起到放鬆、疏導、轉移（移情）、
> 排遣、鎮靜、消解、娛樂等作用，進而促使人體在生理機
> 能上也進一步得以受益。〔註338〕

創作就是把心裡的感受用藝術形式表現出來，寫詩是一種傾訴，宣洩精神上累積的壓力，而當創作完成之際，也就是心裡負擔稍稍卸下之時。因此，我們發現歷史上那些千千萬萬不得志的文人幾乎都是利用文學在進行心理治療、精神疏導，於是那些困頓中完成的作品成了一扇扇觀看苦悶心靈的窗，也成了一個個垃圾桶，裝滿心酸的苦水與歡愉的淚水。因此，不得志的文人往往以「癖吟」作爲心靈棲身的方式，詩僧的愛吟也絕無遜色，胡震亨《唐音癸籤》即形象的記載了晚唐五代僧徒的癖吟形象：

> 背篋筍，懷筆牘，挾海泝江，獨行山林間，脩脩然模狀物
> 態，搜伺隱隙，悽愴超忽，游其心以求勝語，若有程督之
> 者。嗜吟憨態，幾奪禪誦。〔註339〕

「嗜吟憨態，幾奪禪誦」的形象模糊了僧徒與文人的界線，詩僧被喻爲「披著袈裟的詩人」確實貼切，貫休也有明顯的「癖吟」生活：「我竟胡爲者，**嘐嘐但愛吟**。身中多病在，湖上住年深。」〔註340〕、「塹鳥毛衣別，**頻來似愛吟**。蕭條秋病後，班剝綠苔深。」〔註341〕、「寂

〔註337〕 陸永峰：《禪月集校注》卷三〈寄杜使君〉，頁63。

〔註338〕 余丰：〈傾訴與轉移——醫者眼中的文學療效〉，收錄於葉舒憲主
　　　　 編：《文學與治療》（北京：社會科學文獻出版社，1999年），頁150。

〔註339〕 〔明〕胡震亨：《唐音癸籤》卷八，收錄於吳文治主編：《明詩話全
　　　　 編》，頁6892。

〔註340〕 陸永峰：《禪月集校注》卷十五〈湖上作〉，頁328。

〔註341〕 陸永峰：《禪月集校注》卷十〈桐江閑居作十二首〉之九，頁209。

寥堆積者，自爲是高僧。客遠何人識，**吟多冷病增**。」〔註342〕、「錦繡谷中人，相思入夢頻。寄言無別事，**琢句似終身**。」〔註343〕，這樣癖吟的生活使得創作頗豐，他自言「新詩一千首，古錦初下機。除月與鬼神，別未有人知。」〔註344〕，一位出家眾詠出上千首的詩作，數量的確罕見而可觀，亦能想見作詩在他生活中的偏重，而如今僅存七百三十五首之數，顯見流傳的過程中亡佚了不少。

　　再者，由癖吟走上苦吟，是貫休有意爲詩、刻意用功的佳證，「苦吟齋貌減，更被杉風吹」〔註345〕、「詩雖清到後，人更瘦於前」〔註346〕更是刻苦創作的寫照，而〈懷張爲周朴〉、〈讀孟郊集〉、〈讀劉得仁賈島集二首〉等詩證也說明他對苦吟派詩人的認同與學習，尤其在《禪月集》裡顯而易見的大量詩例更令人不能忽視貫休肯定苦吟的文學主張：

　　〈苦吟〉河薄星疏雪月孤，松枝清氣入肌膚。因知好句勝金玉，心極神勞特地無。

　　〈夜對雪作寄友生〉氣射燈花落，光侵壁蟢濃。唯君心似我，吟到五更鐘。

　　〈秋夜吟〉如愚復愛詩，木落即眠遲。思苦香銷盡，更深筆尚隨。

　　〈秋望寄王使君〉靜躡紅蘭逕，憑高曠望時。無端求句苦，永日鏨風吹。

　　〈寄新定桂雍〉句須人未道，君此事偏能。

　　〈偶作〉無端爲五字，字字鬢星星。

　　〈早秋夜坐〉髮豈無端白，詩須出世清。

這些「好句勝金玉」、「吟到五更鐘」、「句須人未道」、「無端求句苦」、

〔註342〕　陸永峰：《禪月集校注》卷九〈鄂渚贈祥公〉，頁193。
〔註343〕　陸永峰：《禪月集校注》卷九〈寄匡山紀公〉，頁190。
〔註344〕　陸永峰：《禪月集校注》卷二〈偶作二首〉之一，頁38。
〔註345〕　陸永峰：《禪月集校注》卷三〈閒居擬齊梁四首‧果熟無低枝〉，頁54。
〔註346〕　陸永峰：《禪月集校注》卷八〈歸故林後寄二三知己〉，頁168。

「字字鬢星星」等詩句，在在形容貫休對作詩覓句有著濃厚的興趣與執著，業師李建崑先生釐析出苦吟詩人有「苦思冥搜，耽溺詩詠」的創作態度並在創作上致力於「求奇與求異」〔註347〕，這類族群的苦吟原因之一乃出於對理想的堅持以及追求「語不驚人死不休」的傲人詩藝，貫休循此態度爲詩，表現對詩歌內涵與藝術的雙重追求，推尊「詩」的用心昭昭可見。

尊詩進而愛吟，愛吟發展爲癖吟，癖吟走上苦吟，貫休對詩的態度在這一串關係鏈的發展中益發清晰，其對詩的主張也在轉入苦吟行列之後，於求眞之餘致力求新、求奇（新皆意外新〔註348〕、高奇章句無人愛〔註349〕），這些都是透過貫休詩歌所能一窺的堂奧，他對詩的複雜感受遂交織在詩篇的字裡行間。

二、以道性爲主、詩情爲輔

詩與禪的命運自中晚唐以後走向共命鳥的路途，尤其齊己的一句「根源在正思」完成了詩禪互濟不相妨礙的理想〔註350〕，其實對「作詩障道」這點認知詩僧比誰都清楚，禪修要求心如止水、體法悟空，而作詩卻反向要求心靈活躍、狀物寫情，因此對禪修者而言詩不只是外道，還是「魔道」，作詩對宗教修悟形成魔障勢難避免。打從白居易開始就注意到「詩魔」障道卻又難以拋卻的現象〔註351〕，貫休也有「山色園中有，詩魔象外無」〔註352〕的認知，齊己更翻騰於尋找對治詩魔之道，他從「正堪凝思掩禪局，又被詩魔惱竺卿」〔註353〕

〔註347〕 李師建崑：《中晚唐苦吟詩人研究》，頁20、頁16。
〔註348〕 陸永峰：《禪月集校注》卷十七〈送李鍘赴舉〉，頁365。
〔註349〕 陸永峰：《禪月集校注》卷二十三〈山居詩二十四首〉之五，頁455。
〔註350〕 謝曜安：《齊己詩研究》（高雄：國立高雄師範大學國文學系碩士論文，2000年），頁141。
〔註351〕 白居易〈閒吟〉：「自從苦學空門法，銷盡平生種種心。唯有詩魔降未得，每逢風月一閒吟。」見《全唐詩》卷439，頁4895。
〔註352〕 陸永峰：《禪月集校注》卷十五〈秋晚野居〉，頁327。
〔註353〕 齊己〈愛吟〉，見《全唐詩》卷844，頁9546。

的苦惱調劑到「詩魔苦不利，禪寂還相應」〔註354〕的以禪坐對治詩魔，遂成就了「入禪還出吟」〔註355〕的詩禪互濟模式。貫休詩雖沒有齊己這麼細膩鮮明的詩禪思索軌跡，然分析之也能發現他亦主詩禪不相妨的立場為詩，也承出家人本色「為道性犧牲詩情」而不忘創作背後的宗教目的，以下論述貫休這方面的文學主張。

〈偶作〉在吟詩參禪的獨處抒寫中，透露了詩人的詩禪生活：

一載獨扃扉，唯為二雅詩。道孤終不雜，頭白更何疑。

句冷杉松與，霜嚴鼓角知。修心對閑境，明月印秋池。

〔註356〕

起首四句言這一年來我獨自生活，孤獨之餘就是從事詩歌創作。我所秉持的道雖然孤寡少合，但終究能保持清明而不駁雜，就算因此而白頭，我內心也是肯定而不疑的。「句冷杉松與」四句言我寫出風格冷調的句子只有杉松能引起共鳴，就像嚴寒的霜雪只有鼓角知道一般。面對清閑的環境我修持內心，感覺禪心清靜空明。這首詩融合著禪修與吟詩，詩人的生活誠如他自云的「禪坐吟行」〔註357〕，乃作詩參禪的生活寫真；而「詩須出世清」〔註358〕的主張出於思維之清，禪的追求即在思維的空明清澄，貫休云「六窗清淨始通禪」〔註359〕，在詩禪均屬精神性追求之下，他主詩禪不相妨的立場看待禪坐吟行的修為生活是能被理解的。

再者，明佛證禪本就是詩僧作詩的初衷本色，齊己有「惹得詩魔助佛魔」〔註360〕的創作衷曲，貫休也有「僧家愛詩自拘束」〔註361〕的自覺，以詩為佛事是僧侶最初作詩的宗教動機，延續到晚唐仍在詩

〔註354〕 齊己〈靜坐〉，見《全唐詩》卷840，頁9484。

〔註355〕 齊己〈靜坐〉，見《全唐詩》卷840，頁9477。

〔註356〕 陸永峰：《禪月集校注》卷八〈偶作〉，頁171。

〔註357〕 「禪坐吟行誰與同，杉松共在寂寥中」。陸永峰：《禪月集校注》卷十九〈上新定宋使君〉，頁392。

〔註358〕 陸永峰：《禪月集校注》卷十八〈早秋夜坐〉，頁373。

〔註359〕 陸永峰：《禪月集校注》卷十九〈酬王相公見贈〉，頁397。

〔註360〕 齊己〈寄鄭谷郎中〉，見《全唐詩》卷845，頁9553。

〔註361〕 陸永峰：《禪月集校注》卷二十六〈譽光大師草書歌〉，頁498。

僧們心中牢固不滅，覃召文的研究言明「『明佛證禪』的思想不僅在
晉唐詩僧中表現非常突出，在宋、元、明、清的詩僧中也依然根深蒂
固。」〔註362〕因之，詩僧的作詩之由首推明佛證禪。綜觀貫休詩裡
的詩禪對舉現象：

〈春晚寄盧使君〉禪拋金鼎藥，詩和玉壺冰。

〈桐江閑居作十二首之五〉詩琢冰成句，多將大道論。

〈山居二十四首之三〉詩裏從前欺白雪，道情終遣似嬰孩。

〈春末寄周璵〉道情不向鶯花薄，詩意自如天地春。

詩因禪修而境顯清寂，此清寂映照的乃是一顆剔透寂滅的心，齊己「道
性宜如水，詩情合似冰」〔註363〕與貫休的「禪拋金鼎藥，詩和玉壺冰」、
「詩琢冰成句，多將大道論」有異曲同工之妙，道性（禪）主寂，則
詩情（詩）反應當如冰一般澄澈清透，正所謂「詩心何以傳，所證自
同禪」〔註364〕，因此貫休有了「詩裏從前欺白雪，道情終遣似嬰孩」
的反省，而對照他「休誇麗藻鄙湯休」〔註365〕的感觸來看，在不講究
詞藻、重視性靈的背後實不忘創作最初的以詩為佛事之目的，「道情不
向鶯花薄，詩意自如天地春」正是詩攝道性的佳證。而詩僧因採「見
性忘情」之策略來處理詩情與道情的矛盾衝決，故表現於詩呈現「對
詩情的節制與淡化，因此僧詩大多氣幽質冷、沖和淡泊」〔註366〕。

　　由此可見，中晚唐詩僧雖懷抱有為藝術而藝術的創作動機，然而
「為道性犧牲詩情」仍為首要標舉，這也提示了他們為僧人亦為詩人
的雙重身分最終葉落的棲止。誠如蕭麗華先生揭示的「就大乘精神不
離世覓菩提的觀點，詩道又何異禪道，禪道正有益詩道」〔註367〕，

〔註362〕覃召文：《禪月詩魂——中國詩僧縱橫談》，頁72。
〔註363〕齊己〈勉詩僧〉，見《全唐詩》卷840，頁9478。
〔註364〕齊己〈寄鄭谷郎中〉，見《全唐詩》卷840，頁9478。
〔註365〕陸永峰：《禪月集校注》卷二十三〈山居詩二十四首并序〉之十七，
　　　　頁462。
〔註366〕覃召文：《禪月詩魂——中國詩僧縱橫談》，頁168。
〔註367〕蕭麗華：《唐代詩歌與禪學》（台北：東大圖書股份有限公司，1997

貫休的「詩禪不相妨」之文學主張正如他臨終之際交代門人曇域揭示的「心勤形瘵，訪其稽古，慰以大道。昔於吳越間，靡所濟集，聊欲係志於翰墨。」〔註368〕，此「大道」亦即眞理、義理的發顯，也就是以道性爲主、詩情爲輔的具體實現。

三、實用的政教文學觀

　　貫休詩最爲人所關注的就是他意激言質的反應現實之作，在本章第一節的「諷諫詩」裡，揭示過貫休是位深具批判意識的詩人，也因吳融的〈序〉引導著後世認識貫休詩頌美風刺的價值，尤其一句「太白、白樂天既歿，可嗣其美者，非上人而誰？」〔註369〕的高度評價，將貫休創作的立意用心推至「教化」的崇高位階。然而，貫休雖透過門人曇域表示「吳公（吳融）文藻贍逸，學海淵深，或以挹讓，周旋異待矣。或以文害辭，或以辭害志，或以誕餙饒借，則殊不解我意也。」〔註370〕，但他鮮明的美刺風格仍爲後世優先接受的特色，尤其他多次表明「我願九州四海紙，幅幅與君爲諫草」〔註371〕、「爲文攀諷諫，得道在毫釐」〔註372〕、「社稷安危在直言，須歷堯階撾諫鼓」〔註373〕等進獻箴諫的創作用意，更令人無法因曇域的廓清之言而對其教化立場改觀。後世仍繼續以風雅諷諫、美刺世道的角度評議貫休詩，後蜀何光遠更再度以「（貫休詩）多爲古體，窮盡物情，議者稱白樂天爲廣大教化主，禪月次焉。」〔註374〕來高度推舉之。

　　因此，貫休這方面的文學主張就透過實際的詩作表達，他大量的社會詩反應政治實情，指出問題病灶，體現了救濟時病的用心，

年），頁 29。

〔註368〕　陸永峰：《禪月集校注》〈後序〉，頁 527。
〔註369〕　陸永峰：《禪月集校注》〈序〉，頁 4。
〔註370〕　陸永峰：《禪月集校注》〈後序〉，頁 527。
〔註371〕　陸永峰：《禪月集校注》卷六〈送盧舍人三首〉之二，頁 140。
〔註372〕　陸永峰：《禪月集校注》卷十〈寄馮使君〉，頁 212。
〔註373〕　陸永峰：《禪月集校注》卷四〈送張拾遺赴施州司戶〉，頁 86。
〔註374〕　〔蜀〕何光遠：《鑒誡錄》，頁 34。

如〈酷吏詞〉控訴苛政並體恤民苦、〈輕薄篇〉與〈少年行〉指陳顯宦貴族的輕逸放縱與欺民行徑、〈邊上作〉等一系列的征戍詩反應民苦箴諫決策、〈富貴曲〉呈現社會階層巨大落差、〈避寇上山作〉等多首逃難之作更如詩史一般紀錄了黃巢肆虐下的晚唐社會與人心。貫休的這些創作動機乃同於白居易「爲君、爲臣、爲民、爲物、爲事而作，不爲文而作」〔註375〕的實用文學主張，他的出發點亦與白居易「唯歌生民病，願得天子知」〔註376〕的衷曲等無二致；再者，貫休這些社會詩之諷刺語一針見血，像「稼穡艱難總不知，五帝三皇是何物！」〔註377〕、「唯云不顛不狂，其名不彰。悲夫！」〔註378〕、「何不却辭上帝下下土？忍見蒼生苦苦苦！」〔註379〕等，都是意激言質〔註380〕的標準諷諭詩語氣。直觀之，我們不能否定吳融的最初揭示爲誤，貫休的創作確實有一個層面是秉持政教文學觀之美刺傳統而行的。

繼以後世爲《禪月集》所作的〈跋〉也高度闡揚貫休教化風刺的立意與用心：

> 周伯奮：詩不苟作，頌詠風刺，根於理致。〔註381〕

> 師保：禪月製作，浸遠而風雅益著。〔註382〕

> 余璨：浮屠氏以詩鳴多矣，未若禪月之格高旨遠也。〔註383〕

> 徐琰：人但見其諷詠。……每以詩□遊戲三昧，其憂世愛

〔註375〕〔唐〕白居易著、朱金城箋校：《白居易集箋校》卷三〈新樂府并序〉（上海：上海古籍出版社，1988年），頁136。

〔註376〕白居易〈寄唐生〉，見《全唐詩》卷424，頁4663。

〔註377〕陸永峰：《禪月集校注》卷一〈少年行三首〉之一，頁14。

〔註378〕陸永峰：《禪月集校注》卷一〈輕薄篇二首〉之一，頁16。

〔註379〕陸永峰：《禪月集校注》卷一〈陽春曲江東廣明初作〉，頁4。

〔註380〕〔唐〕白居易著、朱金城箋校：《白居易集箋校》卷四十五〈與元九書〉：「至於諷諭者，意激而言質。」，頁2795。

〔註381〕陸永峰：《禪月集校注》〈跋〉，頁531。

〔註382〕陸永峰：《禪月集校注》〈跋〉，頁532。

〔註383〕陸永峰：《禪月集校注》〈跋〉，頁534。

　　□之心，則見於首卷之詞中，間以無礙慧說最上乘。〔註384〕
這些「頌詠風刺、風雅益著、格高旨遠、但見其諷詠、憂世愛□之心」
的形容，在在都顯見貫休救濟人病、裨補時闕之文學觀爲後世所公
認。誠如覃召文先生的研究揭示「詩僧的愛民詩崛起於晚唐五代」，
並說「開此風氣（留心民情的詩風）的詩僧當是貫休、齊己之輩」，
又直指「在中、晚唐的愛民詩僧中，貫休顯得尤爲突出」〔註385〕，
看來在晚唐文壇多數空言明道而創作主要追求情淡泊情思與淡泊境
界的情境下，貫休算是能實踐詩教說並實質書寫民生疾苦的作家，也
因此貫休詩歌的社會價值得到時人與後世的彰顯〔註386〕。依此觀
之，何光遠納貫休於廣大教化主白居易麾下的主張確有其考量立基，
尤其五代十國宗白詩風盛行，貫休詩無疑成了當時標榜的焦點，而《禪
月集》被後人理解繼而歸納爲此流派方向也就能輕易理解了。

〔註384〕 陸永峰：《禪月集校注》〈跋〉，頁 534。
〔註385〕 覃召文：《禪月詩魂──中國詩僧縱橫談》，頁 205～206。
〔註386〕 依羅宗強《隋唐五代文學思想史》的研究指出，晚唐的詩教說帶著
　　　　　空言明道的性質，在散文中表現出來指陳弊病的思想，在詩歌創作
　　　　　中得到書寫民生疾苦的反映，但這樣的詩作在這時大量的詩歌作品
　　　　　中所占數量極其微小也不精采。寫民生疾苦並不是此時詩歌思想的
　　　　　主要傾向，此時的詩歌創作主要傾向是追求淡泊情思與淡泊境界。
　　　　　羅宗強：《隋唐五代文學思想史》（北京：中華書局，2003 年），頁
　　　　　249～263。